Arena-Taschenbuch
Band 51115

Weitere Bücher von Ilona Einwohlt im Arena-Verlag:
Erdbeersommer
Erdbeersommer. Galopp in die Freiheit

Mädchenratgeber:
Mein Pickel und ich
Die Schule und ich
Die Jungs und ich
Meine Clique und ich
Mein Schutzengel und ich
Das Model und ich
Die Welt und ich
Die Liebe und ich
Meine Ökokrise und ich
Mein Knutschfleck und ich

In der Reihe *Zettelkram und Kopfsalat – Felis Überlebenstipps:*
Neue Schule, neues Glück!
Freundschaftskribbeln im Bauch
Familienkrach und Herzenstrost

In der Reihe *Alicia:*
Unverhofft nervt oft!
Wer zuerst küsst, küsst am besten!
Liebe gut, alles gut!

Drillingsküsse. Wen lieb ich und wenn ja, wie viele?

Eine Freundin ist besser als gar keine Schwester

Nonstop online. Grenzenlos digital unterwegs

Ilona Einwohlt,
geboren 1968, war ein richtiges Pferdemädchen, bevor Germanistikstudium und Familie wichtiger wurden als der Stall und sie mit dem Schreiben begann. Seither sind aus ihrer Feder unzählige Bücher für Kinder und Jugendliche geflossen. In der Reihe *Erdbeersommer* verbindet die Autorin der bekannten *Sina*-Reihe erstmals die Leidenschaft für Pferde mit ihrem Sehnsuchtsort, der stürmischen Nordsee, und erzählt von den Verwirrungen der ersten Liebe. Ilona Einwohlt lebt mit ihrer Familie in Darmstadt.

Mehr unter *www.ilonaeinwohlt.de*

Ilona Einwohlt

Erdbeersommer

Unterm Sternenhimmel

Arena

MIX
Papier aus verantwortungsvollen Quellen
FSC® C110508
www.fsc.org

1. Auflage im Arena-Taschenbuch 2019

Einbandgestaltung: Frauke Schneider
Lektorat: Kerstin Kipker
Umschlagtypografie: Sibylle Bader
Gesamtherstellung: Westermann Druck Zwickau GmbH
ISSN 0518-4002
ISBN 978-3-401-51115-3

Besuche uns unter:
www.arena-verlag.de
www.twitter.com/arenaverlag
www.facebook.com/arenaverlagfans

1

Das Donnerwetter von Onkel Piet grollte lauter in meinen Ohren als die tosende Nordsee zu meinen Füßen. Sonst war er die Sanftmut in Person, einfühlsam im Umgang mit Menschen und Pferden, aber wenn ihn etwas ärgerte, wurde er richtig ungemütlich, schlimmer als jedes Regenwetter. Wie vorhin, als er feststellen musste, dass er dem Pennschieter von Versicherungsmensch, wie er ihn nannte, die falsche Unterschrift geleistet hatte. Der Friesenhof war jetzt gegen eine kaputte Solaranlage versichert, nicht aber, wie gewünscht, gegen Sturm und Hagel. Dabei sollte gerade dieser Schutz zu der alten Versicherung dazugebucht werden.

Piets schlechte Laune hatte sich wie eine dunkle Wolke zusammengezogen und als Wortgewitter mit polternden Schimpftiraden ausgerechnet über mir entladen, obwohl ich mit der Sache rein gar nichts zu tun hatte und Piet einfach nur besser hätte hinschauen müssen, bevor er die Police mit seinem Krakel versah.

Also war ich lieber hierher an den Strand geflüchtet, wo ich warten wollte, bis er sich wieder beruhigt hatte, aber das konnte erfahrungsgemäß ein paar Stunden dauern. Erst dann war alles wieder gut und niemand würde dem hageren Mann, der früher einmal ein durchtrainierter Marathonläufer gewesen war, einen derartigen Zornausbruch zutrauen.

Meine Tante Isodora, die mit ihrer guten Laune alle begeisterte, kannte Piet seit vielen Jahren gut genug und konnte ihm nie lange böse sein. »Dat löpt sich allens torecht«, meinte sie immer und lachte dabei so laut und fröhlich, dass ihr Doppelkinn dabei bebte.

Seit ich denken konnte, verbrachte ich meine Ferien bei Isodora und Piet auf dem Friesenhof – und mit Hauke, meinem über alles geliebten Schimmelhengst. Während der Schulzeit lebte ich mit meiner Mutter in Hamburg, wo wir noch nicht einmal einen Balkon besaßen. Camilla machte sich nicht viel aus Matjes, Grog und Nordseeluft, freute sich aber für mich, wenn ich bei ihrer Schwester eine glückliche Zeit mit den Pferden erlebte. Dann brauchte sie kein schlechtes Gewissen zu haben, wenn sie von morgens bis abends arbeitete. Das war es nämlich, was sie am liebsten tat.

Diesmal waren seit meinem letzten Aufenthalt etliche Monate vergangen. Genauer gesagt, war es ein Jahr her, dass ich jenen aufwühlenden Sommer auf dem Friesenhof erlebt hatte. Damals hatte ich mich unglücklich verliebt, ausgerechnet in den Superstar der hiesigen Fußballmannschaft. Nicht ahnend, dass dieser Obermacker von Jan nur mit Mädchen spielte und an einer ernsthaften Beziehung nicht interessiert war. Zu allem Übel hatte ich bei meiner Abreise befürchten müssen, Hauke nie wiederzusehen, weil Isodora und Piet mit dem Geld knapp waren. Zwar hatten sie mir mehrfach versprochen, alles dafür zu tun, damit mein Liebling nicht verkauft werden musste – aber ich wusste, dass die Zeiten hart waren. Und dass Hauke ein zusätzlicher Fresser war, der nichts zu seinem Unterhalt beitrug. Der Schimmelhengst war ein außergewöhnlich sensibles Pferd, das sich von niemandem reiten ließ – außer von mir. Von daher war ich immer wieder in Sorge.

Die Herbstferien waren viel zu kurz gewesen und zählten nicht, immerhin hatte ich Finn wiedergetroffen, von dem ich immer noch nicht wusste, ob er einfach mein allerliebster Kumpel war – oder womöglich mehr ... Jedenfalls hatte der sich irre gefreut und mir gleich seine neuesten Variationen von Birnen, Bohnen und Speck präsentiert. Finn wollte eines Tages Sternekoch werden, zum Stolz seiner Eltern, die unten im Hafen den renommierten »Anker« führten.

Weihnachten verbrachte ich wie jedes Jahr mit meiner Mutter im sonnigen Süden auf Mauritius und in den Osterferien hatte mich gemeinerweise eine fiese Grippe niedergestreckt, sodass ich nicht verreisen konnte.

Aber jetzt war ich endlich, endlich wieder hier und beim Anblick des langen Strandes, der sich links und rechts von mir erstreckte, merkte ich erst, wie sehr ich den Wind, die Wellen, die Möwen und die salzige Luft in den vergangenen Monaten vermisst hatte. Wie lange hatte ich auf diesen Moment gewartet!

Endlos lange Schultage hatte ich damit verbracht, heimlich Haukes Fotos zu betrachten, mich an seinen warmen Duft und Atem in meinem Nacken zu erinnern.

Endlos lange Nächte hatte ich davon geträumt, mit ihm gemeinsam durch die Dünen zu streifen, nur er und ich und niemand sonst.

Endlos lange Fieberstunden hatte ich fantasiert, wie es wäre, wenn wir allen Problemen auf und davon reiten, Abenteuer bestehen und gemeinsam die Welt retten würden.

Unwillkürlich duckte ich mich, als jetzt eine Möwe dicht über meinen Kopf hinwegsegelte. Auch Hauke zuckte nervös mit den Ohren, beruhigend klopfte ich ihm den Hals.

Vorhin hatte mich Piet beim Abholen am Bahnhof liebevoll wie immer in seine Arme gezogen. »Da bist du ja endlich, min Deern!«, hatte er gesagt und hinzugefügt: »Mann, Mann, Mann, bist du gewachsen! Ich erkenn dich ja kaum wieder!«

Insgeheim hatte er sich wahrscheinlich das gedacht, was mir meine Mutter nach der überstandenen Grippe zugeflüstert hatte. Nämlich, dass ich mich in jederlei Hinsicht zur Frau entwickelte. Sie fand es toll, wie umsichtig und verantwortungsvoll ich mein Schülerinnenleben gestaltete und dass ich bereits Berufspläne schmiedete, obwohl wir da grundsätzlich verschiedener Meinung waren. Meine Mutter wollte, dass ich nach dem Abi, das ich ohne Zweifel mit Auszeichnung bestehen würde, so schnell wie möglich mit einem BWL-Studium beginnen würde. Sie war der Ansicht, ich hätte Talent für eine echte Karriere, was immer sie darunter verstand, und konnte sich überhaupt nicht damit abfinden, dass mein Herz ausnahmslos für Pferde schlug und ich mein Leben für Hauke geben würde. Deswegen knobelte ich an einer Strategie, wie ich sie davon überzeugen konnte, mich bei meiner Ausbildung zur Pferdewirtin zu unterstützen. Notfalls müsste ich gegen ihren Willen handeln – und Isodora und Piet als Verbündete gewinnen. Zum Glück konnte ich mir mit dieser Entscheidung noch ein bisschen Zeit lassen. Bei meiner Ankunft auf dem Friesenhof in jenem Sommer konnte ich jedoch nicht ahnen, dass mich die Sorgen diesbezüglich schneller einholen würden, als mir lieb war. Damals dachte ich, das Thema »berufliche Zukunft« läge noch in weiter Ferne.

Piet hatte recht. In der Tat war ich um mindestens einen Kopf gewachsen, und als wir über den Bahnhofsvorplatz liefen, wo Alma und Luigi geduldig vor der Kutsche auf uns warteten, spürte ich die Blicke der anderen auf mir.

Während ich in Hamburg mit meiner Größe und den lockigen roten Haaren kaum auffiel und mich selbst mit meiner Oberweite kaum von Julia, Vanessa und Pilar unterschied, erregte ich hier in Töwerhaven mit meiner schlanken Figur und den angesagten Szene-Klamotten besonderes Aufsehen. Weniger bei den Urlaubsgästen, die aus allen Teilen der Republik stammten und die ganz bestimmt so schnell nichts überraschte, sondern bei den Einheimischen, die in mir eine »Hexe« sahen, auch wenn das so was von Mittelalter war.

Das lag auch daran, dass meine Tante Isodora in ihren weiten, bunt gemusterten Gewändern und mit ihrer Vorliebe für Naturheilkunde und Kräutertinkturen als schräger Vogel im Ort verschrien war. Fast alle lästerten über ihre esoterische Ader und die Fruchtbarkeitstänze bei Vollmond, über ihre Räucherrituale gegen Stress und Globuli-Gaben bei Sonnenstich. Aber insgeheim war bisher jeder mindestens einmal bei ihr gewesen, um sich einen Rat bezüglich seiner Warzen, Magenschmerzen oder Plattfüße zu holen. Isodora war natürlich so diskret, nicht weiter über die Besuche zu sprechen, aber insgeheim ärgerte sie sich darüber, dass sie so wenig Rückhalt bei den Leuten in der Nachbarschaft hatte. Und das, obwohl sie hier an der Nordsee aufgewachsen war und der Friesenhof ihr Elternhaus war. Dass sie den eigensinnigen Piet geheiratet hatte, der eines Tages von der Hallig Hooge gekommen und einfach geblieben war, machte es nicht besser.

»Denn man rin in die gut Stuv«, hatte mein Onkel augenzwinkernd zu mir gesagt und mir samt Rucksack und Tasche persönlich auf den Kutschbock geholfen. Neben der Vermietung von Ferienzimmern und Boxen für die Pferde war Piets Fuhrunternehmen der Hauptverdienst des Friesenhofs. Mehrfach am Tag organisierte er Ausflugsfahrten und je nach Tide ging es mit den Planwagen durchs Watt rüber zur Insel. Für die Touristen war es ein Highlight ihres Urlaubs, wenn die Gespanne durch die tiefen Priele gingen, und jedes Mal ein Abenteuer, wenn man endlich wieder mit der auflaufenden Flut das Festland erreichte.

Piet hatte neben Alma und Luigi zahlreiche zuverlässige Pferde im Stall stehen, die bedingungslos im Geschirr gingen. Anders als Hauke. Der weigerte sich, auch nur den Brustriemen umgelegt zu bekommen, egal, wer es von uns versuchte und ließ kaum jemanden in seine Nähe. Bei Piet ging gar nichts, bei Finn höchstens die Trense und von Wilm ließ er sich longieren. Der Stallknecht des Friesenhofs kannte sich mit Pferden aus wie kein anderer, geduldig hatte er mit Hauke geübt und sich in stundenlangen Versuchen sein Vertrauen erwirkt. Doch reiten ließ sich Hauke von niemandem außer mir – und putzen nur höchst unwillig. In den letzten Monaten hatte Hauke sich also nutzlos den Bauch vollgefressen, ohne auch nur einen Cent verdient zu haben, wie Piet es formulierte, während wir über die Erdbeerfelder Richtung Friesenhof fuhren und ich ihn nach meinem Liebling ausfragte. Ich konnte es kaum erwarten! Der Sorgenfalte in Piets grimmiger Miene nach zu urteilen, war Hauke nicht umgänglicher geworden und ich wagte kaum nachzuhaken, obwohl ich es mir schon denken konnte. Es war nicht das erste Mal, dass er Haukes luxuriöses Pferdedasein thematisierte und mich dafür verantwortlich machte, weil ich den Schimmelhengst angeblich zu sehr verwöhnt und ihn nur auf mich fixiert hatte.

Aber was konnte ich dafür! Ich war bei Haukes Geburt dabei gewesen, damals vor sieben Jahren, weil für Dr.

Claasen, den Tierarzt, bei einem schrecklichen Unwetter kein Durchkommen gewesen war. Während in jener Vollmondnacht draußen der Sturm tobte, der Wind die Ziegel vom Stalldach fegte und unten am Strand die Wellen an die Deiche drückten, hatte ich stundenlang mit Piet und Wilm im Stall ausgeharrt.

Gemeinsam hatten wir neben Bijke gehockt, sie gestreichelt und ermuntert, während sie von einer Wehenwelle nach der anderen erschüttert wurde, aber die Geburt nicht recht vorangehen wollte. Immer schwächer wurde sie und wir befürchteten das Schlimmste, bis sich dann irgendwann doch noch die Fruchtblase und zwei Vorderbeine zeigten. Das war der Moment, auf den Piet und Wilm gewartet hatten. Mit Stricken und vereinten Kräften hatten die beiden das Fohlen auf die Welt gezogen – in ein blutig-klitschiges Etwas gehüllt, war es schließlich ins weiche Stroh geplumpst. Die Stute jedoch war sehr erschöpft gewesen, sie zeigte keinerlei Interesse an ihrem Hengstfohlen, obwohl wir mehrfach versuchten, sie zu drehen und zu ihrem Kind zu führen, damit sie es beschnuppern und sauber lecken konnte. Jedes Mal wendete sie den Kopf ab, schließlich verzog sie sich in die hinterste Ecke der Box, wo sie sich ermattet niederlegte und nur noch heftige Schnaufer von sich gab.

So wurde es zu meiner Aufgabe, das schwarze Fohlenfell des Kleinen mit Stroh trocken zu reiben, ihn auf dieser Welt zu begrüßen und fortan für ihn zu sorgen. Mit wackeligen Beinen stand er da, schnupperte an meinem Arm und ich werde nie vergessen, wie er plötzlich seinen Kopf an meinen legte. Stirn an Stirn standen wir da, der kleine Schimmelhengst und ich, und für einen Moment stand die Welt still.

Wilm, der es offensichtlich nicht ungewöhnlich fand,

dass eine Stute ihr Fohlen verstieß, hatte eine Flasche Milch gebracht und zu seiner großen Zufriedenheit trank der Kleine sie in gierigen Zügen leer. Piet dagegen stand stirnrunzelnd in der Boxentür, den obligatorischen Friesenschnaps zur Geburt hatte er längst gekippt und vielleicht auch einen zweiten. Ihn schmerzte das Verhalten der Stute sehr, das war ihm deutlich anzumerken, zumal jetzt ein Zittern über ihren Körper lief, heftiger als die Wehen zuvor.

»Können wir nicht etwas für sie tun?«, hatte ich mit Tränen in den Augen gefragt und Isodora, die Heilkräuter und eine spezielle Tinktur gebracht hatte, zuckte nur mit den Schultern.

»Nicht ohne Dr. Claasen. Wir können nichts machen, schon gar nicht in so einer Nacht wie dieser.« Wilm hatte mit dem Kopf nach draußen gedeutet, wo der Sturm unaufhörlich heulte.

»Komm, min Deern, gehen wir schlafen. Bijke muss sich erholen, die wird schon wieder«, hatte Piet zu mir gesagt und mir aufmunternd auf die Schulter geklopft. Das kleine Fohlen hatte er in eine andere Box geführt, wo es nun unter einer Wärmelampe stand und erbärmlich einsam wirkte. Ich konnte meinem Onkel keins seiner Worte glauben, er hatte das nur gesagt, um mich zu trösten, so viel hatte ich mit meinen acht Jahren längst kapiert.

»Okay«, hatte ich gesagt und schon gewusst, dass ich diese Nacht nicht in meinem Bett verbringen würde.

Als die beiden Männer den Stall verlassen und das Licht gelöscht hatten, witschte ich wieder leise in den Stall hinein, ging hinüber zu Bijke, setzte mich zu ihr ins Stroh und bettete ihren Kopf in meinen Schoß. In der Dunkelheit war nur ihr weißes, schimmerndes Fell zu erkennen und die zitternden Wellen, die immer wieder durch ihren Körper liefen. Als die Wolken draußen den Mond freigaben, konnte ich ihre dunklen Augen sehen, die nicht geschlossen waren, sondern aufgeregt in sich hineinzuhorchen schienen, was da gerade mit ihr geschah, geschehen war. Bijke war noch eine junge Stute, das Fohlen ihr erstes Kind und ich weiß noch, dass ich damals mit knapp acht Jahren plötzlich schreckliche Angst vor einer Geburt bekam, obwohl ich auf dem Friesenhof schon etliche glückliche Ereignisse dieser Art erlebt hatte – bisher waren jedes Mal Stute und Fohlen wohlauf gewesen.

Und noch eine Angst stellte sich ein: die Angst, plötzlich von *meiner* Mutter verlassen zu werden. Was, wenn sie sich nicht mehr um mich kümmern konnte, obwohl sie mich liebte, und ich alleine ohne sie sein müsste?

Heute weiß ich, dass meine Angstgefühle damals nicht unbegründet waren, weil meine Mutter zu jener Zeit ganz gravierende eigene Probleme hatte, wie ich später nach und nach erfuhr. Ich weiß inzwischen aber auch, dass sie alles für mich geben würde. Auch wenn sie meinen Pferdefimmel nicht teilt.

In jener Nacht schloss ich mit der Stute einen Pakt. Als das Mondlicht in einer Wolkenpause abermals durch die trüben Stallfenster zu uns in die Box leuchtete, erwischte ich einen Blick aus ihren dunklen Augen mit den langen Wimpern und ihr Blick traf mich tief. Bijke schien mich zu bitten, mich um ihr Kind zu kümmern, weil sie es nicht mehr konnte. Ich nickte und versprach ihr unter Tränen, alles zu tun, damit es gesund und stark heranwachsen würde. Wirklich alles. Ein kräftiges Hengstfohlen wie dieses würde auf dem Friesenhof für ziemlichen Wirbel sorgen, da war ich mir sicher – und ich hatte mir ja immer sehnlichst ein eigenes Pferd gewünscht! Wie lange ich in jener Nacht mit der Stute saß, während draußen der Sturm tobte und ganz bestimmt unten am Strand die Wellen bis in die Dünen hochrollen ließ, ich weiß es nicht. In endlos langen Minuten redete ich beruhigend auf sie ein, streichelte ihren Kopf und ihre weichen Nüstern, erinnerte sie an unsere gemeinsamen Ausflüge am Strand und an die saftigen Wiesen hinten an der Pappelallee, doch es schien, als drangen meine Worte nicht mehr zu ihr durch, und das lag nicht am prasselnden Regen auf dem Stalldach, der meine Stimme übertönte. Längst hielt sie die Augen geschlossen, das Zucken auf ihrem Fell war weniger geworden und langsam beruhigte sich ihr aufgeregter Atem. Irgendwann hörte es auf zu stürmen und zu regnen, die Morgendämmerung zeigte sich am Stallfenster und es versprach, ein sonniger Tag zu werden.

Drinnen aber gab die Stute einen leisen Schnauber von sich, sie begab sich auf ihre letzte Traumreise, in einen endlosen Schlaf, von dem sie nur der liebe Gott erwecken würde. Tränen rannen mir über das Gesicht, als ich begriff, dass sie tot war, gestorben in meinen Armen, und dass wir nie wieder gemeinsam ausreiten würden.

Stattdessen stand hinten in der Box der kleine Hengst auf seinen wackeligen Fohlenbeinen immer noch unter der Wärmelampe. Als warte er darauf, von mir erlöst zu werden, hob er neugierig den Kopf, als ich zu ihm trat und mich zu ihm herunterbeugte. Da schnupperte er an mir herum, durchzauste meine Haare und meinen Pulli, sodass ich unwillkürlich lachen musste, obwohl die ganze Zeit Tränen über meine Wangen rollten. Ich schlang meine

Arme so impulsiv und herzlich um seinen Hals, dass wir beide umkippten und ins Stroh kullerten.

Als Wilm zur morgendlichen Fütterung in den Stall kam, wagte er es nicht, uns zu wecken, weil wir so niedlich aneinandergekuschelt dagelegen hätten – und weil Hauke damals schon so wirkte, als wollte er mich nur für sich allein.

Hauke, so tauften wir den kleinen Hengst, weil es keinen passenderen Namen gab für einen, der in einer Nacht geboren wurde, in der hinten am Oststrand ein Deich durchgebrochen war. Fortan waren wir beide unzertrennlich. Ich zog Hauke mit der Flasche auf, spielte mit ihm Fangen und Verstecken, einen ganzen Sommer lang. War mit ihm stundenlang über die Felder spaziert, am Meer entlang und durch die Dünen, zu meinen Lieblingsplätzen und an den Waldsee, still und abseits der Touristenströme. Gewöhnte ihn in den nächsten Ferien langsam an Sattel und Trense, Hufauskratzen und Mähnekämmen. Oft schlich ich mich nachts heimlich zu Hauke in den Stall. Eng an ihn gekuschelt, schlief ich ein, umhüllt von seinem warmen Pferdeatem wie von einer Decke.

Einige Jahre später, da war ich längst eine gute Reiterin, fing es an, dass mich Hauke immer wieder unmissverständlich dazu aufforderte, mitten in der Nacht einen Ausflug zu machen. Dann ritten wir ans Meer oder zum alten Leuchtturm, nur wir beide ganz allein, die Stille der Nacht und das Funkeln der Sterne über uns. Diese Momente waren magisch und besonders, ich trug sie tief in meinem Herzen und sie halfen mir, die Zeit in Hamburg zu überstehen.

Unmöglich, dieses Gefühl der Verbundenheit Piet zu erklären. Ich verstand es selbst kaum, warum ausgerechnet dieses

Pferd, Hauke, mein Hauke, diese besondere Ausstrahlung besaß und mich derart in seinen Bann zog, sodass er mir zum besten Freund geworden war. Mehr noch: Ich hatte im letzten Jahr verstehen müssen, dass er *alles* für mich bedeutete. Wichtiger als Isodora und Piet, als der Friesenhof – und wichtiger als jeder Junge, ob Eliyah oder Jan, selbst wichtiger als Finn, aber das war eine Geschichte für sich.

Wie um meine Gedanken und Gefühle zu bekräftigen, gab Hauke gerade unter mir einen heftigen Schnauber von sich und holte mich aus der Erinnerung zurück in die tosende Wirklichkeit. Er hatte sich mitten in die Brandung gestellt und ließ seine Beine von den auslaufenden Wellen umspülen, wie um Piets Donnerwetter abzuwaschen, das ja nichts mit uns zu tun hatte. Es schien, als genieße er dieses ungewöhnliche Bad, und hätte ich ihn nicht gezügelt, wäre er sicher noch tiefer in die Fluten marschiert und womöglich bis zum Horizont geschwommen.

Ich atmete tief durch. Der Blick in die Ferne, wo sich die Wellen kräuselten und ich mit zusammengekniffenen Augen einen Tanker ausmachen konnte, brachte Ruhe in mein aufgewühltes Herz. Der Wind spielte mit meinen Haaren und wahrscheinlich hätten wir noch bis zur Ebbe dagestanden, hätte mich nicht plötzlich ein vertrautes Wiehern aus meinen Gedanken gerissen.

Es war Morango, Finns Holsteiner, der seinen Stall- und Weidekumpel auf diese Weise begrüßte und am Strand auf uns wartete. Im Sattel saß Finn, winkte mir zu und strahlte mich an. Ich strahlte zurück.

2

Als ich am nächsten Morgen aufwachte und mich gemütlich in meinem Bett streckte und rekelte, fiel mir auf, wie sehr ich im letzten Jahr den Friesenhof und die Pferde vermisst hatte. Verschlafen tapste ich zum kleinen Fenster, öffnete es, um frische Luft in mein Zimmer strömen zu lassen, und kuschelte mich dann wieder unter meine Decke. Ich liebte dieses warme Gefühl! Während von draußen das vertraute Klappern der Hufe an mein Ohr drang und Wilm längst geschäftig mit Eimer, Schubkarre und Mistgabel hantierte, lag ich gemütlich in meinem Bett und hatte noch fünf Minuten, um im Tag anzukommen. Das hatte ich in Hamburg sonst nie, da war alles ganz streng durchgetaktet, sonst schaffte ich mein Pensum nicht. Hier aber hatte ich alle Zeit der Welt und konnte in Ruhe darüber nachdenken, wie das Wetter heute wohl werden würde.

Denn der Fensterausschnitt zeigte ja nur eine Momentaufnahme, nie das Ganze. War es nur eine dunkle Wolke, die sich da vor die Sonne geschoben hatte, oder war der gesamte Himmel verhangen? Wehte ein heftiger Wind, obwohl alles sonnig und postkartenblau wirkte? Ich mochte es, darüber zu spekulieren, wie das Wetter wohl werden würde. Was zog ich am besten an, um für alle Fälle gewappnet zu sein? Würde sich ein Ausflug zum Waldsee lohnen oder kümmerte ich mich besser drinnen um die Sattelkammer? An der Nordsee wusste man nie – Wind,

Sonne, Regen konnten sich stündlich ändern. Und Piet, der auf gutes Wetter angewiesen war, weil nur dann die Leute Interesse an seinen Ausflugsfahrten zeigten, wusste wie kein anderer, die Wolken am Himmel zu lesen. Da war er treffsicherer als jede Wetter-App, wie sie Isodora bevorzugte, und oft genug stritten sich die beiden darum, wer denn nun recht behalten würde. Meistens war es Piet.

Heute schien es ein vielversprechend schöner, wenn auch windiger Tag zu werden, weswegen Piet offensichtlich gerade unten dabei war, seine Fuhrwerke klarzumachen.

Wie immer durfte ich heute an meinem ersten Tag in Ruhe in meine Ferien starten und brauchte nicht zu helfen, ab morgen würde ich allerdings mit vollem Einsatz meine Ferieneltern unterstützen. Dann würde ich rechtzeitig aufstehen und Isodora beim Frühstücksgeschäft helfen: Tisch decken, Brotkörbe verteilen und Müslilöffel bereitlegen. Später würde ich mit ihr gemeinsam Handtücher und Bettzeug einsammeln und zur Wäscherei bringen.

Bei dem Gedanken an die Wäscherei durchzuckte es mich schmerzhaft. Ein Jahr lang war es mir gelungen, die Erinnerungen an den vergangenen Sommer zu verdrängen. Und plötzlich war alles wieder da.

Die Wäscherei gehörte Geert Friedrichsen, einem angesehenen Geschäftsmann in Töwerhaven und Erzfeind von Piet. Geert war aber auch der Trainer der hiesigen Fußballmannschaft – und der Vater von Jan, dem besten Spieler, Obermacker und Herzverdreher. Ich hatte Jan im letzten Sommer durch einen Zufall und von einer ganz anderen Seite kennengelernt. Wenn wir gemeinsam am Strand entlangspaziert waren, gab es den Angeber und Sprücheklopfer nicht. In endlosen Gesprächen hatte er mir seine Sorgen und Nöte anvertraut, von seinen Versagensängsten erzählt und wie sehr er sich wünschte, endlich dieses Kaff, wie er es nannte, verlassen zu können. Lange Zeit hatte ich unsere Treffen geheim halten müssen, niemand hätte es verstanden, dass ausgerechnet ich ihn küsste. Und erst recht nicht, dass Hauke sich von ihm reiten ließ. Überhaupt war es mehr als verwunderlich, wie talentiert sich Jan beim Reiten gezeigt hatte, wie selbstverständlich er mit Hauke umging – und dass mich Hauke immer wieder zu Jan führte. So oft und so lange, bis Jan mit Lena Schluss gemacht und mich als »Spielerbraut« seinen Kumpels vorgestellt hatte. Was wiederum den Anfang vom Ende für mich bedeutet hatte, denn angesichts der derben Sprüche und des anzüglichen Machogehabes, wie es offensichtlich auf dem Land und in diesen Fußballkreisen üblich ist, hatte ich schnell kapieren müssen, dass ich hier falsch war. Ich wollte mich nicht gegen meinen Willen angrapschen lassen, ich wollte nicht einfach nur dabeistehen und zuhören und keine Meinung haben dürfen. Ich war nicht wie Lena und ihre Hühner – so nannten Finn, Mareike und ich die Bürgermeisterinnentochter und ihre Freundinnenschar. Im letzten Sommer hatte ich mir die Angeberin wegen der Sache mit Jan dann endgültig zur Feindin gemacht.

Jan hatte ich seit unserem gemeinsamen Sommer nie wiedergesehen und gesprochen. Einmal noch hatte ich versucht, mit ihm Kontakt aufzunehmen, weil ich nicht glauben konnte, dass all das, was zwischen uns passiert war, nicht echt und ehrlich gewesen sein sollte. Ich konnte nicht fassen, dass mein Herz sich so in ihm getäuscht haben sollte! Aber er hatte auf meine Nachricht nicht reagiert. Und ich hatte verstanden, dass es sich bei einem wie ihm nicht lohnte.

Trotzdem hatte er mein Herz durcheinandergespült und in mir Gefühle geweckt, die ich bisher nicht gekannt hatte, höchstens für Hauke. Ich wagte mir nicht auszumalen, wie es wäre, ihm in diesem Sommer wieder zu begegnen. Besser war es, nicht daran zu denken.

Mit einem energischen Ruck fegte ich die Decke zur Seite und sprang aus dem Bett, so schnell, dass mir fast schwindelig wurde. Ich hatte mit Finn gestern noch ausgemacht, dass wir rüber zu Hennig reiten würden, Erdbeeren mit Sahne futtern. Beim letzten Mal hatten wir Arm in Arm wie ein altes Ehepaar im Strandkorb gesessen. Ich freute mich auf das vertraute Gefühl, Seite an Seite mit Finn den Nachmittag zu verbringen.

Mareike, meine allerliebste und allerbeste Freundin ever, würde ich heute Abend treffen, ohne ihren Freund Brian – wie zu alten Zeiten. Das hatte sie mir versprochen. Es gab ganz bestimmt schrecklich viel zu erzählen.

Eilig sprang ich unter die Dusche, zog meine Reitklamotten an und marschierte hinunter zu Isodora, die gerade dabei war, das Frühstücksgeschirr zusammenzuräumen.

»Na, min Deern, ausgeschlafen?«, begrüßte sie mich freundlich und zog mich überschwänglich an ihre üppige Brust. Sie roch vertraut nach Schafsmilchseife – und ein bisschen nach ...

»Brennnesseljauche? Igitt! Sag bloß, du warst in aller Herrgottsfrühe draußen und hast deine Tomaten gedüngt?« Ich befreite mich naserümpfend aus ihrer Umarmung und schielte nach dem Brotkorb auf der Anrichte. Mmhh, die Auswahl war gut. Lieber ein Rundstück mit selbst gemachter Kirschmarmelade oder eine Scheibe Rosinenstuten? Ich entschied mich für beides.

»Die haben Sturm und Regen angesagt, da wollte ich vorher meinen Pflanzen wenigstens etwas Gutes tun«, entschuldigte sie sich lächelnd. »Hab meine Hände schon drei Mal gewaschen, keine Ahnung, warum ...«

»Du hast gekleckert, deshalb müffelst du«, stellte ich fest und deutete grinsend auf den großen dunklen Fleck auf ihrem Kaftan, der bei dem bunten Muster kaum auffiel.

»Hoffentlich hat das niemand gemerkt«, kicherte Isodora zurück. »Zum Glück ist dieser gestrenge Herr Papa vom Klappergestell Anna noch nicht da, der hätte mir womöglich sofort die Lizenz entzogen.«

Ich rollte die Augen. Anna und ihre Stute Moonlight waren letztes Jahr erstmals auf dem Friesenhof gewesen und die junge Reiterin hatte offensichtlich Gefallen an dem romantisch hinterm Deich gelegenen Haus gefunden. Kein Wunder, ich konnte mir ja selbst keinen besseren Ort vorstellen als diesen! Der Hof mit seinen Stallungen war zwar schon etwas in die Jahre gekommen, hier und da bröckelte die Fassade, das Dach an der hinteren Scheune war längst nicht mehr dicht und die Zimmer hätten bei genauem Hinsehen auch neue Tapeten nötig. Aber alle Makel wurden durch den umwerfenden Charme des reetgedeckten Anwesens wettgemacht. Rote Kletterrosen rankten am Eingang, Hühner stolzierten umher und Kater Merlin war der Hausherr über Mäuse und Hunde, die seiner Meinung nach auf dem Hof nichts zu suchen hatten.

»Na, dann geh dich mal umziehen, ich kümmere mich«, sagte ich mit kauendem Mund. Längst hatte ich begonnen, die Spülmaschine auszuräumen.

»Danke, min Deern!«, antwortete Isodora und war schon in der Tür, als sie sich noch einmal zu mir umdrehte. »Geht's dir auch wirklich gut? Du wirkst so ... verändert.«

»Alles in bester Ordnung!« Ich war zu ihr getreten und hatte meine Arme zärtlich um ihren Hals geschlungen. »Ich hatte das allerbeste Zeugnis, die Einwahl in die Kurse läuft perfekt und Camilla ist auch zufrieden mit mir.«

»Ein Dreivierteljahr ist eine lange Zeit«, meinte Isodora und drückte mich feste an sich. »Und wahrscheinlich muss ich mich langsam mal daran gewöhnen, dass du erwachsen wirst.«

»Pah, noch lange nicht! Ich bin fünfzehn, ich darf noch nicht mal in die Clubs oder offiziell Alkohol trinken.«

»Würdest du gerne?« Isodora schob mich ein Stück von sich, damit sie mir besser in die Augen gucken konnte.

»Sehe ich so aus?« Ich schüttelte den Kopf, dass meine roten Locken flogen. Ich bin doch nicht wie Julia, Vanessa und Pilar, die ihre Ausweise fälschten, um sich Zugang in die Szeneläden zu verschaffen.

»Nö!« Isodora kicherte, gab mir einen Klaps auf den Hintern und marschierte dann eilig ins Badezimmer, wo ich kurz darauf die Dusche rauschen hörte. Ein Hauch von Brennnesseljauche hing in der Luft ...

Gedankenverloren räumte ich die Küche auf, dann studierte ich die Gästeliste, es waren weniger als sonst und kaum vertraute Namen darunter. Das wunderte mich, denn sonst war der Friesenhof immer für Monate im Voraus ausgebucht. Verschwiegen mir Piet und Isodora etwas? Gab es Probleme, von denen ich nichts wusste?

Draußen auf dem Hof herrschte nun reges Treiben. Alle wollten vor dem Wetterumschwung noch mit ins Watt und die meisten Urlaubsgäste hatten sich heute Morgen beim Blick aus dem Fenster spontan für einen Ausflug entschieden. So war das hier oben an der Nordsee!

»Kannst du die beiden übernehmen?«, rief mir Piet geschäftig zu, als ich zu Alma und Luigi trat, um sie zu begrüßen. Die beiden Schimmel waren ein eingespieltes Gespann und gingen tausend Prozent zuverlässig im Geschirr. Ich klopfte Luigi liebevoll den Hals.

»Du meinst, ich soll auf den Kutschbock?« Ich schaute meinen Onkel ungläubig an. Bisher hatte er immer gemeint, dass ich zu jung zum Kutschieren war und außerdem keine Lizenz besaß. Obwohl ich von Kindesbeinen an mitgefahren war und die Wege durchs Watt und durch die Felder im Schlaf kannte. Mal abgesehen davon, dass Alma und Luigi sowieso wussten, wo es langging.

»Helge ist ausgefallen. Der musste auf dem Rettungskreuzer aushelfen, weil dort wiederum Ole fehlt, der ...«

»Schon gut, schon gut!«, antwortete ich lachend, insgeheim froh darüber, ihm endlich beweisen zu können, dass ich durchaus ein Gespann sicher zu lenken wusste.

»Komm, beeil dich! Uns bleibt heute nicht viel Zeit für die Ausfahrten!«, rief Piet mir zu und war bereits dabei, die Urlaubsgäste auf die Wagen zu verteilen. Ein kleiner Junge durfte zur mir vorne auf den Bock, ein älterer Herr stellte sich beim Hochklettern der Leiter fürchterlich ungeschickt an, weil er offensichtlich ein Problem mit der Höhe hatte. Aber die Wattwagen waren extra so hoch gebaut, damit sie sicher durch die Priele fahren konnten.

»Dann bleibt er eben da ...«, murmelte ich und wunderte mich insgeheim darüber, dass Piet so zur Eile antrieb.

»Ich traue dem Wetter nicht«, flüsterte er mir zu, als

er meinen stirnrunzelnden Blick bemerkte. »Die Prognose lautet zwar sonnig und windig, aber schau mal: Dort hinten die Wolken …« Er deutete vage zum Horizont, wo sich schmale, dunstige Streifen abzeichneten, die sich sehr langsam zu einer unheilvollen dunklen Masse zusammenballten.

»Wenn du meinst …« Ich zuckte mit den Schultern. Ich hatte nichts gegen einen kurzen Ausflug, umso schneller war ich wieder zurück, Mareike treffen, auf die ich mich riesig freute.

»Los geht's!« Schnalzend trieb ich Alma und Luigi an, ich brauchte die Peitsche kaum, der Wagen setzte sich wie von selbst in Bewegung, die Pferde kannten ihren Weg. Der kleine Junge neben mir plapperte in einer Tour, erzählte mir von seiner Voltigiergruppe. Ich hörte ihm kaum zu, denn als es jetzt auf den Wattboden ging, wurde mir doch etwas mulmig zumute. Das Wasser stand trotz Ebbe immer noch knöcheltief, und soweit ich es erkennen konnte, lief es der Strömung nach zu urteilen auch nicht mehr weiter ab. Seltsam, wunderte ich mich, noch hatten wir allerbestes Sonnenwetter.

Der Wagen ruckelte sanft, als wir eine Sandbank überquerten, die Fahrgäste juchzten, der Junge erzählte was von Mühle, Schere und Galoppieren im Stehen. Da tauchte vor uns der große Priel auf und nur für einen Moment zögerten Alma und Luigi. Denn das Wasser stand hoch, für meinen Geschmack viel zu hoch. Aber Piet vor uns steuerte sein Fuhrwerk energisch durch, also setzten wir ihm nach, Huf für Huf, Wagenrad für Wagenrad wie durch einen Fluss.

Das Wasser im Priel ging den Pferden bis knapp über die Brust und das sollte schon etwas heißen, denn Alma und

Luigi waren stattliche Schimmel mit einem Stockmaß von 1,70 Metern. Ich gab den beiden den Hals frei, hielt nur über die Zügel leichten Kontakt und ermunterte sie mit sanfter Stimme hindurchzugehen, der Wattwagen war ja genau deswegen so hoch gebaut.

Die Reiter auf ihren Pferden, die unsere Karawane begleiteten, hatten längst umgedreht und waren zurückgeritten. Normalerweise hätte Piet unter diesen Umständen die Fahrt ebenfalls abgebrochen, aber heute schien er nicht daran zu denken. Obwohl ich ganz genau wusste, dass uns nichts passieren konnte, und Piet wie keinem anderen Menschen vertraute, war mir bammelig zumute, zumal der Himmel über uns sich mehr und mehr verdunkelte. Nur am Horizont war ein kleiner heller Streifen zu sehen, der merkwürdig gelb leuchtete.

»Ist schon mal so ein Wagen stecken geblieben?«, fragte eine Dame, die sich offensichtlich unwohl in ihrer Haut fühlte. Der Junge neben mir hatte keine Angst, er sang mir jetzt die Melodie seiner Kür vor.

Ich drehte mich zu ihr um. »Nicht, dass ich wüsste!«, rief ich ihr beruhigend zu. »Die Pferde haben ein sicheres Gespür. Und außerdem können sie schwimmen ...«

Da mussten alle lachen, und als wir kurz darauf wieder festen Wattboden unter den Rädern hatten, sowieso.

»Das war nicht ohne«, meinte Piet am Abend zu mir, als wir gemütlich am Küchentisch saßen und Bohnen schnippelten, die Isodora im Tontopf vergären lassen wollte. Saure Bohnen waren neben der roten Grütze eine Spezialität des Hauses. »Mehr Vitamin C geht nicht«, pflegte sie immer zu sagen, wenn ich naserümpfend über dem dampfenden Teller saß.

»Wieso hast du überhaupt auf der Ausflugsfahrt bestanden?«, fragte ich und schob ein Häufchen Bohnenfitzel zusammen.

»Weil mir sonst die Gäste abspringen und woanders mitfahren, so einfach ist das«, meinte er und fuchtelte mit dem Messer in seiner Hand herum. »Ist ja auch noch mal gut gegangen ...«

»Hätte aber auch schiefgehen können!«, ermahnte ihn Isodora. »Erinnere dich nur daran, als euch damals mitten im Herbststurm die Deichsel gebrochen war! Wäre das Amphibienfahrzeug nicht zufällig genau auf eurer Höhe gewesen, hättest du mit deinen Fahrgästen schwimmen müssen!«

»Jetzt haben wir aber Sommer!« Piet zuckte mit den Schultern und ich fragte mich, seit wann ausgerechnet er so nachlässig mit den Wetterprognosen umging. Sonst war er immer die Verantwortung in Person und stets darauf bedacht, die Sicherheit seiner Gäste um nichts in der Welt zu gefährden. Und hatte er nicht heute Morgen zu mir noch gesagt, das Wetter gefiele ihm überhaupt nicht?

»Das scheint das Wetter da draußen aber nicht zu wissen!«, meinte ich und deutete mit dem Kopf nach draußen. Seit dem späten Nachmittag waren die Wolken immer dichter und dunkler geworden und auch der Wind hatte zugelegt, wenn ich mich nicht täuschte, mindestens Stärke acht. Die Verabredungen mit Finn und Mareike hatte ich auf morgen verschieben müssen, bei dem Wetter ging man besser nicht aus dem Haus.

»Unten am Hafen haben sie die Boote festgemacht und das Deichtor wurde auch schon geschlossen«, meinte Isodora. »Der Deutsche Wetterdienst hat eine Sturmflut vorausgesagt, wer weiß, was da heute Nacht draußen passiert!«

»Was soll schon sein? Wir sitzen hier im Trocknen. Ist doch nicht der erste Sturm, den wir erleben!«, antwortete Piet schroff. An seiner grimmigen Miene konnte ich bemerken, dass er sich trotzdem große Sorgen machte.

In der Tat schienen die Rollläden lauter zu klappern und der Wind lauter zu heulen als sonst. Der Regen war immer stärker geworden und trommelte unaufhörlich gegen die Scheiben. Ungewöhnlich war auch, dass Piet und Wilm die Pferde von der Weide in den Stall getrieben hatten, wo sie die Nacht geschützt verbringen sollten, das machten sie sonst nur im Herbst. Hauke, der Sensibelste von allen, hatte mit angstvollen Augen vorhin in seiner Box gestanden, als ich ihm meinen allabendlichen Gutenachtkuss verabreicht hatte. Ich konnte es ihm nicht verdenken, auch mir war angesichts des machtvollen Windes bange ums Herz, dabei hatte ich Unwetter und Sturmfluten hier an der Nordsee längst tausendmal erlebt – und heil überstanden. Nie war etwas passiert, außer ein paar kaputte Ziegel, die es vom Scheunendach gefegt hatte.

Wahrscheinlich lag es an dem schwefelgelben Himmel, der sich am Horizont in einer Mischung aus drohendem Grün und Gelb über einem sehr dunkelblauen und aufgewühlten Meer zeigte. Die Sonne war hinter einzelnen Wolkenlücken immer noch zu erkennen, aber sie schien nicht die Kraft zu haben, das drohende Unwetter zu stoppen. Unheilvoll türmten sich die Wellen und schlugen mit unbändiger Kraft an den Strand, ach was, sie rollten längst bis hoch an die Dünen aus, etliche Strandkörbe hatte es schon weggespült. Das hatten wir vorhin beobachten müssen, als wir Finns Eltern geholfen hatten, ihr frisch renoviertes Hafenrestaurant dicht zu machen. Frauke und Henry waren in großer Sorge und schleppten, so viel sie konnten, in den ersten Stock. Denn ohne Frage würde das Wasser heute höher als sonst steigen, das hatte der Wetterdienst angekündigt, aber Vorsicht war besser als Nachsicht, pflegte Finns Mutter immer zu sagen, die sowieso mit allem sehr pingelig war.

»Die Stadtlüdd sind all zum Gucken opn Deich!«, sagte Isodora und sammelte die letzten Bohnenschnippel in ihre Schüssel. »Hoffentlich schaffen sie den Weg noch zurück. Ich hab sie gewarnt, aber die ollen Klookschieter wissen ja man alles besser!«

»Sie sind alt genug!«, antwortete Piet. Dann schob er energisch seine Schüssel von sich und stand mit einem Ruck auf. »Ich gehe noch mal zu den Pferden, kommst du mit?«

»Klar!« Dankbar nickte ich meinem Onkel zu. Insgeheim war ich bei Isodoras Worten immer unruhiger geworden und hatte längst überlegt, wie ich mich zu Hauke in den Stall schleichen konnte, ohne dass die beiden es merkten.

Der Sturm riss uns die Tür schier aus der Hand, und als wir auf den Hof traten, schien es, als käme das Wasser von allen Seiten, es regnete wie aus Containern. Sturzbäche liefen die Wege entlang, gruben Rillen, verwandelten sie in eine einzige Schlammpfütze und rissen vergessene Flaschen, Stiefel und Eimer mit sich, irgendwo trieb sogar ein Teddy. Wir mussten uns mit aller Kraft gegen den Wind stemmen, um überhaupt voranzukommen.

»Mann, Mann, Mann!«, rief Piet.

Ich war gerade zu Hauke in die Box getreten, der unruhig umherlief und atemlos schnaubte, da klingelte mein Handy. Es war Finn, der nur vier Worte in den Hörer schrie: »Du musst kommen. Sofort.«

So schnell ich konnte, machte ich Hauke startklar, der auf nichts anderes gewartet zu haben schien, als mit mir im Sattel vom Hof zu preschen. Piet machte noch nicht einmal Anstalten, mich aufzuhalten, er warf mir nur noch einen Ostfriesennerz zu. »Gott behüte dich«, rief er mir hinterher.

Unten am Hafen herrschte reges Treiben, ach was, blanke Panik. Das Wasser schwappte längst über der Kaimauer und hatte das Hafenrestaurant erreicht, es schien immer noch zu steigen. Der Markierung nach war es knapp zwei Meter über normale Flut.

»Reite runter zum Deich«, rief mir Finn atemlos entgegen. »Dort sind alle im Einsatz und verstärken den Deich, verstehst du?« Er war regennass und sein sonst so fröhliches Gesicht wirkte besorgt und angespannt. »Schau, ob du einige loseisen kannst, um uns hier zu helfen ... « Er machte eine vage Geste zum Gebäude.

Mein Herz machte einen Aussetzer. Ich verstand, was mir mein bester Freund und Kumpel sagen wollte: Es ging darum, das Haus zu retten, die Existenz seiner Eltern und die vieler anderer Dorfbewohner, deren Häuser von den einströmenden Wassermassen unweigerlich weggespült werden würden – sollte der Deich brechen.

Als ob Hauke verstanden hätte, galoppierte er aus dem Stand los, ich hatte noch nicht einmal Zeit, Finn zu sagen, wie leid mir das alles tat und dass er bitte auf sich aufpassen sollte und wie gern ich ihn hatte. Hinten am Deich angekommen, wo in der Biegung durch die Strömungslage die Wellen am stärksten drückten, offenbarte sich mir ein dramatisches Bild. Das Wasser schwappte auch hier bereits in kleinen Wellen über und an einer Stelle meinte ich, sogar einen Überlauf auszumachen. Ich zügelte Hauke und ritt langsam zu den Männern und Frauen, die im Akkord Sandsäcke an die undichten Stellen schafften. Ein Blick genügte, um zu verstehen, dass die Dorfbewohner heute Nacht mit vereinten Kräften nur eine Stelle retten konnten. Ich würde hier keinesfalls jemanden abwerben können.

»Wir brauchen noch Verstärkung!«, rief mir Geert zu, als er mich erkannte. »Hol deinen Onkel, der soll man in die Puschen kommen, anstatt sich den Wams am Feuer zu schaukeln! Und seine verwöhnten Stadtlüdd kann er auch gleich wegschaffen. Stehen nur rum und gaffen, anstatt mit anzupacken.«

In der Tat waren etliche Schaulustige dabei, mit ihren Handys die dramatische Szene zu filmen, aber es waren keine Gäste des Friesenhofs darunter. Ein kleines Mädchen saß auf den Schultern seines Vaters und hielt mit ihrem Smartphone ebenfalls drauf. Als ob sie nicht wüssten, dass das Deichebetreten strengstens verboten war. Es reichte, dass die Mäuse den rettenden Wall unterhöhlten, da mussten nicht auch die Menschen alles zertrampeln und zerstören. Garantiert hatten die Stadtlüdd auf diese Gelegenheit längst gewartet und ihre wasserfesten Smartphone-Hüllen mitgebracht, dachte ich grimmig, wo gab es schon mal Land unter live?

Ich trieb Hauke noch dichter an die Helfer heran.

»Was braucht ihr noch? Neue Säcke? Sand?«, rief ich gegen den Sturm an.

»Alles!«, rief Geert zurück. »Und bete zu Gott, dass der Deich hält!«

Ich nickte und wollte mit Hauke zurück zum Hafen reiten, da bäumte sich mein eigensinniges Pferd auf, stieß mit den

Vorderhufen in die Luft und machte eine Kehrtwendung, dass ich beinahe aus dem Sattel rutschte. Ehe ich mich versah, galoppierte er mitten in die gaffende Menschenmenge, die erschrocken auseinanderstob, einer fiel sogar hin und rollte den Deich hinunter.

»Habt ihr immer noch nicht genug!«, schrie ich gegen den Wind und konnte Hauke kaum zügeln. »Packt lieber mit an. Oder verschwindet dorthin, wo ihr hergekommen seid.«

Als ich jedoch den kleinen Voltigierer von heute Morgen bemerkte, der weinend im Regen stand, fasste ich mir ein Herz und zog ihn hoch zu Hauke in den Sattel.

»Wo wohnst du?«, schrie ich ihm ins Ohr.

»In Bochum.«

»Nein, ich meine zurzeit.«

»Im Hotel Deichgraf ...«

»Halt dich fest! Ich bring dich nach Hause ...«

3

Am nächsten Tag war nichts mehr, wie es einmal war. Aber das erfuhr ich erst nach und nach während des gemeinsamen Frühstücks mit Isodora und Piet. Obwohl ich in jener Nacht kaum geschlafen hatte, war ich mit den ersten Sonnenstrahlen wach geworden, weil nach dieser fürchterlichen, unheilvoll dunklen und stürmischen Nacht die Sonne schien, als wäre nichts gewesen.

»Der Deich hat gehalten«, meinte Piet mit dunkler Stimme. »Nicht auszudenken, wenn ...«

Ich schluckte. Die Erinnerung an die Momente im Sturm schnürte mir die Kehle zu. Bange hatte ich von Haukes Rücken aus verfolgt, wie die Wellen immer wieder über den Deich schwappten. Zwischendurch war ich zum Bauhof gejagt, um leere Sandsäcke zum Befüllen zu holen, und hatte gemeinsam mit Lena Handschuhe für die Helfer organisiert. Alle hatten geholfen, selbst die Bürgermeisterin und ihre verwöhnte Tochter.

»Und die Stadtlüdd hatten nichts Besseres zu tun, als zu gaffen?« Isodora kriegte sich gar nicht mehr ein. »Das hätte ich nicht erwartet! Aber ist ja man typisch, mit ihren Daddelgeräten, live dabei und gleich ab ins Netz! Unsere Gäste waren zum Glück hier!«

»Das war auch gut so!«, räsonierte Piet. »Ohne Annas Vater hätten wir das Stalldach kaum so schnell geflickt bekommen. Der Thorsten ist wirklich ein anständiger Kerl!

Und seine Tochter, das Klappergestell, man auch, die hat auch mit angepackt!«

»Andere hier in Töwerhaven hatten nicht so viel Glück ... Der blanke Hans packt sie alle.«

Ich nickte betrübt. Noch in der Nacht war allen klar geworden, dass der Anker den Wassermassen nicht standgehalten hatte, zu hoch war die Flut gestiegen. Obwohl Finns Eltern und ihre Leute mit Sandsäcken und Holzplanken das Hafenrestaurant geschützt und rechtzeitig vorgesorgt hatten, blieb ihnen keine Chance. Zum Glück konnten sie sich auf ihren Balkon im ersten Stock retten – von dort aus hatten sie hilflos zusehen müssen, wie die Wassermassen nach ihrem Eigentum griffen.

»Alle Tische, alle Bänke, stell dir man vor, das is nu perdu, die ganze Arbeit ... alles futsch«, seufzte Isodora. »Frauke hat erzählt, dass sämtliche Vorräte im Keller weggespült wurden.«

»Selbst schuld! Wer baut auch im Hafen einen Keller?«, meinte Piet und schüttelte den Kopf. »Jeder weiß, wie unsicher das ist. Das war ein schwerer Fehler.«

»Fehler oder nicht. Hat immerhin jahrelang gehalten«, versuchte ich, Finns Familie zu verteidigen. Mein Onkel hatte gut reden.

Armer Finn! Ich mochte mir gar nicht ausmalen, wie er sich heute Morgen fühlte. Seine Eltern hatten erst vor eineinhalb Jahren mit großem Aufwand den Anker modernisiert und ein Vermögen in neue Küchengerätschaften und in die Einrichtung investiert. Und Finn, der eine Vorliebe und vor allem ein Talent für die Zubereitung von Süßspeisen aller Art besaß, hatte als Patissier seinen eigenen Arbeitsplatz bekommen. Im letzten Jahr hatte er sich mit seinen leckeren Kreationen in das Herz der Gäste gekocht und durch seine patente Art in der Küche unentbehrlich gemacht. Sehr zum Leidwesen von Morango, der sich in dieser Zeit einen Weidebauch angefressen hatte und unglaublich träge geworden war. Dabei waren die beiden vor Finns Küchenleidenschaft ein tolles Team im Dressurviereck und hatten auf Turnieren etliche Preise abgeräumt.

»Kann nur hoffen, dass sie richtig versichert sind«, knurrte Piet.

»Wenn das man nur alles wäre ...« Isodora schüttelte mit sorgenvoller Miene den Kopf. »Die Boote im Hafen sind schwer beschädigt worden, hinten im Koog sind die Dächer kaputt und etliche Keller vollgelaufen. Und am Oststrand ist das Wasser so weit in die Dünen gestiegen, dass eine neue Abbruchkante entstanden ist. Jetzt sind sämtliche Häuser dort einsturzgefährdet.«

Erschrocken blickte ich auf. Die Sturmflut war schlimm gewesen, ja, und ich war heilfroh, dass mich Hauke sicher auf seinem Rücken durch die Nacht getragen hatte. Dass wir helfen und den kleinen Jungen retten konnten. Aber dass so viel zerstört worden war – das hatte ich nicht erwartet.

»Ich reite los und schau nach«, rief ich und war schon aufgesprungen, als Isodora mich am Arm festhielt.

»Erst wird ordentlich gefrühstückt! Und dann hilfst du hier, klar Schiff machen. Wir sind noch mal mit dem Schrecken ...«

... *davongekommen*, hatte sie bestimmt sagen wollen. Doch in diesem Moment kam Anna kreidebleich in die Küche.

»Was ist passiert?«, riefen wir drei erschrocken wie aus einem Mund.

»W-wasser«, stammelte sie. »Es tropft durch die Decke ...«

Mit einem Satz war Piet an der Tür, Isodora überholte ihn an der Treppe, für ihre Leibesfülle erstaunlich behände und schnell. Anna und ich hechteten hinterher.

»Oh nein! Oh nein!«, jammerte meine Tante. »Sieh dir das an, alles … alles nass!« Sie schlug die Hände vors Gesicht und starrte an die Decke von Annas Zimmer, an der kleine braune Rinnsale entlangliefen und sich in der Mitte zu dicken Tropfen sammelten, die unablässig auf ihr Bett fielen.

»Das kommt vom Dachboden«, sagte Piet tonlos und ich glaube, seine Stimme hatte noch nie so leise geklungen wie in jenem Moment. Langsam, ganz langsam verließ er das Zimmer und ging in die hintere Ecke des Flurs, wo sich um die Dachbodentreppe bereits ein dunkler Ring abzeichnete. Bei genauerem Hinsehen hingen überall an der Decke Wassertropfen.

»Nicht öffnen«, rief ich geistesgegenwärtig, doch zu spät. In diesem Moment hatte Piet bereits mit der Stange die Luke geöffnet. Ein gewaltiger Wasserschwall traf ihn voll ins Gesicht und warf ihn beinahe nach hinten um. Isodora, die uns gefolgt war, stieß einen Schrei des Entsetzens aus.

»Schietkram!«, war das Einzige, was Piet über die Lippen brachte, und starrte auf den Wasserfall, der scheinbar ohne Ende hinabströmte. Irgendwann verebbte das Wasserspiel, wir hatten längst nasse Füße. Piet zog die Leiter auf und ging sehr langsam und bedächtig die schmale Stiege nach oben.

»Schietkram«, dröhnte es abermals, diesmal lauter. »Guckt euch das an! Ich glaub es nicht!«

So schnell ich konnte, kletterte ich nach oben, gefolgt von meiner Tante, die kaum durch die Dachbodenöffnung passte.

»Alles, nur nicht das!«, brach es aus ihr heraus, als sich ihr die Katastrophe offenbarte: Das alte Reetdach war an einer tischtennisplattengroßen Stelle eingebrochen, als ob der Wind es einfach durchgepustet hatte.

»Wann habt ihr das letzte Mal das Dach warten lassen?«, fragte ich.

Normalerweise schaute einmal im Jahr ein Dachdeckermeister nach dem Rechten, prüfte Halterungen und Dichtigkeit, reinigte das Reet von Unrat und Moos. Doch der starke Wind musste das Dach eingedrückt haben. Und durch die undichte Stelle war in der letzten Nacht der Regen unaufhörlich eingedrungen, irgendwann durch die alte Strohdecke in Annas Zimmer gesickert – und hatte letztlich Piet geduscht und sich im Flur verteilt, wo das Wasser nun unaufhaltsam die Treppen hinunterplätscherte.

»Das ist schon eine Weile her ...« Isodora guckte zerknirscht und atmete tief durch. »Wir haben darauf verzichtet, weil das immer so teuer ist«, fügte sie mit leiser Stimme hinzu.

Mittlerweile waren etliche Gäste auf das Durcheinander aufmerksam geworden und drängelten sich neugierig im Flur.

»Bei mir regnet es auch rein!« – »Alles nass!« – »Komm, wir reisen ab!« – »Mir reicht's an Katastrophe!«, drangen die Stimmen von unten zu uns hinauf.

»Was ist passiert?« Ein grauhaariger Mann mit dunklem Shirt und Dreitagebart streckte seinen Kopf durch die Dachbodenöffnung.

»Thorsten, Thorsten«, seufzte Piet. »Hätten wir letzte Nacht man hier geflickt und nicht die Scheune ...«

»Drei Generationen hat das Dach gehalten. Und jetzt das!«, Isodora klang immer noch fassungslos.

»Ach du Schreck, wie konnte das passieren?« Annas Vater schaute bestürzt und kletterte zu uns. »Damit hatte ich nicht gerechnet!«

Er legte tröstend seinen Arm um meine Tante.

Die drei Erwachsenen schauten beinahe andächtig durch das Loch nach draußen und ich weiß nicht, ob sie auch das Gleiche dachten wie ich, nämlich, dass man von hier einen grandiosen Ausblick auf die Weiden, Dünen und das dahinterliegende Meer hatte. Blauer Himmel und Sonnenschein, Nordseeidylle pur.

»Und was machen wir jetzt?«, fragte ich in die Runde.

»Jetzt brauche ich erst mal einen Schnaps!«

Das kam von Isodora.

»Die Ratten verlassen das sinkende Schiff«, meinte Piet düster, als am Nachmittag das letzte Rücklicht eines Gäste-Autos hinter der Wegbiegung verschwunden war. Tatsächlich hatten bis auf zwei Familien aus Hessen und Anna mit ihrem Vater alle die Koffer gepackt und ihre Pferde in die Hänger verladen. Niemand wollte die kommende Nacht unter einer nassen, tropfenden Zimmerdecke verbringen. Und im Ort gab es kein einziges freies Bett mehr, in das sie hätten ausweichen können, Isodora hatte sämtliche Bekannte rauf und runter telefoniert. Denn ebenso plötzlich, wie sich der Sturm über Nacht gelegt und das Wasser wieder auf wenigstens nur siebzig Zentimeter über normal zurückgelaufen war, waren von überallher Reporter, Pressemenschen und Übertragungswagen aufgetaucht. Sie bevölkerten Hotels, Strand und Straßen, liefen mit ihren Kameras und Mikrofonen durch die Gegend und interviewten einen Bewohner nach dem anderen: Finns Eltern, die es mit dem Verlust ihres Lebenswerks am härtesten getroffen hatte; die Segelbootsbesitzer, deren Jachten an die Kaimauer gedrückt worden und zerschellt waren; die tapferen Helfer, die den Deich mit Sandsäcken stundenlang geflickt hatten, weil er durchzubrechen drohte; die sensationslüsternen Gaffer, die nutzlos im Weg herumstanden und jetzt auf den lukrativen Verkauf der Bildchen hofften; die Bürgermeisterin, die nach Worten rang und ausnahmsweise den entstandenen Schaden nicht schönquatschte, sondern angesichts der neuen Abbruchkante am Oststrand und den Schäden im Hafen so schlaue Dinge sagte wie »Ich danke den Bürgerinnen und Bürgern für ihre Hilfsbereitschaft« und »Wir müssen in der Not zusammenhalten!«.

Natürlich kamen die Fernsehfritzen auch auf den Friesenhof – und waren von dem charmanten Anwesen begeistert. So sehr, dass ein Filmteam kurzerhand seinen Übertragungswagen neben der Pferdekoppel parkte.

»Wie konnte das Ihrer Meinung nach passieren?«, lautete die Standardfrage und Piet winkte genervt ab, als ihm so eine »Tusnelda« das Mikro unter die Nase hielt. Auch Isodora war nicht gewillt, ein Interview zu geben, sondern inspizierte missmutig ihren Garten, genauer gesagt, das, was davon übrig geblieben war. Zum Glück hatten wir gestern noch rechtzeitig die Bohnen geerntet und insgeheim leistete ich meiner Tante Abbitte, weil ich dabei so gemault hatte.

Sämtliche Tomaten- und Kohlrabipflanzen hatten den Dauerregen nicht überstanden, die Blütenköpfe der Ringelblumen und Astern lagen abgerissen am Boden. Der Garten bot ein jämmerliches Bild der Verwüstung und ich mochte mir überhaupt nicht ausmalen, wie es unten im Ort aussah, wenn hier schon Land unter war.

»Die wollen erst mal einen Gutachter vorbeischicken«, lamentierte Isodora, als ich in ihr Büro kam, wo sie ihre Unterlagen sortierte. »Der kommt frühestens morgen ... wenn das überhaupt alles klappt, weil wir ja eigentlich nur diese unzureichende Wohngebäudeversicherung haben, wie uns der Versicherungsmensch erklärt hat. Deshalb wollten wir ja eine neue abschließen, die endlich auch Sturm und Hagel absichert, das hätten wir längst mal machen sollen.«

»Heißt das, wir bekommen vielleicht kein Geld?«, wollte ich wissen.

»Na, so einfach kommen die nicht davon, schließlich war es ja die Schuld des Versicherungsmaklers, dass er uns die falsche Police ausgestellt hat!«, sagte Isodora. »Wir haben das ja sofort reklamiert. Allerdings ist die neue Police noch nicht gekommen. Ich hoffe nicht, dass das bedeutet, dass wir ...«

»... auf den Kosten sitzen bleiben!«, vollendete Piet, der hinzugekommen war, düster ihren Satz. Er wirkte müde und abgekämpft, und hager wie er war, schien er jeden Moment zusammenbrechen zu wollen. Keine Spur mehr von dem Donnerwetter neulich. »Das Dach, die Scheune, die Zimmer ... da steht eine Komplettrenovierung an. Wer soll das alles bezahlen?«

»Das wird schon!«, versuchte Isodora, ihn zu trösten, aber ich hörte ihrer Stimme an, dass sie sich da nicht so sicher war. Sie rieb sich seufzend die Augen, eine Geste der Verzweiflung, die ich nicht von ihr kannte.

»Wir müssen uns hinsetzen und alles durchrechnen!«, sagte Piet. »Es sind so viele Schäden, überall. Ich weiß gar nicht, wo wir anfangen sollen ...«

»Hauptsache, uns und den Pferden ist nichts passiert!«, antwortete Isodora und griff nach seiner Hand.

Für einen Moment war es gespenstisch still in dem Raum. Jeder schien seinen eigenen Gedanken nachzuhängen und die schrecklichen Bilder und Eindrücke der letzten Nacht zu verarbeiten. Ich schluckte. Ich wollte lieber nicht daran denken, wie es mit dem Friesenhof weitergehen sollte, wenn kein Geld für die Renovierungsarbeiten zur Verfügung stünde.

»Ich reite rüber zu Finn«, sagte ich leise und zog die Tür hinter mir zu. Das Bild, wie die beiden in stiller Verzweiflung umarmt dastanden, prägte sich tief in meinem Herzen ein.

Durch matschige Schlammpfützen lief ich hinüber in den Stall. Wilm kam mir entgegen und grüßte kaum, er hatte in der letzten Nacht seiner Familie unten am Deich geholfen und mit dem Trecker unermüdlich Sand angekarrt – wie alle anderen war auch er müde und erschöpft. Im Stall herrschte eine gespenstische Ruhe, nur vereinzelt war ein leiser Schnauber zu hören. Außer Moonlight waren sämtliche Gastpferde abgereist, nur noch Alma, Luigi, Kusmi und unsere anderen Pferde standen in ihren Boxen. Als ob nichts geschehen wäre, dösten sie mit hängender Unterlippe vor sich hin oder malmten genüsslich ihr Heu.

Hauke wieherte mir freudig entgegen, als er meine Schritte hörte.

»Na du«, begrüßte ich ihn und legte für einen kurzen Moment meinen Kopf an seinen. Mir war zum Heulen zumute und am liebsten hätte ich mich für den restlichen Tag in seiner Box versteckt, da stupste Hauke mich in den Bauch.

»Spinner!«, murmelte ich liebevoll, holte das Sattelzeug und machte ihn startklar. Als ich kurz darauf vom Hof reiten wollte, wurde ich von der »Tusnelda« aufgehalten, die in Wirklichkeit Annegret Lautenschläger hieß und eigentlich ganz nett wirkte.

»Stimmt es, dass ohne euch zwei letzte Nacht Land unter gewesen wäre?«, fragte sie interessiert und klopfte Hauke den Hals, woraufhin dieser sich aufbäumte und sie erschrocken zurückwich. »Ein schönes Pferd hast du! Er wirkt so ... so temperamentvoll!«

»Alle haben geholfen«, antwortete ich schlicht. »Wir konnten zum Glück das Schlimmste verhindern. Im Hafen allerdings ...« Ich schluckte und wusste nicht, was ich sagen sollte, weil mir die Stimme versagte. Ich nickte ihr noch einmal zu, dann gab ich Hauke die Zügel frei.

Wie von selbst trabte er los, den schmalen Pfad mit den Heckenrosen hinunter zum Strand, der unschuldig in der Sonne lag. Arbeiter und offensichtlich auch einige Urlaubsgäste waren dabei, die Strandkörbe aufzurichten und wieder Ordnung herzustellen, ein Trecker fuhr herum und säuberte den Strand vom Treibgut. Ich wagte nicht, weiter Richtung Oststrand zu reiten, ich wollte nicht sehen, dass sich die Nordsee wieder ein Stück Land zurückerobert hatte. Stattdessen lenkte ich Hauke mit aller Kraft Richtung Hafen, er schien dort nicht hinzuwollen, sondern setzte nur zögerlich einen Huf vor den anderen.

Die Straßen und Häuser im Zentrum selbst hatten, wie es schien, dem Wasser standgehalten, offensichtlich hatte das Deichtor alle gut geschützt und der Wind war aus der anderen Richtung gekommen.

Zwar hatte der Regen alles durchweicht und überall waren Schlick und Schlamm und Sand, aber das würde in wenigen Tagen vergessen sein. Die Häuser hinten im Koog hatte es natürlich schlimmer getroffen, ihre Keller mussten immer noch ausgepumpt werden, auch hier waren etliche Helfer im Einsatz und räumten auf.

Als ich zum Hafen ritt, bot sich mir ein ähnliches Bild: Strahlender Sonnenschein beleuchtete Schlick und Schlamm, die Boote lagen aneinandergedrückt an der Kaimauer und überall waren Menschen damit beschäftigt, die Spuren der Flutkatastrophe zu beseitigen. Auch Finns Eltern, seine Schwester Marlene und ihre Crew.

»Moin, moin, Liv, wie sieht's bei euch aus?«, begrüßte mich Henry und schaute kaum auf, seine Haare waren noch verstrubbelter als die von Finn.

»Nicht gut ...«, antwortete ich und schilderte ihm fix den Stand der Dinge, während er einen nigelnagelneuen Holztisch mit aufgeweichten Beinen in den Container beförderte. Hauke machte einen erschrockenen Satz zur Seite. Dann fragte ich ihn nach dem Stand der Dinge.

»Alles nass und kaputt«, murmelte Henry und zuckte mit den Schultern. »Mobiliar, Küchengeräte, Kühlanlagen, Vorräte. Keine Ahnung, wie es jetzt weitergeht. Du siehst ja selbst ...« Er deutete auf die Terrasse, genauer gesagt, auf das, was von der idyllischen Plattform übrig geblieben war. Die Holzdielen bogen sich nach allen Seiten, die Bänke waren mit Schlamm überzogen, und wo gestern noch dekorative Geranien hingen, waren nun Seetang und Gestrüpp. Auch die Fassade hatte großen Schaden erlitten, überall hing ein Geruch von Nässe und Moder in der Luft und das lag nicht daran, dass Marlene jetzt einen tropfnassen Teppich anschleppte. Eine Pumpe beförderte unablässig Wasser aus dem Keller durch einen Schlauch nach draußen ins Hafenbecken.

Ich schluckte. Wo steckte Finn? Ich musste meinen besten Freund und Kumpel dringend sprechen und wissen, wie es ihm ergangen war. Suchend ließ ich meinen Blick umherschweifen, wahrscheinlich war er drinnen damit beschäftigt aufzuwischen. Da entdeckte ich ihn hinten an der Mole, unserem Lieblingsplatz am Hafen, weil man von hier aus gut die ein- und auslaufenden Schiffe beobachten konnte und einem die Wellen dann immer ganz leicht an die Füße schwapperten. Oft hatten wir gemeinsam dort gesessen und selbst gemachtes Erdbeereis geschleckt. Finn war nicht alleine, neben ihm saß Mareike, deren blaue Haare bis zu mir leuchteten.

Ich sprang ab und ließ Hauke einfach stehen, den Anbindeholm gab es ja nicht mehr, er würde schon nicht ohne mich abhauen. Langsam lief ich zu den beiden. Als sie meine Schritte hörten, hoben sie nur leicht den Kopf und nickten.

»Wo geit?«, fragte Mareike und ich antwortete nur: »Dach kaputt, Gäste weg.«

»Land unter, Kunden weg«, ergänzte Finn und sah sehr traurig aus.

»Durchgekentert, Vater weg«, sagte Mareike.

»Was?!«, riefen Finn und ich entsetzt wie aus einem Mund. »Wessen Vater?«

»Steffen Steffens, Brians Vater.« Dann erzählte sie, dass der Seenotkreuzer, auf dem Brians Vater arbeitete, einer Segeljacht während des Orkans zu Hilfe kommen wollte, deren Motor ausgefallen war. Weil die Sicht so schlecht gewesen war, war Steffen hoch auf den Führerstand, um von dort durch die Wellen zu steuern, die an sich gar nicht so hoch gewesen waren. Eine jedoch hatte das Schiff seitlich getroffen und umgeworfen. Dabei war Steffen, dessen Gurt sich tragischerweise gelöst hatte, vom Sitz gespült worden – und ertrunken.

»Wie schrecklich.« Ich schlug die Hände vors Gesicht, was meine Tränen nicht daran hinderte hindurchzusprudeln, zu groß war die Anspannung der vergangenen Stunden gewesen. Die schrecklichen Szenen am Deich, all die Wassermassen, das Loch im Dach, der verwüstete Anker und jetzt auch noch Brians Vater – auch, wenn ich ihn gar nicht gut gekannt hatte.

Irgendwann legte Mareike ihren Arm um mich und Finn umarmte uns beide, wir hielten uns gegenseitig an den Händen fest. Lange saßen wir zu dritt so da, während die Wellen ganz langsam und tröstlich und immer wieder an die Steine schwappten.

4

Die Nachricht von Brians Vater machte mich trauriger, als ich erwartet hatte, und hing mir noch lange in den Klamotten. Ich kannte Steffen kaum und war ihm nur ein paar Mal auf den üblichen Festen und Veranstaltungen begegnet, auf denen die Deutsche Gesellschaft zur Rettung Schiffbrüchiger für Unterstützung warb. Ich hatte die mutigen Seemänner immer für ihren Einsatz bewundert und ihre Arbeit heimlich mit Spenden unterstützt. Heimlich, weil es mir peinlich war, dass eine Stadtgöre für Seenotkreuzer schwärmte. Ehrlicherweise wusste ich mehr über Steffen und seine Crew als über Brian, Mareikes Freund, mit dem sie seit über einem Jahr zusammen war. Sie schwärmte mir zwar pausenlos und ständig von ihm vor, doch ich hatte bisher kaum Gelegenheit gehabt, mich mit Brian zu unterhalten. Denn wann immer wir uns trafen, klebten ihre Lippen sofort aufeinander – und es blieb keine Chance für ein Gespräch.

»Komm, min Deern, iss man was, dann sieht die Welt auch wieder besser aus«, begrüßte mich Isodora, als ich zu ihr in die Küche kam, und stellte mir eine Schüssel dampfenden Milchreis hin.

»Danke, hab keinen Hunger …« Der Anblick der weißen Pampe schnürte mir den Hals erneut zusammen. Finn hatte erzählt, dass drei Säcke Bio-Arborio-Milchreis aus dem Piemont der Flut zum Opfer gefallen waren, in die die Familie extra investiert hatte, um besondere Kreationen zu entwickeln. Finn wollte mal etwas anderes ausprobieren – um die Spezialität nicht immer nur mit Zimt und Zucker zu servieren, wie ihn mir meine Tante jetzt hinschob.

»Camilla hat übrigens angerufen. Sie wollte wissen, wie es uns ergangen ist ... fällt ihr ja früh ein, deiner Mutter.« Isodora angelte seufzend nach einem Löffel und bediente sich am Milchreis.

»Ich hab ihr letzte Nacht noch eine Nachricht geschickt«, versuchte ich, meine Mutter zu verteidigen. »Ich wollte sie beruhigen, da kannte ich ja auch noch nicht das ganze Ausmaß der Katastrophe.« Camilla und ich waren nicht immer einer Meinung, schon gar nicht, wenn es um den Friesenhof ging. Aber wir hatten eine Abmachung und die hieß: absolute Verlässlichkeit. Ich wusste genau, dass sie regelmäßig die Nachrichten verfolgte und dass sie sich ganz gewiss Sorgen gemacht hatte, als sie von der schrecklichen Sturmflut erfuhr und die Bilder der Verwüstung sah. Deswegen hatte ich ihr geschrieben, dass wir alle noch einmal mit dem Schrecken davongekommen waren und ich okay war.

»Camilla möchte, dass du sofort zurück nach Hamburg kommst!« Isodora hatte eine dicke Schicht Zimtzucker auf ihren Milchreis gestreut und die Schüssel bereits fast leer gelöffelt.

»Was? Spinnt die?« Empört sprang ich auf, sodass Isodoras Teetasse überschwappte. Aber ich war so sauer, dass ich mir noch nicht einmal die Mühe machte aufzutupfen.

»Liv, Kindchen ... sie meint es doch nur gut, angesichts der Umstände hier. Bis das alles repariert ist. Und die Versicherung ... Bis dahin haben wir kein Dach über dem Kopf!

Du kannst doch auf Dauer nicht im Stall schlafen ... Wir haben so ja kaum Platz! Ich weiß gar nicht, wo ich anfangen soll.« Isodora versagte die Stimme, ihr Doppelkinn bebte und sie schlug die Hände vor ihr Gesicht.

Noch nie hatte ich meine Tante so verzweifelt erlebt, sie war sonst immer fröhlich und bestens gelaunt, steckte alle mit ihrem Witz und Charme an. Wenn sie lachte, mussten alle mitlachen, egal, wie miesepetrig sie vorher geguckt hatten. Jetzt saß sie da, in sich zusammengesunken, und ich verstand: Nichts und niemand, keine Kräuter der Welt würden sie über den drohenden Verlust ihres geliebten Friesenhofs hinwegtrösten, kein Räucherritual, keine Globuli. Hier musste Geld her, um alles so aufzubauen, wie es einmal gewesen war, das kapierte ich trotz meiner fünfzehn Jahre. Und ich kapierte auch, dass das Ausmaß der Katastrophe viel, viel schlimmer war, als ich befürchtet hatte.

Ich hatte beruhigend meine Hand auf ihren Arm gelegt, während ich vor ihr kniete und ihr zuhörte. Wie schrecklich das alles war, dass sie gar nicht wusste, wieso das passieren konnte, wo das Dach doch all die Jahre so gut in Schuss war, Merlin hätte sich doch immer um die Mäuse gekümmert und überhaupt war so ein Reetdach für die Ewigkeit.

Ich wartete geduldig, bis sie sich ausgeweint hatte. Dann sagte ich: »Alles wird gut, wirst schon sehen. Wenn die Versicherung erst mal gezahlt hat, legen die Handwerker los und reparieren das Dach. Bis dahin richten wir uns eben alle im Stall ein, warum denn nicht? Die netten Leute aus Darmstadt sind total unkompliziert, die finden das sogar gut, wenn du mich fragst. Du sagst doch selbst, dass wir in der Not zusammenrücken sollen ...«, redete ich auf sie ein, obwohl mir selbst zum Heulen war.

»*Wenn* die Versicherung zahlt ... *wenn* die Handwerker noch vor dem Winter Zeit haben ... und wovon sollen wir denn bis dahin leben? Die Gäste sind ja alle weg.«

»Von Piets Ausflugsfahrten vielleicht!« Ich sprang auf. Langsam reichte es mir mit ihrer Weinerlichkeit, so kannte ich sie gar nicht.

»Liv, Kindchen, es ist besser, du gehst wieder zurück nach Hamburg, glaube mir. Was willst du denn hier zwischen all den Trümmern.« Die Stimme meiner Tante klang plötzlich ganz leise und sanft. »Glaube mir, das werden keine Sommerferien, wie du sie dir vorgestellt hast!«

»Auch schon bemerkt!« Ich atmete tief durch und mochte nicht glauben, dass sie mich wirklich loswerden wollte. Dann streckte ich mich, schaute Isodora in die Augen und sagte mit möglichst würdevoller Stimme, obwohl ich innerlich vor Empörung bebte: »Ich bin kein Kind mehr. Und ich hau doch nicht einfach ab, nur weil mein liebster Platz auf der Welt von einem schrecklichen Sturm zerstört wurde. Ich lasse euch doch nicht im Stich! Denkst du das wirklich von mir? Hab ich in all den Jahren denn nicht ausreichend bewiesen, dass ihr euch auf mich verlassen könnt, egal, was passiert?«

Ich schaute Isodora nachdrücklich in die Augen und wartete auf eine Reaktion. Statt einer Antwort zuckte meine Tante nur mit den Schultern. Da drehte ich mich auf dem Absatz um und ließ sie einfach, fett und breit, wie sie nun mal war, auf ihrem Stuhl allein und flüchtete mich zu Hauke in den Stall, um mich ausgiebig trösten zu lassen.

Missmutig lief ich an diesem Abend durch die Dünen hinunter an den Strand, ich war immer noch auf hundertachtzig. Ich stritt mich mit Isodora sonst nie! Ein Blick auf meine Uhr verriet mir, dass es gerade ablaufende Flut war, ich hätte also alle Zeit der Welt, um hinaus zum alten Leuchtturm zu laufen. Mein geheimer Lieblingsplatz, den ich nur mit Hauke teilte. Aber Hauke stand zu Hause im Stall, er hatte müde gewirkt, deswegen war ich alleine losgelaufen.

In Gedanken versunken, zog ich mir die Schuhe von den Füßen, barfuß kam ich leichter voran und ich liebte es, wenn der feuchte Schlick zwischen meine Fußzehen quoll. Ich schritt zügig voran, immer noch aufgewühlt und durcheinander. Was fiel Isodora nur ein, mich wieder zurückschicken zu wollen! Sie wusste doch ganz genau, dass mir der Friesenhof alles bedeutete und wie unglücklich ich in Hamburg war! Mich stresste das Stadtleben, angefangen beim Lärm und den vielen Menschen bis hin zu Mädchen wie Julia, Vanessa und Pilar, die mich als Streberin auslachten und nicht verstehen konnte, dass mir Styling und Klamotten egal waren und ich keine Lust auf Partys hatte. Dabei tanzte ich für mein Leben gern! Nur mochte ich dieses Abscannen nicht, Begutachten, Fleischbeschau, Abgeläster ...

In Töwerhaven gab es einen Club, das Zappel, und jeden Samstagabend gingen wir dorthin. In Hamburg war es viel schwieriger, Einlass zu bekommen, wenn man noch keine sechzehn war. Aber hier, wo jeder jeden kannte, wurde auch mal ein Auge zugedrückt oder zwei, wenn der Türsteher Hannes zufällig Mareikes Cousin war.

Ich atmete tief die salzige Luft, über mir segelte am blauen Himmel kreischend eine Möwe. Langsam beruhigte ich mich. Eigentlich könnte man dankbar sein. Fast alle Menschen hatten die Naturkatastrophe überlebt, dachte ich.

Aber die Flut hatte die Zukunftsträume von Finn und seiner Familie weggespült.

Und Brians Vater.

Und Isodora wollte mich zurückschicken, einfach so, weil sie mich hier nicht mehr gebrauchen konnte. Sie war so ungerecht! Camilla hatte es sicher gut gemeint, sie wollte nicht, dass Isodora und Piet sich in dieser Notlage auch noch um mich kümmern mussten. Aber warum verstand sie nicht, dass mein Zuhause hier war, bei Hauke! Und selbst wenn der Friesenhof jetzt ein kaputtes Dach hatte und die Schlammlawinen die Wege zerstört hatten, war es *mein* Friesenhof, auf dem ich die glücklichsten Stunden – ach was: Jahre meines Lebens – verbracht hatte. Bisher zumindest. Denn wenn es wirklich so war, wie meine Tante gerade eben behauptet hatte, wenn der Friesenhof wirklich für lange Zeit seinen Gästen sprichwörtlich kein Dach mehr über dem Kopf bieten konnte, würde das auch bedeuten, dass für lange Zeit die Einnahmen ausfallen würden. Ich mochte mir überhaupt nicht ausmalen, welche finanziellen Konsequenzen das für die beiden haben mochte. Einzig Piet mit seinen Ausflugsfahrten würde für sichere Einnahmen sorgen ... Falls denn noch Gäste herkämen ...

Völlig in Gedanken versunken, lief ich durchs Watt, von ferne konnte ich schon die Umrisse des alten Leuchtturms erkennen, der seit dem letzten Jahrhundert nicht mehr benutzt wurde und einsam vor sich hin bröselte, von den Wellen umspült, Wind und Wetter ausgesetzt. Der Legende nach spukte es hier, ich konnte die Geschichte auswendig erzählen, so oft hatte ich sie schon gehört.

Das Leuchtturmmädchen

Vor vielen, vielen Jahren, vielleicht im vorletzten Jahrhundert, lebte ein Leuchtturmwärter gemeinsam mit seiner Tochter in einer alten Kate am Dorfrand. Die Mutter war bei der Geburt des Mädchens gestorben und der ehrbare Mann hatte nie wieder geheiratet. Tagsüber versorgte er seine über alles geliebte Tochter Gesche, pünktlich zur Dämmerung aber machte er sich auf den Weg zu seinem Arbeitsplatz im Leuchtturm, wo er Nacht für Nacht Wache über dem Leuchtfeuer hielt; die Tochter ließ er in der Obhut einer Amme. Der Turm war vor etlicher Zeit ein paar Hundert Meter vom Land entfernt ins Meer gebaut worden, je nach Witterung und Tide mal mehr oder weniger beschwerlich zu erreichen.

Doch mit der Zeit hatte das Meer die Zufahrt überspült, der schmale Damm war nur mit Mühe und Ortskenntnis zu passieren; der Leuchtturmwärter nahm deswegen lieber sicherheitshalber das Boot. Der Lauf der Jahre sowie das nächtliche Wachen hatten ihm jedoch zugesetzt. Gicht und Husten plagten ihn – und nur die wärmende Suppe und die Liebe seiner Tochter hielten den alten Mann bei Gesundheit und Verstand. Gesche kümmerte sich rührend um ihren zunehmend gebrechlichen Vater, half den Fischersfrauen und Näherinnen im Dorf, womit sie ihnen beiden ein kärgliches Zubrot sicherte. Eines Abends jedoch vergaß der Vater, seine Brotzeit mitzunehmen, er war in jüngster Zeit fahrig und vergesslich geworden – aber zu spät, sein Boot hatte bereits abgelegt. Da fasste Gesche jenen verhängnisvollen Entschluss: Obwohl es stürmte und der Neumond bis Mitternacht die Springflut über die Deiche treiben würde, wollte sie ihrem geliebten Vater die Suppe bringen. So ritt sie auf ihrem Schimmel hinaus, in der Hoffnung, durchs Watt den Weg bis zum alten Damm und damit zum Leuchtturm zu finden. Schließlich war sie an der Küste aufgewachsen und kannte den Wattboden samt seiner Priele in- und auswendig. Doch dichter Nebel und eine tiefdunkle Nacht lockten sie in die falsche Richtung. Dachte sie, dort das Licht des Leuchtturms zu sehen, war es die Funzel eines Fischerbootes. Meinte sie, festen Boden unter den Hufen ihres Pferdes zu spüren, war es die trügerische Festigkeit einer Sandbank im Meer. Niemand weiß, wie lange Gesche in jener Nacht durchs Watt irrte, bis die Flut sie und ihr Pferd für immer verschlang. Den Leuchtturmwärter fand man am nächsten Morgen tot in seinem Turm.

Bei Ebbe kann man das abgebröckelte Fundament des alten Leuchtturms heute noch sehen, längst wurde an anderer Stelle ein neuer errichtet. Den Steg und das Boot gibt es jedoch immer noch. Und in Vollmondnächten, wenn Lichter über das aufgewühlte Wattenmeer irren und Nebelwolken die Sicht erschweren, wispern die alten Leute im Ort: »Das ist Gesche auf ihrem Pferd, sie sucht ihren Vater …«

Angeblich war die Tochter des alten Leuchtturmwärters unglückselig im Watt ertrunken. Bei Vollmond erzählte mir meine Tante mit gesenkter Stimme davon. Oder immer dann, wenn ein leichtsinniger Tourist es mit der Naturgewalt hatte aufnehmen wollen und den Warnungen zum Trotz ins Watt marschiert war. Oft genug gab es diese traurigen Fälle, wenigstens einmal im Jahr, obwohl geregelte Bade- und Wattwanderzeiten vorgegeben wurden und jeder wusste, dass man die Gefahren der Nordsee nicht unterschätzen sollte.

Wie durch ein Wunder schien der Leuchtturm durch die Sturmwellen der letzten Nacht nicht weiter beschädigt worden sein, als er es ohnehin schon war. Auch das Boot lag unschuldig im Trocknen, wie immer wirkte es morsch und beschädigt, aber ich wusste, dass es völlig intakt war. Manchmal legte ich mich nämlich hinein und wartete, bis die Flut kam, und ließ mich in den Wellen schaukeln, stundenlang, bis das Wasser wieder ablief. Das konnte ich allerdings nur bei ruhigem Wetter machen und ehrlichweise traute ich mich das jetzt nach der stürmischen Nacht nicht, auch wenn ich mich insgeheim nach Ruhe und Nachdenken sehnte und für meine Leben gern hiergeblieben wäre. Aber ich wollte vernünftig sein und nahm mir vor, in einer knappen Stunde wieder den Rückweg anzutreten, damit ich von der auflaufenden Flut nicht überrascht würde.

Ich wollte mich mit dem Rücken an den Leuchtturm lehnen, da bemerkte ich eine Gestalt im Boot. Erschrocken hielt ich inne, als sie jetzt aufstand und sich verwundert die Augen rieb.

»Was machst du hier?«, fragte eine tiefe Stimme.

»Das Gleiche könnte ich dich fragen.« Mir stockte der Atem. Es war Jan. Ausgerechnet.

»Du zuerst!«

Ich atmete tief durch, wusste nicht, ob ich mich freuen sollte oder nicht, dass ich Jan hier wiedertraf. Jan, den Superfußballer und Megaangeber, der im letzten Sommer mit mir und meinem Herz gespielt hatte.

»Der Friesenhof ist schwer beschädigt worden bei dem Sturm letzte Nacht«, antwortete ich knapp und setzte mich einfach zu ihm ins Boot. »Niemand weiß, wie es dort weitergehen soll.« Ich zuckte mit den Schultern und spürte selbst, wie resigniert ich klang. Resignierter als Isodora vorhin.

Jan nickte. Er hatte wie selbstverständlich nach meiner Hand gegriffen und wie selbstverständlich ließ ich ihn gewähren. Plötzlich war es wieder wie damals in den Dünen, als wir im warmen Sand nebeneinandersaßen und er mir von seinem Leben als Fußballstar erzählte.

Ich schloss die Augen und lehnte mich an ihn, es tat gut, seine Nähe zu spüren, seinen vertrauten Duft zu atmen, ich hatte gar nicht gewusst, wie sehr ich ihn vermisst hatte. Der Klabautermann in meinem Ohr hüpfte warnend auf und ab, Alarmstufe Dunkelrot. Er raunte: Der Typ ist nicht der, für den du ihn hältst, er hat dich vor allen anderen einfach so abgetan und dich als Spielerbraut ausgelacht, so einfach war das, so schmerzhaft war das. Wie kannst du das nur vergessen!

»Höchste Zeit abzuhauen«, sagte Jan und ich war mir nicht sicher, wie er das meinte. Er fügte hinzu: »So etwas will ich nie, nie wieder erleben.«

»Abhauen? Willst du etwa deine Familie im Stich lassen?« Ich verstand und rückte unwillkürlich ein Stück von ihm ab. Da war es wieder, sein wahres Gesicht.

»Du weißt ganz genau, warum.«

Ich spürte, wie er mich von der Seite intensiv musterte. Offensichtlich hatte er mich ebenso wenig vergessen wie ich ihn.

»Letzte Nacht war die Hölle! Ich will so etwas nie, nie

wieder erleben!«, wiederholte er. »Diese Wassermassen, von überall, oben, unten, seitlich, der ganze Keller war voll, alle Straßen, ich wusste gar nicht, wohin! Im Haus Wasser, draußen Wasser ... verfluchte Nordsee, verfluchter Sturm.«

»Musst du mir nicht erzählen, ich war dabei.«

»Ich weiß. Die Leute sprechen von der tapferen Schimmelreiterin, die einen kleinen Jungen gerettet ...«

»... und die den Gaffern den Spaß verdorben hat!«, ergänzte ich missmutig. »Nein, so etwas will ich auch nie, nie wieder erleben! Und trotzdem, ich würde sonst was geben, hier dauerhaft wohnen zu dürfen.«

»Wenn du erlebt hättest, was ich erlebt habe ...« Jan senkte die Stimme.

»Was hast du erlebt?«, hakte ich behutsam nach, inzwischen war mir klar geworden, dass es Jan nicht um die schrecklichen Ereignisse der letzten Nacht ging.

»Kannst du dich daran erinnern, dass Piet und Geert sich nicht grün sind?«, fragte er nach einer Weile mit leiser Stimme.

»Irgendeine alte Geschichte, ich glaube, die beiden wissen selbst nicht mehr so ganz genau, warum sie miteinander verfeindet sind. Aber Piet hat ja Geert auf unserem Sommerfest die Friedenspfeife angeboten ...« Und Geert hatte sich gründlich danebenbenommen, fügte ich in Gedanken hinzu.

»Die beiden wissen es ganz genau, wenn du mich fragst, wie könnten sie es vergessen! Und ich auch nicht, schließlich geht es um meine Mutter!«

»Um deine Mutter?« Ich schaute Jan überrascht an. »Jetzt sag bloß ...«

»Alles nur Vermutungen, niemand kennt die Wahrheit

und ich … ich stehe dazwischen und weiß nicht, wohin ich gehöre. Meine Mutter war eine ›Zugezogene‹ – wie dein Onkel blieb sie hier zeitlebens fremd.«

»Einer, der man misstrauisch begegnet und das auch an ihrem Kind auslässt, verstehe.« Obwohl Piet hier schon seit Jahren lebte, sah er sich immer noch den Anfeindungen mancher Dorfbewohner ausgesetzt. Anerkennung bekam er weder für seine erfolgreiche Pferdezucht noch für seine renommierten Ausflugsfahrten, sondern nur beim Schnapstrinken. Dass er mit der eigenwilligen Isodora zusammenlebte, die alle für eine Kräuterhexe hielten, machte die Sache nicht besser.

»Als ich auf die Welt kam, sollte sich das ändern, weil sie Geert ja einen Stammhalter für die Wäscherei geschenkt hatte. Plötzlich erhielt sie von überallher Unterstützung, die Hilfsbereitschaft muss enorm hoch gewesen sein. Das änderte sich allerdings, als sie wieder arbeiten gehen wollte, nämlich in ihrem alten Beruf als Immobilienmaklerin. Und nicht als Wäscherin bei Geert.«

»Lass mich raten: Sie galt als Rabenmutter, alle hatten Mitleid mit dem armen Mann und dem armen Kind! Ich kenne das Geschwätz, frag mich mal, was ich mir immer anhören muss, nur weil Camilla so ein Arbeitstier ist!«

»Dann kannst du dir ja auch denken, was passiert ist. Meine Mutter war nicht so … so stabil, sie war unglücklich, litt unter den Anfeindungen ringsum. Als sie eines Tages Piet und Isodora kennenlernte, fing sie an zu reiten und schöpfte Kraft aus dieser Freundschaft, waren doch die beiden erfrischend anders als die ›normalen‹, spießigen Dorfbewohner. Das war natürlich Geert ein Dorn im Auge: Seine Frau ging jetzt auch noch reiten, vernachlässigte Mann und Kind, während er sich den Buckel krumm schuftete. Schlimmer noch: Er unterstellte Piet, dass er mit ihr ein Verhältnis hatte.« Jan machte eine Pause und ich musste schlucken. Piet und eine Affäre, das mochte so gar nicht zu dem hageren Typ passen, der die Ruhe weghatte. Der und zwei Frauen? Nie im Leben!

»Und was ist dann passiert?« Atemlos verfolgte ich Jans Erzählung. Endlich kam alles ans Licht! Jahrelang musste ich mir immer die Storys über den Kannschieter Geert anhören, was für ein Halsabschneider und Schurke das war, der seine zweite Frau und seine Töchter sowie seinen Sohn drangsalierte. Und jetzt war womöglich Jans Mutter an allem schuld?

»Meine Mutter wurde immer unglücklicher, man sprach von depressiven Verstimmungen. Sie ging nicht mehr arbeiten, hörte mit dem Reiten auf, dafür ging sie stundenlang alleine spazieren, im Watt. Oder zum alten Leuchtturm.« Jan grinste. »Jetzt weißt du, woher ich das habe.«

Ich nickte. Jan liebte ebenfalls einsame Ausflüge, letztes Jahr hatte ich ihn sogar in einem Rettungskorb getroffen, wo er bei Flut ganz für sich alleine sein wollte.

»Am Leuchtturm spukt es, wusste sie das nicht?«

»Deswegen kam sie auch immer wieder her. Sie wollte Gesche treffen, da bin ich mir sicher. Nun, eines Tages ist sie von einem ihrer Spaziergänge nicht mehr zurückgekehrt. Geert hat Piet bitterliche Vorwürfe gemacht, er hätte sie in den Tod getrieben, sie nicht rechtzeitig aufgehalten und sie gar über falsche Wattwanderzeiten informiert, sie war ja vorher noch bei ihm auf dem Friesenhof gewesen. Kein Mensch weiß, was die beiden miteinander besprochen haben. Die Wahrheit ist ...« Jan schluckte und schüttelte sich.

»Die Wahrheit ist wohl, sie wollte in der Nordsee bleiben. Ich mag mir gar nicht vorstellen, wie sie ertrunken ist.«

Heftiges Mitgefühl für Jan stieg in mir auf, Gänsehaut kroch meine Arme entlang. Mit einem Mal verstand ich seine Abneigung gegen die Nordsee und warum er trotzdem oft gerne ganz alleine hier draußen war. Nur hier konnte er seiner Mutter nahe ein. Um zu verstehen, warum sie ihn als Kind einfach im Stich gelassen hat, denn so musste es sich für ihn anfühlen. Ich mochte mir ihre Verzweiflung überhaupt nicht ausmalen, wie sie, womöglich zwischen zwei Männern stehend, eine verheerende Entscheidung getroffen hatte. Ob sie wirklich Gesche getroffen hatte?

Meine Augen wanderten in die Ferne, wo sich am Horizont das Wasser kräuselte. Es war Zeit aufzubrechen.

»Komm«, sagte ich zu Jan und zog ihn hoch. »Wir müssen zurück.« Ich stupste ihn aufmunternd in die Seite, um die traurigen Gefühle zu vertreiben, die sich in uns breitmachen wollten.

Er nickte. Dann nahm er mein Gesicht in seine Hände und streichelte mir sanft über die Wange. »Ich bin so froh, dass ich dich getroffen habe. Du weißt gar nicht, wie oft ich an dich denken muss! Und wie sehr ich die Gespräche mit dir genossen habe, die Zeit mit Hauke ... Das zwischen uns ist etwas Besonderes. Aber wir beide ... das wird nix, ich kann das nicht. Hast du ja selbst gemerkt! Gleich morgen früh steige ich in den ersten Zug und dann bin ich hier weg, für immer.«

Ich nickte, froh und traurig zugleich. Froh, weil es eine wunderbare Liebeserklärung war. Und traurig, weil es den Abschied von Jan bedeutete. Erst später fiel mir auf, dass ich ihn überhaupt nicht gefragt hatte, wohin er ging.

5

Mein erster Gedanke an diesem Morgen galt Jan und wie er mir mit traurigen Augen zum Abschied nachgewinkt hatte. Seine Worte hallten immer noch in mir nach, und auch wenn der Klabautermann in meinem Ohr mich ermahnte, wusste ich tief in mir, dass Jan so falsch nicht sein konnte, selbst wenn er sich nicht mehr bei mir gemeldet hatte und es auch nie wieder tun würde. Von mir aus sollte er den Macker und Vollarsch geben und woanders glücklich werden. Ich war es hier, ohne ihn!, dachte ich trotzig.

Das wunderbare Wetter draußen stimmte mich froh und zuversichtlich. Es würde schon alles gut werden, ganz bestimmt. Sagte doch Isodora selbst immer, positiv denken, die Kraft der guten Energien! Auch wenn Piet beim Füttern griesgrämig durch den Stall schlurfte und den Pferden mürrisch ihr Kraftfutter in den Trog füllte. Ich war wie immer kurz vor dem Frühstück zu Hauke in die Box geschlüpft, um mir meinen morgendlichen Nasenstüber abzuholen.

Wilm dagegen schien allerbeste Laune zu haben, er quasselte in einer Tour und berichtete von den Aufräumarbeiten und wie großartig er das fand, dass alle mit anpackten, selbst die Urlaubsgäste.

»Schön wär's! Das ist es ja, was mich so ärgert!«, lamentierte Piet. »Da kommen sie jahrelang zu uns zu Gast, kriegen alles geboten, gehören fast zur Friesenhoffamilie – und dann hauen sie einfach ab!«

»Das kannst du ihnen aber nicht vorwerfen«, meinte Wilm, »wo hätten die denn schlafen sollen? Das Dach ist kaputt! Und im Stall übernachten können sie auch nicht alle. Auf die Schnelle ist so ein altes Reetdach nicht mal eben repariert, weißt du doch selbst! Da brauchst du Fachlüdd für, die das komplett erneuern.«

»Und Geld«, fügte Piet düster hinzu und das war der Moment, an dem ich aus dem Stall entwischt bin, um meiner Tante beim Frühstückmachen zu helfen.

»Schönstes Badewetter, was?«, begrüßte mich Thorsten, der bereits auf seinem üblichen Platz im Erker saß und in seinem Tee rührte.

Statt einer Antwort nickte ich Annas Vater nur freundlich zu und verschwand zu meiner Tante in die Küche.

»Seit wann kann der denn sprechen?«, flüsterte ich Isodora zu, nachdem ich hinter mir die Tür zugezogen hatte.

»Keine Ahnung! Seit er mit Piet das Scheunendach geflickt hat, ist er wie ausgewechselt. Der brauchte man wohl ein büschen Zeit.« Sie hantierte geschäftig mit ihrer Kaffeemaschine und ich verkniff mir zu sagen, dass die fünf Liter Kaffee heute Morgen angesichts des leeren Gastraums wohl nicht gebraucht werden würden.

»Ich bereite Kannen für die Helfermannschaft!«, erklärte sie freimütig und da war ich froh, dass ich nichts gesagt hatte. »Die sind ja echt man fleißig! Alle packen mit an und räumen die vollgelaufenen Keller leer, stapeln die beschädigten Möbel in Container und fegen den Dreck zusammen. Die Bürgermeisterin hat ganz unbürokratisch extra Geld bereitgestellt, um die Aufräumarbeiten zu unterstützen, war ja man klar. Die will so schnell wie möglich, dass alles wieder ganz püükfein ist ... aber an uns, an uns hier draußen denkt natürlich niemand!« Isodoras Stimme versagte, schnell wischte sie sich eine Träne aus dem Augenwinkel.

Ich wollte sie tröstend umarmen. »Bäh, wonach riechst du denn?« Ich trat naserümpfend einen Schritt zurück.

»Lärche, Erdbeerblätter und Beifuß, hilft beim Trauern und Loslassen.«

»Echt jetzt?!« Ich schüttelte den Kopf. Manchmal war mir meine Tante suspekt. Klar hatte sie mich schon etliche Male mit Globuli und Kräutertinkturen geheilt. Aber hier ging es nicht um irgendeine Magenverstimmung oder Kopfschmerzen, sondern um finanzielle Probleme! Ob da Teetrinken das richtige Rezept war? Das Reetdach des Friesenhofs war nachhaltig beschädigt, wir brauchten kompetente Dachdecker – und natürlich jede Menge Geld.

Isodora schaute mich trotzig an. »Das hilft, jede Wette. Dem hat es auch geholfen ...« Sie machte eine vage Kopfbewegung Richtung Thorsten, der sich sein Rundstück butterte. Von Anna war weit und breit nichts zu sehen, vielleicht half sie irgendwo oder sie war mit ihrer Stute Moonlight draußen unterwegs. Kein Wunder, bei dem Sonnenschein! Es war allerbestes Badewetter, eigentlich ideal, um sich wie sonst immer gemeinsam mit Mareike nackig in die Dünen zu legen ...

Bei dem Gedanken an Mareike gab es einen fiesen Stich in mein Herz. Wie traurig sie gestern gewesen war! Ich bezweifelte, dass Beifuß ihr Leiden lindern würde ... Und wenn sie schon so mitgenommen war, wie mochte es da erst Brian gehen? Ich nahm mir vor, sie später anzurufen und mich mit ihr zu verabreden, es wurde allerhöchste Zeit, dass wir in Ruhe quatschen konnten.

Zunächst war weiteres Aufräumen angesagt. Die Holzschränke und durchweichten Matratzen mussten aus den Zimmern geschafft, die noch brauchbaren Möbel und Einrichtungsgegenstände gesichert werden. Natürlich hatte die Bürgermeisterin den Friesenhof nicht vergessen und uns einen Container zukommen lassen. Aber als ich jetzt auf den Hof trat, genügte ein Blick, um zu kapieren: Der würde nie im Leben reichen! Er war bereits jetzt schon randvoll mit allem möglichen durchweichten Krams. Der Dreck war jedoch das Schlimmste und wie von selbst griffen meine Hände nach einem Besen. Das Wasser war abgelaufen, aber der Sand geblieben. Im Ort hatten sie ihn schon schubkarrenweise an den Strand befördert. Hier war niemand, der mit anpackte, der Putzplatz, die Einfahrt, der Holzzaun, an dem sonst immer die Räder der Lütten lehnten, alles war gespenstisch still und leer. Sonst herrschte hier reges Treiben, ein buntes Reitervölkchen schwirrte den ganzen Tag geschäftig umher. Ponys wurden auf Hochglanz gestriegelt, Hufe ausgekratzt, Schweife verlesen, die Pferde vor die Wagen gespannt ... und dazwischen liefen ein paar Hühner und Merlin, der seinen Lieblingsmenschen zwischen die Beine stromerte.

Jetzt saß der weiße Kater auf einem nassen Strohballen und putzte sich, es wirkte beinahe zwanghaft, wie er sein weißes Fell immer wieder leckte und leckte und leckte, um es zu säubern. Fast so wie ich: Ich fegte und fegte und fegte und es war trotzdem immer noch überall sandig.

In die gespenstische Stille hinein kam Anna auf Moonlight angeklappert. Sie wirkte verschwitzt und außer Atem.

»Hi«, begrüßten wir uns knapp und hatten uns nichts zu sagen. Dabei wäre es die Chance gewesen, um endlich ins Gespräch zu kommen, jetzt, da kaum jemand mehr auf dem Friesenhof war und wir aufeinander angewiesen waren. In jedem Roman, in jedem Film wäre daraus jetzt eine echte Freundschaftsgeschichte geworden. Nicht so bei Anna und mir. Als wäre ich Luft, führte sie Moonlight in ihre Box, wo sie von Hauke, dem ollen Verräter, freudig wiehernd begrüßt wurde. Aber der war eben auch nur ein Hengst, dachte ich und musste darüber dann doch grinsen.

Die anderen Pferde waren hinten an der Pappelallee auf der Weide, nachts holte Wilm sie jetzt immer rein, weil niemand so schnell die Erinnerung an den unglückseligen Sturm loswerden konnte und keiner den Verlust eines Tieres riskieren wollte. Normalerweise hatte sonst niemand Angst um die Pferde, sie waren das ganze Jahr über draußen und hatten für schlechtes Wetter einen sicheren Unterstand.

Nur im letzten Jahr hatte es einen Zwischenfall gegeben, da hatte Lena Morango von der Weide entführt, aus Rache, weil ich mich mit Jan getroffen hatte. Ich hatte es ihr nicht beweisen können, aber ich fand es mehr als niederträchtig von ihr, ihre Wut und Eifersucht an Finns Wallach auszulassen, anstatt sich mit Jan auseinanderzusetzen. Schließlich war er der Obermacker und Herzensbrecher, der mit allen Mädchen nur spielte. Und nicht Finns Dunkelfuchs Morango!

Ich überlegte, wo ich am besten anfangen sollte aufzuräumen, während ich die letzten Sandhaufen an den Rand schob: im Stall, damit Piet, Isodora und ich unsere Zimmer für die nächsten Gäste freigeben konnten? Noch hatte Isodora die Buchungen nicht storniert. Oder im Gästetrakt, damit die Räume austrocknen und so schnell wie möglich renoviert werden konnten? Thorsten, Piet und Wilm wollten sich heute um das Dach kümmern. Das angefragte Dachdeckerunternehmen hatte erst in ein paar Wochen Zeit für uns, weil es jetzt in Töwerhaven zu viele andere Aufträge gab. Aber der nächste Regen kam bestimmt und es wurde höchste Zeit, die undichte Stelle zu sichern. Wahrscheinlich war es klug, ihnen meine Hilfe anzubieten, Piet hatte längst Material auf den Dachboden geschafft.

Doch vorher musste ich unbedingt noch ein paar Nasenstüber von Hauke zur Aufmunterung haben! Schnell stellte ich den Besen in die Ecke und schlüpfte zu meinem Liebling in die Box.

»Hey, lass das, das kitzelt!« Lachend wehrte ich sein schnubbelndes Maul ab, das mich auf der Suche nach etwas Fressbarem durchsuchte. Dann kramte ich einen Apfel aus meiner Jackentasche. »Hier, lass ihn dir schmecken! Später reiten wir aus, versprochen. Aber jetzt muss ich erst mal etwas arbeiten ...« Ich wollte ihm zärtlich den Schopf kraulen, doch er hob den Kopf und schnaubte vertrauensvoll in Moonlights Richtung, das machte er sonst nur bei Morango. Aber Morangos Box stand leer. Hatte Finn ihn auf die Koppel gebracht? Oder war er ausgeritten? Konnte kaum sein, im Anker wurden doch gerade alle Hände für die Aufräumarbeiten gebraucht. Aber bevor ich mir weiter den Kopf zerbrechen konnte, fuhr draußen klappernd und rumpelnd ein Hänger auf den Hof. Wer mochte das sein? Piet und Wilm wohl nicht, die waren oben mit dem Dach beschäftigt ... und heute war gar kein Anreisetag. Ich hörte die Fahrertür, eine dunkle Stimme und Isodora, die offensichtlich eine Dame aufs Freundlichste begrüßte. Neugierig geworden schlüpfte ich aus Haukes Box. Es war ungewöhnlich, dass mitten in der Woche neue Gäste kamen, und noch ungewöhnlicher, dass sie nicht gleich ihr Pferd ausluden, normalerweise hatten alle eine lange Reise hinter sich und wollten so schnell wie möglich ihre Tiere auf die Weide lassen. Als ich um den Hänger schlich, verstand ich, warum: Er war leer. Und ich verstand sofort, was das zu bedeuten hatte. Die Frau war hier, um Pferde *einzuladen.*

Leise schlich ich ins Haus. Ich hatte Glück. Niemand bemerkte, wie ich hinter der offenen Tür stehen blieb. Atemlos verfolgte ich das Gespräch zwischen Isodora und einer Frau Iwanowitsch. Längst war mir klar geworden, worum es hier ging. Aber ich wollte es mit eigenen Ohren hören.

»Ich hatte so gehofft, wir könnten es ihr ersparen«, sagte Isodora und ihre Stimme klang ehrlich verzweifelt. »Etliche Male haben wir das überlegt und immer wieder verworfen. Aber wir haben keine andere Wahl, wir müssen ihn verkaufen.«

Ich hörte es rascheln, als ob sie ein Kuvert öffnete und Geld zählte.

»Ich bin froh, dass Sie sich endlich entschieden haben. Dieses Pferd ist etwas ganz Besonderes ... Wir haben viel mit ihm vor. Haben Sie für die anderen Pferde auch schon Käufer?«, fragte Frau Iwanowitsch. »Sie wissen, wie sehr wir an Kusmi interessiert sind ...!«

»Kusmi ist unser bestes Reitpferd!«, antwortete Isodora. »Der geht zuverlässig im Geschirr und im Gelände!«

»Und die Ponys?«

»Die brauchen wir für die Lütten. Wir werben ja damit,

familienfreundlich zu sein – auf Familien als Gäste sind wir angewiesen. Da können wir jetzt nicht den Lütten ihre Lieblinge wegnehmen.«

Aber mir, was?, dachte ich und mein Herz schlug zum Zerspringen schnell. Atemlos und blass lehnte ich an der Wand, ich mochte nicht glauben, was ich da gerade hörte. Sie wollten tatsächlich Hauke verkaufen. Wie konnte mir Isodora das antun? Natürlich hatte es in all den Jahren immer wieder Diskussionen darüber gegeben, dass Hauke ein nutzloser Fresser auf dem Hof war, weil er sich nicht reiten und schon gar nicht vor die Kutsche einspannen ließ. Immer wieder hatten Piet und Isodora davon angefangen, immer wieder hatten sie angedeutet, dass es besser wäre, ihn zu verkaufen. Aber dann hatten mein Onkel und meine Tante mir zuliebe Hauke doch immer wieder durchgefüttert, ihm sein eigenwilliges Pferdeleben auf der Weide gelassen, wenn ich nicht auf dem Friesenhof war – und sich mit mir gefreut, wenn ich glücklich und verschwitzt von einem meiner endlosen Ausritte nach Hause gekommen war.

Offensichtlich waren sie in viel größerer Geldnot, als ich angenommen hatte. Und offenbar brachte Hauke eine ordentliche Summe. Die Gästezimmer und Pferdeboxen waren zwar lange im Voraus ausgebucht, aber die Einnahmen schienen die laufenden Kosten nicht zu decken, mal abgesehen von den neu entstandenen Schäden, für die keine Rücklagen vorhanden waren. Und so wie es aussah, würde die Versicherung keinen Cent bezahlen, denn Piet hatte ja blöderweise die falsche abgeschlossen und seine Reklamation war noch nicht bearbeitet worden.

Mit geschlossenen Augen und einer grässlichen Übelkeit im Bauch hörte ich zu, wie sich die beiden in Isodoras Büro über Haukes Vorzüge unterhielten und dass er in Gegenwart seines treuen Stallkumpels Morango ganz handzahm sei (handzahm, das sagte meine Tante wirklich so). Ich schluckte. Morango sollte auch weggegeben werden? Piet und Isodora hatten also mit Finns Eltern diesen Schachzug ausgeklügelt und uns nichts davon gesagt? Ich konnte es nicht fassen!

Isodora hatte jetzt sich und der Pferdeentführerin ein Schnäpschen eingegossen, die Pingellöffel klirrten. Dann musste es wichtig sein, Pingeln gönnte sich Isodora sonst immer nur sonntags mit ihren Freundinnen Gudrun und Veronika. Dem Gespräch nach hatte diese Frau Iwanowitsch Hauke noch nicht geritten und sie hatte es wohl auch nicht vor, zumindest fragte sie nicht danach. Sie schwärmten nur beide von seinen schlanken Fesseln und der langen Mähne. Und seinem athletischen Körperbau.

»Hauke!«, flüsterte ich tonlos. Ich rutschte rücklings an der Wand entlang. »Du bist doch mein Hauke ... Das ... das ... dürfen sie nicht tun.« Kurz wurde mir schwindelig und schwarz vor Augen. Jetzt war er also gekommen, der Moment, den ich befürchte hatte. Und es war zu spät, etwas dagegen zu unternehmen.

Zu spät, um Hauke doch noch daran zu gewöhnen, dass er sich von jemand anderem reiten oder vor den Wagen spannen ließ.

Zu spät, meine Mutter davon zu überzeugen, dass sie für Hauke Geld bezahlen musste, wir hatten etliche sinnlose Diskussionen deswegen gehabt. Sie war der Meinung, es sei Piets und Isodoras Angelegenheit. Sie hätten mir damals schließlich – ohne sie um Erlaubnis zu fragen – einfach das Pferd geschenkt und deswegen auch für ihn aufzukommen.

Ich fand, sie könnte sich ruhig erkenntlich zeigen und wenigstens Haukes Tierarztrechnungen übernehmen. Oder einen Futterzuschuss zahlen, schließlich verbrachte ich viel Zeit mit ihm, sommerlang war ich auf Haukes Rücken unterwegs gewesen. Woraufhin Mama argumentierte, ich sei ja auf dem Friesenhof nicht nur zu meinem Vergnügen, sondern würde auch ordentlich mit anpacken, da wäre der Unterhalt eines Pferdes sicher drin. Und wenn mir Hauke so wichtig wäre, könnte ich mir ja einen Job suchen und arbeiten, so wie sie es schließlich auch täte. Das war dann immer der Moment, in dem ich mir verkniff zu sagen, dass es im Leben auch andere Dinge außer Arbeiten gab, denn in dieser Hinsicht hatte Camilla eine ganz klare Ansicht: Sie liebte ihren Job als Marketingexpertin und ohne ging es für sie gar nicht.

Ohne Hauke ging es für mich auch nicht! Nur über meine Leiche. Ich sprang so schnell auf, dass mir abermals schwindelig wurde. Ich musste Hauke wegbringen und Finn warnen, so schnell wie möglich, und zwar bevor meine Tante mich bemerkte und diese Frau Iwanowitsch den Hänger klarmachte.

Ohne lange nachzudenken, stürmte ich auf mein Zimmer und stopfte eilig ein paar Sachen in meinen Rucksack: Regenjacke, ein paar Unterhosen, Zahnbürste, mein Handy – und meinen Geldbeutel.

Kurz darauf schlich ich leise in den Stall, wo mich Hauke freudig begrüßte. Als ob er auf mich gewartet hätte und sich auf einen Ausritt freute, ließ er sich von mir in aller Eile satteln und trensen. Ich war so aufgeregt und nervös, ich bekam kaum den Dorn ins richtige Loch.

»Wir müssen leise sein!«, wisperte ich ihm zu.

»Kannst du dir sparen, ich hab dich längst gehört«, kam es von Anna aus Moonlights Box.

»Du hast mich nicht gesehen, okay?« Ich warf ihr einen verschwörerischen Blick zu. Ohne ihre Reaktion abzuwarten, führte ich Hauke über Umwege vom Hof und betete inständig, Piets Gehämmer oben auf dem Dach und Isodoras Pingellöffel würden sein Hufgeklapper übertönen. Ich warf einen Blick auf die Koppel – dort waren Luigi, Alma und Kusmi. Kein Morango. Also weiter. Kaum hatte Hauke matschigen Sand unter den Hufen, sprang ich in den Sattel, ich brauchte ihn gar nicht erst anzutreiben. Als wüsste er selbst, was der Hänger auf dem Hof zu bedeuten hatte, fegte er los.

Als ich zum Strand hinunterwollte, wehrte sich Hauke gegen meine Zügelführung und schlug einen Haken, dass ich beinahe von seinem Rücken gerutscht wäre. Was hatte das jetzt wieder zu bedeuten? Nein, ich wollte nicht in den Wald oder ins Moor. Wenn Finn schon die Aufräumarbeiten schwänzte, dann ganz bestimmt, um zu galoppieren und all den Stress abzuschütteln. Er würde am Strand sein. Mit aller Kraft und unter Aufbietung meines gesamten reiterischen Könnens lenkte ich Hauke auf den schmalen Weg durch die Dünen.

Als ob Hauke verstanden hätte, galoppierte er an, er blieb noch nicht einmal wie sonst immer auf der kleinen Anhöhe stehen, wo wir sonst immer den Moment in uns aufsaugten, bevor der Reitweg an den breiten Strand führte. Von hier aus hatte man einen atemberaubend weiten Blick auf den Strand und das Meer, die Wellen und den Horizont. Und wenn so wie jetzt ablaufende Flut war, wirkte alles noch viel weiter und größer.

Ich trieb Hauke an. Schnell, immer schneller rasten wir geradeaus ins Nichts, dorthin, wo die Welt aufzuhören schien und es danach doch immer weiterging, ohne nachzudenken. Tief über Haukes Hals gebeugt, sah ich, wie seine Hufe über den Wattboden wirbelten, es war, als würden wir über das Wasser fliegen, das in kleinen Pfützen stand, es spritzte kaum, daran erinnere ich mich noch gut.

Ich steuerte auf jeden Reiter zu, den ich am Horizont sah, aber nie waren es Finn und Morango. Also galoppierten wir weiter, weiter und weiter. Nur ich und Hauke und der Wind um meine Ohren. Als ich wieder zu mir kam, war bereits wieder auflaufende Flut und wir befanden uns am Oststrand. Dort, wo ich mit Jan Händchen gehalten hatte, dort, wo es jetzt eine neue Abbruchkante gab und sich die Meeresströmung einen neuen Verlauf gesucht hatte. Nie wieder würde jemand dort baden können, weil es viel zu gefährlich geworden war, die Brandung rollte tosend heran.

Mittlerweile umritten wir Töwerhaven in einem weiten Bogen. Überall waren die Menschen noch dabei, mit Schaufeln und Besen die Straße und ihre Häuser zu säubern. Wenn jetzt noch alles so schlammig und rumpelig aussah, wie mochte es gestern erst gewesen sein? Grimmig sah ich zu den Leuten hinüber, sie waren alle noch mal mit dem Schrecken davongekommen, in ein paar Tagen wären ihre Wohnungen wieder schick hergerichtet und die Gäste könnten alle ihren Urlaub hier oben an der Nordsee genießen. Aber mir hatte das Unwetter mein Leben zerstört! Sie wollten mir Hauke nehmen, alles, was ich hatte, und ohne ihn machte das Leben keinen Sinn für mich.

»Da ist ja die Schimmelreiterin!«, rief ein kleiner Junge und deutete mit ausgestrecktem Finger auf Hauke, der nervös umhertänzelte und kaum zu halten war. Ich bebte ebenfalls, nervös, unruhig, traurig. Ich mochte nicht gesehen und erst recht nicht aufgehalten werden. Ich musste von hier verschwinden, und zwar so schnell wie möglich. Aber erst musste ich Finn warnen! Also trieb ich Hauke abermals an, der sich zu meiner Genugtuung kurz aufbäumte, bevor er aus dem Stand losgaloppierte und Richtung Wäldchen davonpreschte. Mir blieb überhaupt keine Zeit, darüber nachzudenken, weil ich aufpassen musste, dass mich die herunterhängenden Äste nicht von seinem Rücken fegten. Weg von hier, nur schnell weg von hier, war alles, was ich denken konnte, und gab mich seinen Bewegungen hin.

Endlich verlangsamte er sein Tempo und fiel in einen lockeren Trab, dann in einen gemächlichen Schritt, bevor er einfach stehen blieb. Wir waren am Waldsee, der so versteckt lag, dass hier kaum jemand hinkam. Mareike und ich kamen mit den Pferden gerne her, weil es hier so ruhig und einsam war und vor allem schattig. Wenn man so wie wir keine permanente Sonne gewöhnt war, brauchte man im Hochsommer ab und zu ein kühles Plätzchen.

Hastig sprang ich von Haukes Rücken. Unsicher blickte ich mich um, ich hatte das Gefühl, von jemandem beobachtet zu werden. Aber wenn Hauke nichts aus der Ruhe brachte, musste ich mir keine Sorgen machen.

»Und jetzt, mein Hübscher, wo sollen wir noch suchen?« Ich hatte meine Arme um Haukes Hals geschlungen, spürte seinen ruhigen Herzschlag und seine tiefe Wärme, die von ihm ausging und mich von Herzen froh machte. Zur Antwort bekam ich einen herzhaften Nasenstüber in den Bauch.

»Alles nicht so schlimm, meinst du?« Ich kraulte ihm zärtlich den Schopf und schaute ihm tief in die Augen, um herauszufinden, was er als Nächstes vorhatte. Hier draußen am See übernachten? Wohl kaum!

In diesem Moment drang ein dunkles, sehr bekanntes Wiehern an mein Ohr. Hauke wieherte zurück.

»Morango! Wo kommst du denn her?«, rief ich erleichtert, als uns der Dunkelfuchs entgegengetrabt kam. »Und wo hast du Finn gelassen?«, fügte ich erschrocken hinzu.

»Hier!«, kam es zerknirscht von meinem Kumpel und bestem Freund, der etwas genervt zu Fuß seinem Wallach hinterherlief. »Hat der mich doch glatt abgeworfen!«

Finn schüttelte halb genervt, halb amüsiert den Kopf und da wusste ich, dass er sich nicht wehgetan hatte. »Sie suchen dich überall! Warum gehst du nicht ans Handy?«, kam er ohne Umschweife zur Sache, dabei hatte *ich* ihn doch die ganze Zeit über gesucht. »Liv, du musst mit den beiden reden, ganz bestimmt findet ihr eine Lösung.«

»Sag bloß, die haben dich geschickt? So blöd kannst auch nur du sein, merkst du nicht, was hier läuft?« Wut stieg in mir auf. Reden! Wieso musste Finn immer so vernünftig sein? Ich hatte keine Lust mehr zum Reden, mir reichte es.

»Rede du doch selbst mit deinen Eltern! Dann kannst du sie bei der Gelegenheit gleich danach fragen, warum Morango mit Hauke auf den Hänger von Frau Iwanowitsch soll!«

»Was?! Glaube ich nicht. Meine Eltern sind gerade mit ganz anderen Dingen beschäftigt.«

»Glaubst du aber wohl. Ich habe es ja mit meinen eigenen Ohren gehört. Deine Eltern wollen Morango verkaufen, weil ihr pleite seid, und sie haben Isodora mit den Verhandlungen beauftragt.«

Wumm, das saß. Finn wurde kreidebleich, vielleicht hatte er bei seinem Sturz doch etwas abgekommen.

»Das ... das glaube ich nicht. Sonst hätten sie mich doch nicht gebeten, euch beide zu suchen. Ich kam auf den Hof, nachdem ich Morango kurz unten am Hafen für die Aufräumarbeiten eingespannt hatte, und fand Isodora völlig aufgelöst. Sie macht sich schreckliche Vorwürfe und würde am liebsten alles rückgängig machen ... aber offensichtlich haben sie keine andere Wahl. Ihr müsst dringend miteinander reden!«

»Finn, kapierst du immer noch nicht, was los ist: Du sollst mich zurückholen, damit sie *beide* Pferde verkaufen können! Hauke und Morango! Das ist ein abgekartetes Spiel! Geh du doch, wenn du dein Pferd loswerden willst! Ich bleib hier!« Kopfschüttelnd schaute ich meinen besten Freund und Kumpel an. Hatte der immer noch nicht begriffen, was auf dem Spiel stand? Ich fühlte eine unbändige Wut in mir. Das Leben war so ungerecht! Die Erwachsenen beschlossen einfach über unsere Köpfe hinweg, was gut für uns war. Niemand von ihnen hatte mich nach meiner Meinung gefragt. Dabei wussten sie alle doch, was mir Hauke bedeutete! Nein, ich konnte nicht zurück. Ich musste hier weg!

Finn schwieg und blickte grimmig vor sich hin. Ich konnte förmlich spüren, wie seine Gedanken und Gefühle durcheinanderstürmten. Endlich schien er verstanden zu haben.

»Lass uns abhauen, noch heute Nacht«, sagte er entschlossen und hielt mir die Hand hin.

Erleichtert schlug ich ein.

6

Spät in dieser Nacht ritten wir noch mal zurück, um Kraftfutter für die Pferde zu holen. Finn hatte sich zwischenzeitlich zu Hause eingeschlichen und seinen Kram gepackt, was in dem allgemeinen Tumult nicht weiter aufgefallen war. Stinksauer, wie er war, wäre er am liebsten sofort auf und davon. Der Mond stand rund und hell über dem Friesenhof und beleuchtete wie ein Scheinwerfer das große Loch im Dach, das inzwischen mittels Holzlatten und Folie gesichert war. Piet, Wilm und Thorsten hatten ganze Arbeit geleistet.

»Hoffentlich liegen die nicht auf der Lauer ...«, meinte ich sorgenvoll.

»Glaub ich nicht! Der Hänger ist doch weg.« Finn schüttelte den Kopf und deutete auf den leeren Parkplatz.

Als ob Hauke und Morango verstanden hätten, dass wir keinen Lärm machen durften, waren sie ein paar Meter vor der Einfahrt einfach stehen geblieben und rührten sich nicht vom Fleck. Finn hatte sich mit einem großen Rucksack bewaffnet und ich wollte aus dem Geräteschuppen die Packtaschen holen, um sie mit Futter für die Pferde zu befüllen. Leise, ganz leise schlichen wir über den Hof.

Moonlight schnaubte überrascht, als ich leise quietschend die Stalltür öffnete. Am anderen Ende des Gangs befand sich die Futterkammer. Da mussten wir unbemerkt hin.

»Ich kann's immer noch nicht glauben, dass sie heimlich

hinter unseren Rücken die Pferde vertickern wollte!«, meinte Finn, während wir die Pellets in die Taschen schaufelten.

»Pssst, wenn uns jemand hört!« Erschrocken legte ich den Finger auf den Mund.

In diesem Moment hörten wir draußen Schritte.

»Siehste.«

Wir gingen hinter den Futtersäcken in Deckung. Ich konnte nur hoffen, dass unsere Pferde draußen still standen und sich nicht vom Fleck rührten.

Mit angehaltenem Atem hörten wir, wie jemand die Stalltür öffnete und mit leisen Schritten die Boxen ablief. Dann wurde ein Riegel quietschend zur Seite geschoben.

»Anna!«, flüsterte Finn. »Die hat uns gerade noch gefehlt. Jetzt müssen wir warten, bis sie im Morgengrauen ausreitet.«

»Nie im Leben!« Entschlossen war ich aufgestanden. »Anna verpfeift uns nicht, stimmt's?«

Ich war zu den beiden an die Box getreten. Durch die Gitterstäbe bot sich mir ein rührendes Bild: Moonlight lag auf dem Boden, Anna wie ein kleines Baby eng an ihre Stute gekuschelt. Wie bei Hauke und mir, schoss es mir durch den Kopf, mit dem Unterschied, dass sich Hauke nie im Leben hinlegen würde, er pflegte im Stehen zu schlafen.

»Keine Sorge! Ich hab euch nicht gesehen«, antwortete Anna gähnend und ich war mir in diesem Augenblick nicht sicher, ob sie überhaupt etwas mitbekommen hatte, so schlafwanderlisch und abwesend wirkte sie.

»Komm, wir müssen los! Bevor noch jemand hier auftaucht.«

Schnell packten wir die Taschen zusammen und schlichen wieder nach draußen, vorsichtig darauf bedacht, weder Lärm zu verursachen noch Spuren zu hinterlassen. Finn angelte sich noch eine Taschenlampe vom Fenstersims und ich griff nach ein paar Führstricken, die herumlagen.

Hauke und Morango hatten sich nicht vom Fleck gerührt. Und auch jetzt, als wir die Satteltaschen auflegten, hielten sie still wie festgeschraubt. Ausnahmsweise pumpte sich Morango nicht auf, sondern ließ Finn geduldig den Gurt zuziehen.

»Brav seid ihr!« Ich drückte Hauke dankbar einen Kuss auf sein weiches Pferdemaul. Da fiel mir noch etwas ein. »Wartet hier!«

»Was ist denn jetzt noch ...«, kam es von Finn.

Im Schutz der Dunkelheit schlich ich abermals auf den Hof, diesmal zu der großen Halle, in der die Wattwagen parkten. Ein paar Mäuse flitzten mir vor die Füße, als ich zum Schrank lief, in dem Piet die Decken aufbewahrte. Praktischerweise rollte er sie immer zu kleinen Bündeln, sodass wir sie gut transportieren konnten. Ich war schon fast wieder bei Finn und den Pferden, da fiel mir noch etwas ein. Abermals lief ich zurück.

»Was machst du denn so lange?«, empfing mich Finn mit vorwurfsvoller Stimme, als ich gehetzt zurückkam. Morango tänzelte mittlerweile umher, auch er schien ungeduldig zu werden. »So kommen wir nie hier weg!«

»Musste noch was erledigen!«, antwortete ich, warf ihm seine Decke zu und sprang in Haukes Sattel.

Dann ritten wir so leise wie möglich los. Finn brauchte erst mal nicht zu wissen, dass ich Piet noch etwas in sein Auftragsbuch geschrieben hatte: *Wir sind weg und ihr wisst, warum! Wenn Hauke und Morango bleiben dürfen, kommen wir wieder!*

Im Schritt ging es jetzt durch das dunkle Waldstück, immer wieder blitzte der Mond durch die Blätterlücken, irgendwo hörte ich ein Käuzchen. Ich saß hellwach im Sattel, obwohl ich seit etlichen Stunden auf den Beinen war. Den Blick zwischen Haukes Ohren geheftet, die aufmerksam spielten, die nächtlichen Geräusche des Waldes kannte er nicht. Plötzlich beschlichen mich Zweifel, ob es richtig war, was wir hier taten. War Abhauen wirklich die Lösung?

Wie um meine Bedenken abzuschütteln, bäumte sich Hauke plötzlich auf und schoss ohne Vorwarnung in einem irrwitzigen Galopp davon, wie durch ein Wunder flog ich nicht runter. Morango ging natürlich sofort hinterher.

»Hey, mach mal langsam«, versuchte ich, mein Pferd zu zügeln, »schone deine Kräfte.«

Finn hatte Morango längst durchpariert, die beiden blieben hinter uns.

»Wenn das so weitergeht, sind wir morgen Abend in München«, scherzte Finn und da mussten wir beide so laut lachen, dass ein Bussard neben uns erschrocken aufflog. Hauke schien verstanden zu haben und drosselte sein Tempo, im leichten Trab ging es jetzt hinaus aufs Feld. Die Wolken hatten längst den Mond aus ihrer Umklammerung freigegeben, Sterne funkelten am Nachthimmel über uns. Die Hufschläge der Pferde verhallten dumpf auf dem Feldweg, ihr gleichmäßiges Schnauben klang zufrieden und malte dampfige Kringel in die kalte Nachtluft. Plötzlich waren alle Sorgen wie weggeblasen – ich schmeckte Freiheit und Abenteuer. Ein angenehmer Schauer durchrieselte mich, und wenn ich je so etwas wie ein schlechtes Gewissen gehabt hatte, fiel es in jenem Moment von mir ab. Das hier fühlte sich verdammt richtig an – Hauke und ich,

Finn und Morango. Die anderen mussten endlich verstehen, dass wir unzertrennlich waren.

Dankbar blinzelte ich hinüber zu Finn, der die gleichen Gedanken zu hegen schien. Zumindest lächelte er mich im stillen Einverständnis an und da wusste ich, dass wir die richtige Entscheidung getroffen hatten und Abhauen eben *doch* eine Lösung war.

»Sieht aus, als ob wir Glück hätten mit dem Wetter«, meinte Finn und deutete in den sternenklaren Nachthimmel. »Da können wir später im Freien schlafen.«

»Später?«, sagte ich und gähnte herzhaft, es musste weit nach Mitternacht sein.

»Später!«, antwortete er entschlossen. »Wir müssen außer Reichweite sein, bevor sie merken, dass wir *wirklich* weg sind!«

»Ich glaube nicht, dass sie uns suchen werden!«, sagte ich. Ich kannte meinen störrischen Onkel. Der würde abwarten wollen, bis wir von alleine wieder angekrochen kämen. Aber da konnte er lange warten! Trotzdem stimmte ich Finn zu, auch wenn ich mich inzwischen kaum noch im Sattel halten konnte. Es war sicherer, ein paar Kilometer zwischen uns und unserem Zuhause zu lassen. Wenn ich nur nicht so müde gewesen wäre! Ich gähnte abermals. Irgendwann beugte ich mich über Haukes Hals und bettete meinen Kopf in seine Mähne. Auf diese Weise ließ ich mich von ihm in den Schlaf schaukeln ...

Keine Ahnung, wie viele Stunden wir auf diese Weise geritten waren. Ich wurde wach, als mich die ersten Sonnenstrahlen in der Nase kitzelten.

Langsam öffnete ich die Augen und richtete mich auf, mein Körper fühlte sich auf wundersame Weise wach an und erholt. Suchend blickte ich mich um. Wo war ich? Wie waren wir hierhergekommen? Wo waren Finn und Morango?

Hauke stand mitten in einem Bach und soff, das war schon mal ein gutes Zeichen. Um uns herum entdeckte ich Felder, Wiesen und vereinzelte Bäume, wir waren also weitab von jeglicher Zivilisation. Weiter hinten am Horizont meinte ich, ein kleines Dorf auszumachen, noch besser, da könnten wir später etwas zu essen besorgen. Bei dem Gedanken an Frühstück begann mein Magen zu knurren. Ich trieb Hauke ans Ufer, sprang ab und ließ ihn einfach stehen, um hinter den nächstbesten Busch zu pinkeln. Dann setzte ich mich auf einen Stein am Bach und kramte nach meinem Handy. Der Akku war alle, so ein Mist! Vielleicht war es auch gut so, da brauchte ich nicht Isodoras besorgte Zeilen zu lesen oder Nachrichten abzuhören, die sie mir ohne Zweifel auf der Mailbox hinterlassen hatte.

»Hey ausgeschlafen, Dornröschen?« Finns fröhlicher Strubbelkopf tauchte wie aus dem Nichts neben mir auf. Er schien allerbester Laune.

»Wo hast du gesteckt?«, empfing ich ihn vorwurfsvoller als beabsichtigt.

»Ich hab mir schon mal unser neues Zuhause angeschaut ...« Finn grinste verschmitzt. »In etwa zwei Kilometer Entfernung ist eine alte, verlassene Scheune, da sind wir fürs Erste sicher. Vor allem, wenn es so wie heute nach Schietwetter aussieht.«

In der Tat zeichneten sich am Horizont dunkle Wolkengebirge ab. Es war nur eine Frage der Zeit, bis es regnen würde. War die Nacht noch sternenklar und frisch gewesen, wurde es nun zunehmend dunkler und schwüler, ein Gewitter lag in der Luft.

»Na, worauf wartest du?« Schon war ich wieder aufgestiegen und ritt mit Hauke in die angegebene Richtung.

Die alte Scheune entpuppte sich als echter Glücksfall. Bis auf einen alten Anhänger stand sie leer, in einer Ecke waren Heu- und Strohballen aufgetürmt, sodass die Pferde etwas zu zupfen hatten. Das Dach schien auch einigermaßen dicht zu sein.

Nachdem wir die Pferde versorgt hatten, bauten wir uns ein Lager aus Heu, rückten den Anhänger so, dass wir uns geschützt fühlten, und zogen endlich unsere Reitstiefel aus. Obwohl ich auf Haukes Rücken gedöst hatte, befiel mich angesichts des gemütlichen Lagers eine unglaubliche Müdigkeit. Ich schaffte es gerade noch, drei Schokokekse zu verkrümeln, dann fielen mir die Augen zu. Zu aufregend und anstrengend waren die letzten Stunden gewesen. Ich spürte, wie Finn mir die Decke sanft über die Schultern zog und sich neben mich legte, sein warmer Atem kitzelte mein Gesicht, dann fiel auch er in einen tiefen Schlaf.

Wir wurden wach, weil über uns Blitz und Donner gleichzeitig tobten. Die Pferde wieherten erschrocken auf und liefen unruhig umher. Fast befürchtete ich, Hauke würde durchgehen und abhauen, schließlich hatten wir hier kein verschlossenes Tor, die Scheune war von einer Seite her offen. Von unserem Lager konnten wir nun beobachten, wie draußen die Welt unterging. Es war mitten am Tag und trotzdem stockfinster.

Finn neben mir schrie erschrocken auf, als der Blitz krachend ein paar Hundert Meter entfernt von uns in einen Baum fuhr, die Spannung war bis zu uns herüber zu spüren. Keine Sekunde später grollte der Donner hinterher.

»Nicht schon wieder!«, stöhnte er und lehnte leichenblass an der Scheunenwand.

»Uns passiert so schnell nichts!«, murmelte ich beschwörend auf ihn ein. »Komm, zähle mal mit, das Gewitter verzieht sich.«

Doch statt sich zu entfernen, blieb es direkt über uns. Morango und Hauke standen dicht aneinandergedrängt. Ich widerstand dem Impuls, mich zwischen die beiden zu stellen. Ohne Frage hätten sie mich beschützt. So musste ich mich um Finn kümmern, dem vor lauter Angst Schweißperlen auf der Oberlippe standen.

»Hey, Finn, komm, beruhige dich, ist alles halb so wild!«, versuchte ich, ihn zu trösten. Ein panischer Finn hatte mir gerade noch gefehlt! Ich wusste, dass er manchmal solche Attacken hatte, wir kannten uns ja lange genug und hatten schon etliche Gewitter gemeinsam erlebt. Deshalb spürte ich auch, dass es wenig Sinn machte, ihm mit sachlichen Argumenten zu kommen, sondern ihn entweder zu beschäftigen – oder abzulenken.

»Warst du heute Morgen auch schon im Dorf?«, fragte ich und ignorierte, dass jetzt draußen ein Platzregen der Extraklasse herunterprasselte.

»N-n-nein«, antwortete Finn. »D-das wollte ich später mit dir gemeinsam machen.«

»Okay, wenn es aufgehört hat zu regnen. Dann spazieren wir los und kaufen uns im nächsten Supermarkt etwas zu essen, ich habe einen Bärenhunger.« An Futter für die Pferde hatten wir gedacht. An uns nicht.

»I-ich auch.« Finn nickte.

Das war ein gutes Zeichen, wenn er ans Essen dachte, ging es ihm besser. In der Tat verzog sich das Gewitter über uns ebenso schnell, wie es gekommen war, und hätte es nicht in Strömen gegossen, hätte man an einen schlechten Scherz denken können.

»Hast du dein Handy dabei?«, fragte ich, um vom Thema abzulenken.

»Verloren«. Finn schüttelte den Kopf und schaute mich zerknirscht an. »Muss mir in der Sturmnacht aus der Tasche gefallen sein. Was ist mit deinem?«

»Akku alle!« Ich verzog mein Gesicht und fand das in diesem Moment gar nicht so schlimm.

»Echt blöd«, murmelte Finn, aber es schien ihm ebenfalls ganz recht zu sein, dass wir keinem Anrufterror ausgesetzt waren.

»Wenn es aufhört, können wir draußen ein Feuer machen und uns etwas kochen«, sagte Finn. »Was hältst du von Spaghetti à la Anker zum Mittagessen?«

»Aber nur, wenn's Erdbeermousse zum Nachtisch gibt ...« Ich rempelte ihn in die Seite und wir mussten beide lachen. Aber nur kurz.

»Den Anker gibt es nicht mehr.« Finn war plötzlich wieder ganz blass und ernst geworden. Er schlug die Hände vors Gesicht, seine Schultern zuckten.

»Ich weiß.« Tröstend strich ich ihm durchs Haar, bettete seinen Kopf an meiner Schulter und wartete, bis er sich ausgeweint hatte, was eine Weile dauerte. Finn hatte in den letzten Tagen und Nächten Entsetzliches durchgemacht, schlimmer als ich, obwohl ich in der stürmischen Nacht durch den Regen hin- und hergaloppiert war und die schrecklichen Bilder immer noch im Kopf hatte. Doch er hatte hilflos mit ansehen müssen, wie seine Zukunft von Wassermassen verschlungen wurde, seine Träume von der

Nordsee eiskalt fortgespült, mit Schlick und Schlamm vernichtet. Und seine Eltern verzweifelt um eine Perspektive rangen.

Aber dass sie uns die Pferde wegnehmen wollten, war viel, viel schlimmer! Deswegen waren wir abgehauen, deswegen waren wir hier. Das durften wir nicht vergessen!

»Komm, lass uns nicht mehr daran denken!« Ich stupste ihn aufmunternd in die Seite, reichte ihm die Hand und wir zogen uns gegenseitig hoch. »Lass uns lieber nachschauen gehen, in welchem Ort wir hier gelandet sind, okay?«

»Einverstanden.« Finn atmete tief durch und schüttelte sich, bevor ein Grinsen über sein Gesicht huschte. »Aber kochen werde ich uns nachher trotzdem etwas Leckeres! Du weißt doch, der Jung braucht jeden Tag ein warmes Essen ...«

»Hab ich nix dagegen!«, rief ich und stupste ihn in die Seite. »Was für ein Glück, dass ich mit einem Meisterkoch zusammen abgehauen bin!«

Kurz darauf liefen wir den schmalen Feldweg entlang ins Dorf. Die Pferde hatten wir vorsichtshalber an den Hänger gebunden, damit sie nicht auf die Idee kämen abzuhauen, bei Hauke wusste man nie. Längst hatte es aufgehört zu regnen, am Himmel zeigten sich die ersten blauen Wolkenfetzen, ein leichter Wind wehte von den Feldern zu uns herüber. Es war angenehm warm, ganz anders als am Meer, wo einem ständig eine frische Brise um die Nase blies.

»Wo sind wir denn hier gelandet?« Finn deutete auf die wenigen Häuser, die sich um eine kleine Kirche schmiegten. »Kneif mich mal, sind wir noch in der Zivilisation oder auf dem Mars?!«

»Ob hier überhaupt noch wer wohnt?« Langsam liefen

wir in die Ortschaft rein. Linker Hand erstreckte sich eine barackenartige Anlage, offensichtlich ein ehemaliges Gefangenenlager.

»Geschichte überall«, meinte Finn duster und verzog sein Gesicht. »Können die einen nicht bitte mal in Ruhe lassen? Ich habe Ferien! Und gerade meine eigene Katastrophe überlebt, ich brauch das nicht!«

Sein Blick wurde starr und er beschleunigte seine Schritte, während ich stehen geblieben war, um neugierig die Informationstafel zu studieren.

In der Tat handelte es sich um ein ehemaliges Strafgefangenenlager der Nazis. Siebzigtausend Menschen überlebten ihre Inhaftierung nicht, las ich. Weil sie unter menschenunwürdigen Bedingungen gefangen gehalten wurden.

Weil sie sich zu Tode schufteten und verhungerten. Weil Himmler Munition sparen wollte.

Ich schluckte und versuchte, die Gänsehaut auf meinen Armen zu ignorieren. Wie konnte Finn einfach so weitermarschieren und tun, als sei nichts gewesen! Hatte der keinen Geschichtsunterricht in der Schule? War ihm denn die Vergangenheit egal?

»Das verstehst du nicht«, rempelte er mich an, als ich ihn endlich eingeholt hatte und zur Rede stellen wollen. »Du kapierst nicht, dass mein Kopf gerade komplett von anderen Dingen blockiert ist. Du hast dein Leben in Hamburg! Dahin kannst du jederzeit zurück. Aber meins ... mein Leben und meine Zukunft sind futsch, futschikato, weggespült, von den Wellen zerdonnert.«

»Du bist derjenige, der hier nichts verstanden hat!« Wütend funkelte ich ihn an. Von wegen, ich hatte mein Leben in Hamburg – mein Leben war die Nordsee! Der Friesenhof!

Das wusste er doch ganz genau. »Stopp mal.« Ich hielt ihn am Ärmel fest. »So einfach kommst du mir nicht davon. Hast du dich jemals gefragt, ob ich in Hamburg glücklich bin? Was denkst du denn, wie es mir geht, all die Wochen und Monate, weit weg von Hauke, von der Nordsee? Von all dem, was mich so froh macht ... Hast du jemals darüber nachgedacht, dass auch *mein* Lebenstraum jetzt zerstört sein könnte?«

Schweigend liefen wir nebeneinanderher. Dass wir uns stritten, hatte mir gerade noch gefehlt.

7

Der Ort entpuppte sich als ein verschlafenes Nest und jetzt, kurz vor der Mittagszeit, waren kaum Menschen unterwegs und von einem Supermarkt oder Ähnlichem fehlte jede Spur, die Straßen schienen wie ausgestorben. Manche Häuserfassaden bröckelten und ich fragte mich unwillkürlich, ob hier überhaupt noch Menschen lebten. Ich konnte verstehen, dass man hier wegwollte, wenn ich an das alte Gefangenenlager dachte. Wer lebte schon gerne in der Nähe eines solchen Massengrabs! Mittlerweile schien die Sonne an einem strahlend blauen Himmel, nur ein paar Pfützen erinnerten an das schreckliche Unwetter.

»Wo sind wir denn hier gelandet?«, wisperte mir Finn zu, als wir über die aufgeweichten Wege liefen, den Blick suchend auf die Kirchturmspitze geheftet. Neben der Kirche lag normalerweise immer der Marktplatz mit einer Kneipe. Wenn sich dort keine Bäckerei befinden würde oder wenigstens ein Café, dann waren wir wirklich am Ende der Welt.

»Frag mich was Leichteres«, flüsterte ich zurück und fühlte mich beobachtet, als hinter einem Fenster die Gardine wackelte.

»Kein Wunder, dass hier so viele verhungert sind ...«, versuchte es Finn mit einem Scherz und da mussten wir beide lachen, obwohl es eigentlich überhaupt nicht lustig war. Weder die Situation damals noch unsere heute.

»Wie blöd ist das denn?«, meinte er. »Mich packt wirklich langsam der Hunger …«

»Wir finden schon was«, sagte ich, aber angesichts der gähnenden Einöde und der verblassten Schaufenster einer Metzgerei und einer Schusterei ringsum glaubte ich nicht daran.

Der Marktplatz war ein einziges Betonpflaster. Ohne Grünzeug, ohne Cafés, ohne Menschen. Die Häuser wirkten verlassen und zugesperrt, die goldene Brezel der ehemaligen Bäckerei schlenkerte halb abgerissen im Wind. Ein Wunder, dass sie nach dem Unwetter heute Morgen überhaupt noch hielt.

»Und jetzt?« Ratlos blickte Finn sich um. »Das kannste vergessen, hier liegt der Hund begraben … am besten gehen wir zurück, holen unsere Pferde und reiten weiter.«

»Oder wir nehmen den da!«, meinte ich und deutete auf die Haltestelle, wo gerade ein Bus angerauscht kam. »Komm, garantiert gibt es irgendwo einen Ausstieg ›Einkaufszentrum‹.«

Der Busfahrer musterte uns neugierig beim Einsteigen und legte uns missmutig die Tickets hin, nachdem ich bezahlt hatte. Ich hatte nur noch wenige Münzen einstecken.

»Du hast eine Butterfahrt gewonnen, Glück muss man haben«, grinste ich Finn an und zog ihn auf die Rückbank. Trotzdem hatte ich ein mulmiges Gefühl im Bauch, denn ich hatte Sorge, dass unsere Familien mit großem Polizeiaufgebot inklusive Hubschrauber und Plakaten nach uns suchten und wir an jeder Straßenecke sofort erkannt würden, wenn wir jetzt in den nächsten größeren Ort kämen. Zwar war ich mir ziemlich sicher, dass Piet immer noch störrisch darauf warten würde, dass wir wieder angekrochen kämen und er uns eine Standpauke halten könnte. Aber es könnte ja auch sein, dass sich Isodora mit ihren Sorgen durchgesetzt und die beiden doch die Polizei alarmiert hatten. Und dann wären Hauke und Morango endgültig weg, zur Strafe dafür, dass Abhauen keine Lösung war, ich konnte mir Piets Gepolter schon ausmalen ...

Das Glück war auf unserer Seite. Es gab tatsächlich fünf Haltestellen weiter ein großes Einkaufszentrum. Als wir ausstiegen, waren wir plötzlich wieder von dieser Welt. Überall wimmelte und wuselte es vor Menschen, Einkaufswagen und quengelnden Kindern.

»Wie viel Geld haben wir denn überhaupt?« Finn kramte in seinen Hosentaschen herum, guckte erschrocken und hielt dann seine leeren Hände in die Höhe. »Schietkram, ich hab mein Portemonnaie im Rucksack bei den Pferden gelassen.«

»Na toll, einkaufen gehen ohne Geld!« Ich sah Finn sauer an. »Ich hab leider nicht viel.« Ich beförderte ein paar Münzen zutage, die höchstens für vier Brötchen und etwas Käse reichten. Aber nicht für Spaghetti und Tomaten und Basilikum oder was Finn sonst noch alles so vorschwebte. Außerdem brauchten wir ja auch noch was für die Rückfahrkarte.

»Wie – du hast nicht viel? Planst hier ’ne große Flucht und nimmst kein Geld mit, oder was?«

»Ich hab hier gar nichts geplant!« Oh Mann, der ging mir mit seiner schlechten Laune jetzt echt auf den Zeiger. Er wusste doch, wie überstürzt ich aufgebrochen war und dass ich Isodora nicht erst nach Geld fragen konnte.

Wir funkelten uns wütend an.

Schließlich seufzte Finn. »Du weißt doch, mit leerem Magen bin ich zu nix zu gebrauchen. Komm, holen wir uns erst mal was.« Er zog mich entschlossen in die Ladenzeile und bestellte beim Bäcker belegte Brötchen und zwei Milchkaffee.

»Jetzt geht's mir besser!«, sagte er, nachdem er die letzten Krümel verdrückt hatte. »Jetzt kann ich wieder denken.« Er grinste mich mit seinem verschmitzten Finn-Grinsen an und war fast wieder der Alte.

»Für die Pferde finden wir Futter, Pellets haben wir dabei, Gras gibt's überall. Aber wir brauchen ein bisschen mehr als das hier«, er deutete auf die leeren Teller. »Vitamine, Eiweiß, Kohlehydrate ...«

»Klar, am besten als Fünf-Gänge-Menü, was?« Ich rempelte ihn freundschaftlich in die Seite. »Woher nehmen, wenn nicht stehlen?«

»Eben.«

»Wie?« Ich traute meinen Ohren nicht.

»Guck mal, siehst du die Porsche-Fahrerin dort?« Finn deutete auf eine elegant gekleidete Dame, die ungeduldig mit dem Autoschlüssel in ihrer Hand klimperte, während sie den vollen Einkaufswagen an uns vorbeischob.

»Ja, und?« Ich schaute ihn verständnislos an.

»Da ist alles drin, was wir brauchen. Sogar getrocknete Tomaten und Oliven. Und meine Lieblings-Pasta.«

»Gehe nie mit einem Sternekoch auf die Flucht ...«, stöhnte ich. »Ist doch völlig schnurz, welche Marke ihre Nudeln haben, Hauptsache, es gibt welche.«

»Sag ich doch.« Finn schien wie ausgewechselt, kein Vergleich zum Miesepeter von gerade eben. Unternehmungslustig blinzelte er mich an. »Los, komm, worauf wartest du noch!« Längst war er aufgesprungen und folgte der Frau Richtung Parkplatz.

»Und wie willst du an die Sachen kommen?«, fragte ich und hatte immer noch nicht verstanden, was er vorhatte.

»Noch nie was vom Antanztrick gehört?«

»Boah, ey«, rutschte es mir heraus, und bevor ich Finn davon abhalten konnte, hatte er sich bereits an die Frau rangemacht. Genauer gesagt, bestand sein »Antanzen« darin, dass er ganz aus Versehen gegen sie rannte, stolperte und der Länge nach hinschlug. Der Einkaufswagen schoss auf und davon, ich konnte ihn gerade noch festhalten.

»Um Gottes willen, ist Ihnen etwas passiert?«, rief die Porschefahrerin entsetzt, ließ ihren Einkauf Einkauf sein und kniete sich neben ihn. Das war mein Stichwort.

»Mein Bein, mein Bein ...«, stöhnte Finn und wälzte sich am Boden, ich hatte nicht gewusst, dass so ein guter Schauspieler in ihm steckte.

Ich konnte mir ein Grinsen kaum verkneifen, als ich mit fliegenden Fingern die wichtigsten Zutaten aus dem Wagen fischte und sie unauffällig in meinem Rucksack verschwinden ließ.

»Geht schon«, hörte ich Finn sagen. »Ich glaube, das ist nicht so schlimm.« Er hatte sich wieder aufgerappelt.

»Hier, Ihr Wagen.« Ich lächelte die Dame freundlich an.

»Dann ist ja alles in Ordnung«, sagte sie, nickte uns noch einmal zu und ging dann zu ihrem Porsche, um ihre Einkäufe einzuladen, während wir zügig um die Ecke verschwanden, sofern das mit Finns »Beinverletzung« glaubhaft möglich war.

»Hoffentlich merkt sie nachher nicht, dass zwei Packungen Pasta fehlen ...«, kicherte ich erleichtert, als wir kurz darauf den typischen Motorsound aufheulen hörten.

»Lass mal gucken, was brauchen wir denn noch?« Finn stöberte im Rucksack, wobei ihm ein »super« und »ah, der ist ja gut« entfuhr. »Die Lady hat Geschmack, das muss man ihr lassen. Okay, wir benötigen eine größere Tasche, wenn wir schon mal hier sind. Meinst du, du kannst vom Restgeld dadrinnen eine organisieren? Und bitte bloß nicht klauen ...«, fügte er mit einem verschmitzten Grinsen hinzu.

Ich grinste zurück. Da war er wieder, der gute alte Finn, mit dem man Pferde – besser gesagt: Einkaufskörbe – stehlen konnte. Nachdem ich drinnen eine große Tasche ergattert und unsere Beute darin verstaut hatte, setzten wir uns auf die kleine Mauer vor den Supermarkt und beobachteten die Leute.

»Ist dir schon mal aufgefallen, dass keiner von denen gerne hier ist?« Finn runzelte die Stirn. »Alle wirken so hektisch und in Eile, niemand kauft hier in Ruhe und mit Muße ein. Alles schnell, schnell!«

»Wundert dich das?« Kurz überlegte ich, aber dann fiel mir ein: In Töwerhaven gab es nur kleinere Supermärkte, nicht so ein gigantisch großes Einkaufszentrum wie dieses hier. In Hamburg kauften Camilla und ich unsere Lebensmittel meistens in unserem Viertel ein, beim Türken und Veggie-Bernd, selten taten wir uns diesen Gigantismus an, der uns auch zu hektisch war. Eine Weile guckte ich dem Treiben in der Drehtür zu, ein Kommen und Gehen und Gedränge. Bei dem Betrieb hätte ich auch keinen Spaß einzukaufen, musste ich ehrlich zugeben.

»Den da.« Finn rempelte mir seinen Ellenbogen in die Seite und deutete auf einen dunkelhäutigen Mann, der seinen Einkaufswagen gelangweilt vor sich herschob, während er auf seinem Smartphone daddelte.

»Das kannst du nicht bringen.«

»Nur weil er aus Afrika ist oder was?«

»Woher willst du wissen, ob er aus Afrika ist?«

»Eben.«

»Und wenn er ein Flüchtling ist?«

»Und wenn die Porsche-Frau Mutter Teresa war?«

Finn wartete erst gar nicht meine Antwort ab, sondern stand auf und schlenderte auf den Mann zu. Und dann ging es wieder ganz schnell. Er rempelte ihn ganz aus Versehen an, ließ sich mit schmerzverzerrtem Gesicht fallen und ich hatte ausreichend Zeit, aus dem Wagen Marmelade, Käse und Klopapier zu fischen, während der Mann mit Finn beschäftigt war.

Auf diese Art und Weise organisierten wir uns im Laufe der nächsten zwei Stunden etliche Lebensmittel und Dinge, darunter so Nützliches wie Unnützes: Handtaschenseife, eine große Schüssel, Zahnstocher, ein Kreuzworträtselheft, zwei Packungen Müsli, H-Milch, Reis, Marmelade, Puderzuckersieb, Pesto, Paprika.

Dabei versuchten wir, keinen Unterschied zu machen, wen wir erleichterten, wir wollten ja gerecht sein und keine Vorurteile haben. Wer wusste schon, ob die Mutter im Sharan mit den drei Nöletölen nicht gleichzeitig Topmanagerin mit dickem Konto war? Wer konnte wissen, ob es sich bei dem Asiaten um einen Touristen auf exklusiver Europareise oder um den Hilfskellner aus dem China-Imbiss handelte? Oder ob der smarte Typ mit den zwanzig Keks-Packungen und dem Mercedes SL Fußballtrainer oder Drogendealer war?

»Meinst du, das reicht?«, fragte Finn, als unsere Tasche bis zum Rand gefüllt vor uns auf dem Boden stand. Wir hockten auf der Mauer und schleckten unser Eis, das wir kurz zuvor einer Omi aus dem Einkaufswagen stibitzt hatten.

»Das will ich ja man glauben, wat«, tönte da eine Stimme über unsere Köpfe hinweg.

Überrascht blickte ich hoch. Ein Mädchen mit einem roten Undercut und quietschbunten Klamotten guckte belustigt auf uns herunter.

»Kann ich auch eins? Schmilzt euch ja weg, wat!« Sie deutete auf die Packung.

»Klar, bediene dich«, antwortete ich nach einem kurzen Blickwechsel mit Finn. Das Mädchen war ihm nicht geheuer, das war ihm deutlich anzumerken.

»Henriette!« Sie hielt mir die Hand hin.

»Ich bin Liv. Und das ist Finn ...«, stellte ich uns vor und schlug ein, die Trauerränder und Dreckkrusten ihrer Hand ignorierend. Finn raffte unwillkürlich unsere Tasche zusammen.

»Coole Nummer, die ihr da abzieht, wat«, sagte Henriette, »würde ich mich nie trauen.« Sie nahm sich ein Eis und riss die Packung auf. »Das mit dem Antanzen ist cool. Macht mehr Laune als Containern, wat? Vor allem, wenn die zu Hause denken, sie hätten was vergessen einzukaufen.« Sie kicherte.

»Was meinst du?« Finn guckte sie fragend an, aber ich kapierte sofort.

»Sag bloß, du hast uns beobachtet?«

»Logo. War ja nicht zu übersehen.«

»Hast du nichts anderes zu tun?«, rutschte es mir heraus.

»Krieg dich ein, ich verpfeife euch schon nicht.« Henriette

schleckte mit ausgestreckter Zunge an ihrem Eis. »Heiß ja nicht Krake.«

»Wer ist Krake?«, fragte Finn misstrauisch.

»Krake ist der Chef vom Container, der darf zuerst fischen, wenn du verstehst«, erklärte sie und nahm sich ein weiteres Eis, ohne zu fragen.

»Container?« Finn sah aus wie ein Fragezeichen.

»Die Container hinten an der Laderampe«, erklärte sie. »Die gehören ihm.«

»Genauer gesagt: die darin befindlichen abgelaufenen Lebensmittel«, ergänzte ich.

»Ah – ihr bedient euch da.« Endlich kapierte Finn. »Und wenn euch jemand erwischt?«, fragte er.

Statt einer Antwort begann Henriette, schallend zu lachen, so laut, dass sich die umstehenden Supermarktbesucher zu uns umdrehten.

»Du bist ja süß!«, meinte sie. »Macht hier die große Antanznummer und beklaut Omis. Und sorgt sich dann darum, wenn wir uns aus dem Müll eines Großunternehmens etwas herausfischen.«

Finn und ich wurden wahrscheinlich beide gleichzeitig feuerrot. Henriette hatte ja recht mit dem, was sie sagte; wir hatten unschuldige Leute beklaut.

»Du bist echt obersüß«, machte sie weiter und schien sich auf Finn eingeschossen zu haben. »Sag bloß, jetzt hast du auf einmal ein schlechtes Gewissen?« Mit Babystimme sagte sie: »Oooohhhh ... Hat Mamas Liebling was Ungezogenes gemacht?«

Wie peinlich war das denn! Ich sah Finn an. Mit dem Ringelshirt zu den Shorts und blondem Strubbelkopf wirkte er neben Henriette wie frisch aus dem Ei geschlüpft. Und das, obwohl Finn mich seit dem letzten Sommer längst um eine Kopflänge überragte und ziemlich breite Schultern besaß.

Dass Henriette keinen festen Wohnsitz hatte oder zumindest nicht ständig ihre eigenen vier Wände bei Vater und Mutter bewohnte, hatte ich auf den ersten Blick bemerkt. Straßenkids kannte ich aus Hamburg, genauer gesagt, lebte eine Clique bei uns im Viertel und ich begegnete den drei Jungs und zwei Mädchen jeden Morgen auf dem Weg zur U-Bahn. Am Anfang hatte ich ein mulmiges Gefühl, wenn ich an ihnen vorbeimusste, und vor allem ein schlechtes Gewissen. Schließlich war ich frisch geduscht und trug saubere Klamotten, hatte den Bauch voll mit gesundem Müsli und die Tasche mit Obst und Vollkornbrot. Dagegen hatten sie die Nacht in der Einfahrt verbracht und würden den Tag nun hier abhängen, während ich in der Schule Formeln und Vokabeln büffelte und mich über Mädchen wie Julia, Vanessa und Pilar aufregte. Vor allem, wenn ich mit meiner Mutter Streit hatte, dachte ich darüber nach, ob ich gerne mit ihnen hätte tauschen wollen. Dann stellte ich mir das plötzlich ganz großartig vor, so frei und selbstbestimmt, ohne Schule und nörgelnden Imperativ.

»Wir machen eine Pferdewanderung«, klärte ich Henriette jetzt auf, was ja nicht ganz gelogen war.

»Wir sind in dieses schreckliche Unwetter geraten und haben dabei unser Geld verloren. Deswegen brauchten wir einfach ein paar Lebensmittel …«, fiel Finn ein, straffte die Schultern und schien sich endlich zu berappeln. Gut so, was ließ er sich von dieser Henriette auch so niederquatschen. Das hatte Finn echt nicht nötig.

»Und wo kommst du her?«, schob ich schnell hinterher, um das Thema zu wechseln.

»Lange Geschichte.« Henriette winkte müde ab.

»Och, wir haben Zeit ...« Finn grinste und deutete auf die Eispackung. Ich dachte insgeheim an Hauke und Morango und hoffte inständig, dass in der Zwischenzeit niemand vorbeikommen und die beiden entdecken würde.

»Und wo sind eure Pferde jetzt?« Henriette ignorierte einfach meine Frage. Stattdessen musterte sie mich neugierig von oben bis unten, als wolle sie uns nicht so recht glauben. Kein Wunder. Ich trug ja weder Reitstiefel noch -hose, sondern für unseren »Stadtausflug« ganz normale Sommerklamotten.

»Auf der Weide. Irgendwo im Nirgendwo. Wir sind auf eigene Faust unterwegs, also ohne Hotel oder so was.« Finn antwortete tatsächlich, ohne rot zu werden.

»Verstehe. Aber wozu braucht ihr all diese Delikatessen?« Sie deutete auf die knallvolle Einkaufstasche, aus der eine Packung Grissini und Ziegenfrischkäse ragte.

»Zum Essen natürlich, was sonst?« Finn guckte ihr direkt in die Augen.

»Ihr habt's gut! Bei uns gibt's immer nur altbackenes Brot und abgelaufenen Käse. Mit viel Glück auch mal Bananen, die nicht matsche sind.«

Sie nuckelte mittlerweile an ihrem vierten Eis und schien es sichtlich zu genießen, mit uns hier gemeinsam in der Sonne zu sitzen. Ich auch, hätte ich nicht ein schlechtes Gewissen wegen Hauke gehabt, der mich sicherlich schon vermisste.

»Und wo ist dieser Krake?«, fragte ich nach einer Weile.

»In der Fußgängerzone, sammeln, damit wir nicht immer nur containern müssen. Manchmal jonglieren wir auch oder machen Pantomime.«

Ich nickte. Das erklärte ihr buntes Outfit.

Schweigend schleckten wir die Eispackung leer. Einmal rempelte mich Finn in die Seite, als eine alte Omi mit einem voll beladenen Einkaufswagen vorbeischob.

»Das wäre noch was gewesen«, raunte er. »Zehn Packungen Rosinenbrot, die hätte eins weniger gar nicht bemerkt.«

»Besser, ihr hört auf, wat. Ich bin ja sonst nicht so zimperlich, aber wir haben hier mit dem Supermarktleiter Stress genug«, meinte Henriette. »Ein Wunder, dass er uns noch nicht von der Mauer verscheucht hat, wat? Scheint heute freizuhaben.«

»Lass uns zurückfahren, wir haben noch einen langen Rückweg vor uns.«

Ich stand auf und hielt Henriette zum Abschied die Hand hin. Da hörte ich Finn sagen: »Komm doch mit! Wir kochen was Leckeres ... da kannst du dich mal richtig satt essen.«

»Ist das eine Einladung?« Henriette guckte ihn amüsiert an und mir fiel auf, dass sie viel älter wirkte, als sie sein musste.

»Mit Vor- und Nachspeise, die Dame«, antwortete Finn, und wie er sie charmant angrinste, wunderte ich mich gar nichts mehr.

Hauke und Morango wieherten uns erwartungsvoll entgegen, als wir in die Scheune kamen. Schnell stürzte ich zu meinem Liebling und kraulte ihm ausgiebig den Schopf.

»Du hast ein tolles Pferd! Bestimmt nicht einfach zu reiten, wat?« Henriette war zu uns getreten und musterte Hauke ausgiebig von oben bis unten.

»Er ist mein Ein und Alles«, sagte ich und klinkte den Führstrick ab. Jetzt, da wir hier waren, würden die beiden nicht einfach abhauen, sondern sich draußen auf der Weide die Bäuche vollschlagen.

»Kann ich gut verstehen.«

»Kennst du dich mit Pferden aus?«

»Ich hatte mal …« Henriette brach mitten im Satz ab, weil Hauke jetzt seinen Kopf ganz nah an ihren geschoben hatte und ihre kurzen Haare durchschnubbelte. »Hey, lass das, das kitzelt«, sagte Henriette, machte aber keine Anstalten wegzugehen.

Mit einem Eifersuchtsstich im Bauch musste ich zusehen, wie Hauke sich von ihr ausgiebig streicheln und liebkosen ließ. So innig war er noch nicht einmal mit Jan gewesen, schoss es mir durch den Kopf, und von dem hatte er sich immerhin reiten lassen. Als Henriette irgendwann glücklich ihre Stirn an Haukes Kopf legen wollte, reichte es mir.

»Komm, lassen wir die Pferde grasen und kümmern uns ums Essen, Finn freut sich sicher über Hilfe«, sagte ich und zog Hauke einfach von ihr weg.

»Geile Bude, wat«, meinte Henriette und pfiff anerkennend durch die Zähne. »Wäre da nicht die Busfahrt aufs Land …« Sie kicherte und ich fragte mich insgeheim, ob das für eine wie sie wirklich ein Problem war: Für sie war Schwarzfahren bestimmt keine Besonderheit.

»Was meinst du, was wir immer für einen Stress mit den Streetworkern deswegen haben. Und Stress macht krank«, fügte sie hinzu, als ob sie meine Gedanken lesen konnte.

Finn hatte längst unsere Einkäufe ausgepackt und sortiert. Ich lugte ihm über die Schulter. »Was gibt's?«

»Wie wäre es mit geschmolzenem Ziegenkäse auf Tomatensalat als Vorspeise? Dann Spaghetti mit Gemüsepesto ... Eis zum Nachtisch hatten wir ja schon«, antwortete er voll in seinem Element.

»Geh nie mit einem Sternekoch auf die Flucht!« Ich rollte grinsend die Augen. »Jetzt sag nicht, du hast deine Messerrolle und Töpfe dabei?«

»Logo, samt Gaskocher und Teller, was denkst du denn?«

»Respekt!« Henriette schaute Finn bewundernd zu, wie er seine Utensilien ausbreitete, sorgfältig eine Ecke von jeglichem Strohfitzel befreite, um seinen Gaskocher aufzustellen, und mit der Zubereitung begann, als wäre es das Selbstverständlichste von der Welt, irgendwo in der Pampa so aufwendig zu kochen. Als sie ihm dann ungeschickt zur Hand gehen wollte und er ihr geduldig zeigte, wie man Tomaten würfelte, kapierte ich, dass ich besser draußen nach den Pferden schaute und die beiden alleine ließ, auch wenn mich insgeheim ein zweiter leiser Eifersuchtsstich durchzuckte.

Immer wieder drangen Scherze und Kichern an mein Ohr, so fröhlich war er sonst nur mit mir. Im letzten Sommer hatte Finn total überreagiert, als er die Sache mit Jan und mir mitbekommen hatte, kein Wunder, wir waren ja die allerbesten Freunde. Vielleicht auch mehr, irgendetwas war neu und anders zwischen uns, ich fühlte es, als ich jetzt aus den Augenwinkeln Finn beobachtete, wie er gut gelaunt Henriette die Soße abschmecken ließ und ihr Spaghetti zur Probe um den Finger wickelte. In Finns Rucksack schien tatsächlich eine gesamte Küchenausstattung gesteckt zu haben. Ich hatte auf unserer Flucht überhaupt nicht bemerkt, dass er so bepackt war. Voller Bewunderung für seine Umsichtigkeit lächelte ich ihm zu, er erwiderte meinen Blick mit einem breiten Grinsen.

»Wenn ich das Krake erzähle, glaubt der mir kein Wort«, sagte Henriette, als sie später den leeren Teller von sich schob und sich über den satten Bauch streichelte, der sich unter ihrem Shirt wölbte. Wir hatten es uns auf dem Boden gemütlich gemacht, genauer gesagt, hatten wir aus den verfügbaren Strohballen eine Sitzecke samt Tisch gebaut und Finns Köstlichkeiten schweigend verputzt.

»Dein Freund kann wirklich toll kochen, das ist ein Geschenk«, fügte sie hinzu und drückte Finn einen sanften Kuss auf die Wange, woraufhin er tatsächlich rot anlief.

»Äh, wir sind nicht ...«, stotterte ich und sie sagte nur: »Jaja.«

Eine Weile saßen wir schweigend da und schauten nach draußen, wo sich die Sonne langsam über den Feldern verabschiedete und Morango und Hauke friedlich grasten. Immerhin schien das Wetter stabil zu bleiben und Regen nicht in Sicht.

»Und warum seid ihr abgehauen?«, fragte Henriette plötzlich in die Stille hinein.

»Weil sie unsere Pferde verkaufen wollen.« Da erzählte ich ihr unsere Geschichte und merkte erst hinterher, dass ich auf ihre Frage hereingefallen war.

8

Henriette blieb einfach über Nacht und dann noch drei weitere Tage. Was machte es auch, wir hatten ausreichend Platz, genug Essen und ein sicheres Dach über dem Kopf, einigermaßen warm und trocken war es auch. Einzig Krake würde sie vermissen, aber wenn ich sie recht verstanden hatte, würde er sich auch nicht weiter wundern. War er es doch gewöhnt, dass sie kam, ging und blieb, wie es ihr gerade in den Sinn kam. Wir hatten in der Nähe eine Aue entdeckt, in der wir badeten und uns mit Wasser versorgten. Henriette schien in der Gegenwart der Pferde wie ausgewechselt, versorgte sie mit Heu und frischem Gras und kümmerte sich so intensiv um Hauke, dass meine Eifersucht immer wieder aufloderte, weil er sich einfach von ihr putzen und streicheln ließ.

»Es wird höchste Zeit, dass sich Hauke auch von anderen anfassen und reiten lässt, das ist es doch, worum es die ganze Zeit geht, schon vergessen? Lass sie doch, Henriette ist okay!«, lachte Finn, als ich ihm davon erzählte. Also versuchte ich, mich zu entspannen und unseren Trip und die Begegnung mit ihr als Abenteuer zu sehen. Und das war es ja auch!

Überhaupt erschien mir das Leben in unserer Scheune wie Ferien. Ohne das tägliche Ausmisten und Versorgen der Pferde im Stall, ohne Isodoras Frühstücksgeschäft und Piets streng getaktete Ausflugsfahrten ins Watt, lebten wir frei und sorgenlos. Wir gammelten in den Morgen, bevor uns Finn ein leckeres Frühstück zauberte, und verbrachten dann den Tag mit Herumdösen, Schwimmen oder Faul-in-der-Sonne-Liegen. Das Wetter meinte es gut mit uns. Manchmal liefen wir los, um vom benachbarten Feld Kartoffeln oder Erdbeeren zu klauen, aber unser Beutezug am Supermarkt war so erfolgreich gewesen, dass wir noch eine ganze Kompanie davon hätten satt bekommen können. Und Finn war einfach ein begnadeter Koch, der es sichtlich genoss, Henriette mit seinen Kochkünsten zu beeindrucken.

Längst hatte sie uns erzählt, warum sie auf der Straße lebte. Ihre Geschichte klang wie aus einem Leitfaden für Straßenkinder und hätte in keinem Problembuch besser konstruiert werden können: Mutter Alkoholikerin und gewalttätig, Vater infolge von massivem Drogenkonsum psychisch krank. So war sie abwechselnd aufgewachsen bei Pflegeeltern und im Heim, mehrfach hatte Henriette die Schule geschmissen. Seit sie sechzehn war, lebte sie auf der Straße in einer Clique rund um Krake. Mal hausten sie in leer stehenden Häusern oder Baustellen, mal im Obdachlosenheim, mal im Jugendheim. Ihren »Unterhalt«, wie sie es nannte, verdienten sie mit akrobatischen Darbietungen in der Fußgängerzone, manchmal machten sie auch Musik, aber an einen Abschluss oder gar eine Ausbildung war nicht zu denken.

»Das habe ich verbockt, aber so was von!«, hatte sie gesagt, als ich ihr erzählte, dass ich bald Abitur machen würde und meine Mutter mich an die Uni schicken wollte, womit ich so gar nicht einverstanden war. Dass ich lieber eine Ausbildung zur Pferdewirtin machen und bei Isodora und

Piet auf dem Hof arbeiten wollte, verstand sie nur allzu gut, das wäre nämlich auch ihr Ding gewesen.

»Es ist nie zu spät«, antwortete ich.

»Ist es, glaub mir«, sagte Henriette und drehte sich eine Zigarette.

Schnell hatte sie kapiert, dass Finn und ich mit Rauchen und Alkohol nichts am Hut hatten, und uns erst gar keinen Tabak angeboten. Wenn wir so zusammensaßen und erzählten, sie sich eine Kippe nach der nächsten drehte, bekam ich Gute-Tochter-Komplexe: Ich trank keinen Alkohol, rauchte und kiffte nicht, hatte keine Jungsgeschichten, sondern kannte nur die Leidenschaft für Hauke und die Pferde. Lebte ich tatsächlich in einer Millionenstadt wie Hamburg und hatte wirklich noch nie in meinem Leben geraucht?

»Rauchen ist okay, aber Drogen sind scheiße!«, hatte Henriette energisch geantwortet, als ich sie danach fragte. Zum Bild meiner Straßenkids aus Hamburg passte sie nämlich so ganz und gar nicht, die kifften und soffen um die Wette und hingen nur ab, um dann die Leute anzubetteln. Nicht so Henriette. Sie wirkte ungewöhnlich diszipliniert und absolvierte jeden Morgen eine Stunde lang ein kräftezehrendes Turnprogramm. Sie wirkte dünn, fast magersüchtig, und gleichzeitig durchtrainiert wie eine Primaballerina.

»Ich war mal in einem Projekt für schwer erziehbare Kinder«, erzählte sie freimütig an einem Morgen, während sie an der Scheunenwand zwanzig Klimmzüge machte. »Da haben wir all diese akrobatischen Kunststücke gelernt. Seitdem turne ich jeden Tag. Krake und ich haben damit schon viel Geld verdient.«

»Und warum lebst du ohne festen Wohnsitz, wenn es doch all diese Projekte für Jugendliche gibt?«, wollte ich wissen. »Du findest doch sicher jede Menge Unterstützung und Hilfe.«

»Das ist zu spät ... ich kann mich nicht daran gewöhnen, so eingeengt zu leben. Morgens, mittags, abends streng nach bestimmten Regeln. Wenn du mal wie ich hin und her geschubst wurdest, wenn du überall und nirgends zu Hause bist, wenn du gelernt hast, dich nur auf dich zu verlassen, dann geht das nicht mehr.« Es klang wie tausendmal erzählt. Gleichzeitig resigniert und auch sehr logisch, was sie da sagte.

»Sieht toll aus«, sagte ich bewundernd, um abzulenken, als sie jetzt auf einem Bein in die Kniebeuge ging – das andere Bein graziös nach vorne ausgestreckt. »Ich könnte mich nie im Leben so ausbalancieren ...«

»Nur eine Frage der Übung, wat! Früher habe ich auch mal aufm Pferd geturnt ... Was meinste, wollen wir es mal ausprobieren?« Henriette deutete auf Hauke, der mit hängender Unterlippe draußen in der Sonne vor sich hin döste.

»Hauke ist kein Voltigierpferd«, rief ich entsetzt.

»Woher willst du das wissen?« Sie funkelte mich provozierend an.

Ich hielt ihrem Blick stand. Langsam ging sie mir auf den Wecker. Ständig war sie dabei, mich zu kieksen und mich zu übertrumpfen. Ob sie Hauke für sich einnahm, Finn umgarnte, mehr Erdbeeren als ich sammelte oder über alles besser Bescheid wusste – ständig legte sie es drauf an. Und Hauke, der olle Verräter, ließ sich von ihr inzwischen ohne Weiteres streicheln und füttern, einmal hatte sie sich sogar auf seinen Rücken geschwungen, um gleich wieder abzuspringen. Jetzt sollte er auch noch ihr Voltigierpferd werden? Ohne mich!

»Ich weiß es eben ...«, antwortete ich schnippisch, wie es sonst nicht meine Art war.

»Wollen wir wetten?«, kam es zurück.

»Probiere es aus! Wirst schon sehen, was du davon hast.«

Wir hatten keine Longe dabei, deswegen musste ich Haukes Führstrick und Zügel als Verlängerung zu Hilfe nehmen. Henriette wollte Hauke ohne Sattel reiten, ich war gespannt, ob sie überhaupt nach oben kam.

Finn, der die ganze Zeit in unseren Vorräten herumgekramt hatte, wollte ihr helfen, doch Hauke, der längst kapiert hatte, worum es ging, tänzelte und buckelte, sobald sie in seine Nähe kam.

»Siehste«, rutschte es mir heraus.

Doch Henriette gab nicht nach. Wieder und wieder versuchte sie, auf Haukes Rücken zu gelangen, doch kaum saß sie oben, rutschte sie auch schon wieder runter. Finn redete beruhigend auf Hauke ein, tätschelte ihm den Hals, doch der Schimmel regte sich nur noch mehr auf und war bald klatschnass geschwitzt.

»Nimm doch Morango«, schlug er vor.

Doch Henriette hatte sich in ihr Vorhaben verbissen. Hartnäckig griff sie immer wieder in Haukes Mähne und sprang auf, immer wieder stieg Hauke und warf sie ab. Sie würde nicht aufhören, es zu probieren, kapierte ich nach einer Weile, nachdem sie zum wiederholten Male unsanft im Gras gelandet war. Sie war eine Beißerin, und was sie sich vorgenommen hatte, das zog sie auch durch.

»Es reicht«, sagte ich und brauchte noch nicht einmal laut zu werden. »Bist du jetzt zufrieden?«

Endlich ließ Henriette von Hauke ab und hockte sich auf den Holzstapel neben der Scheune, die Arme um die Knie geschlungen.

»Es ist das erste Mal, dass ich nicht mit einem Pferd klarkomme«, meinte sie leise und schaute mich nachdenklich an. »Dein Hauke ist wirklich besonders!«

»Woher kennst du dich so gut mit Pferden aus?«, fragte ich wieder und hatte längst kapiert, dass es hier um viel mehr ging als um den Beweis, wie gut sie auf einem Pferd voltigieren konnte. Finn hatte sich neben sie gesetzt und ihr tröstend den Arm umgelegt, was sie sich zu meinem Erstaunen gefallen ließ.

»Meine letzten Pflegeeltern waren leidenschaftliche Reiter, da war ich immer mit im Stall und kümmerte mich um ihr Pferd. Ich habe es geputzt und geritten. Stella und ich waren oft spazieren, mit ihr konnte ich über alles reden ... Sie war meine beste Freundin.«

»War?«, fragte Finn.

»Eines Tages wurde sie aus unerklärlichen Gründen krank ... immer schwächer, fraß nichts, niemand wusste, was Stella hatte, die Tierärzte waren ratlos. Dann lag sie tot in ihrer Box. Und ich ... ich konnte nicht länger bei ihnen bleiben.«

Ich schluckte und wollte mitfühlend nach Henriettes Hand greifen, doch sie ließ es nicht zu, auch Finn hatte seinen Arm zurückgezogen. Überhaupt saß sie jetzt mit versteinerter Miene da, als wolle sie nicht an Stella und ihre gemeinsame Vergangenheit erinnert werden. Zu spät. Sie wusste ja längst, dass wir gemeinsam mit Morango und Hauke abgehauen waren, und hätte ahnen müssen, dass Pferde unser Lieblingsthema waren. Ein leiser Verdacht beschlich mich. Plötzlich erklärte sich mir, warum sie ständig versucht hatte, mit Hauke Kontakt aufzunehmen, ihn putzen, versorgen und sogar reiten wollte.

Weil er sie so an Stella erinnerte.

»Es tut mir leid«, murmelte ich, bevor ich aufstand und mit Hauke runter an die Aue ging, um ihn saufen zu lassen. Sollte sich Henriette von Finn trösten lassen, ich war mir sicher, er konnte das in diesem Fall besser als ich.

Lange war ich mit Hauke am Bach. Es war für norddeutsche Verhältnisse ein hochsommerlich heißer Tag und kein Wölkchen zeigte sich am knallblauen Himmel. Wenn es nicht bald regnen würde, müsste der Bauer kommen und seine Erdbeeren gießen, damit sie nicht vertrockneten. Kaum vorstellbar, dass vor ein paar Tagen an anderer Stelle die Welt hatte untergehen wollen.

Irgendwann kam Finn und setzte sich neben mich auf die Steine, Morango ließ er zu seinem Kumpel Hauke, der ihm freudig entgegentrabte.

»Sie ist weg, stimmt's?«, sagte ich, ohne aufzublicken.

»Ich soll dir Danke sagen. Und wie gut du es hast, weil Hauke lebt und deine Mutter auch. Und wie kindisch sie es findet, dass wir einfach abgehauen sind, Abhauen sei keine Lösung. Sagt die Richtige, was?!« Finn seufzte tief und ich fragte nicht, was sie ihm sonst noch hinterlassen hatte. Ich fand, das reichte.

»Bist du traurig, dass sie weg ist?«

Finn schüttelte den Kopf. »Nein. Nur hab ich jetzt niemanden mehr, der mich für meinen Wildkräuter-Gemüsereis bewundert ...«

»Du bist blöd!« Und mit diesen Worten schubste ich ihn

ins Wasser, wo wir uns balgten und so lange mit einander herumalberten und uns gegenseitig nass spritzten, bis wir außer Atem waren.

»Ich kann nicht mehr, Frieden!«, japste Finn und ließ sich ein paar Meter weiter rücklings auf die Wiese plumpsen.

»Schwächling! Zwanzig Liegestütze täglich, ab sofort!« Ich legte mich neben ihn und genoss die warmen Sonnenstrahlen auf meiner Haut. Das hier war fast so schön, wie auf Haukes Rücken über den Strand zu galoppieren.

»Wir müssen noch nicht zurück, oder?«, flüsterte ich nach einer Weile, aber Finn war eingeschlafen. Ich widerstand der Versuchung, ihn mit einem Grashalm im Ohr zu kitzeln. Stattdessen kuschelte ich mich an seine Schulter und schlief ebenfalls ein.

Am nächsten Morgen zeigte sich der Himmel grau und trübe und ich hatte schon beim Aufwachen schlechte Laune. Warum, wusste ich auch nicht so genau. Vielleicht, weil Henriettes Worte in mir nachwirkten, vielleicht, weil Finn, als ich die Augen aufschlug, nicht an meiner Seite lag, vielleicht, weil ich nichts mehr zum Anziehen hatte. Gestern beim Herumalbern im Bach war ich an einem fiesen Ast hängen geblieben und hatte mir nicht nur den kleinen Fußzeh angeschlagen, sondern auch das Shirt zerrissen. Müde und verschlafen schlurfte ich zu den Pferden, die mich mit einem erwartungsvollen Schnauben begrüßten. Finn war nirgends zu entdecken, vermutlich war er für große Jungs um die Ecke.

Ich fütterte Hauke und Morango mit den letzten Pellets, wir würden uns heute um neues Futter für die beiden kümmern müssen. Aus lauter Gewohnheit strich ich ihnen über

Beine und Flanke, die beiden wirkten vital und frisch – im Gegensatz zu mir. Ich verspürte ein riesiges Loch im Bauch und kam mir vor wie Finn, wenn er seinen Hungerast schob.

Wo er nur blieb? Auf der Suche nach etwas Essbarem durchstöberte ich unsere Vorräte. Aber außer Reis war nichts mehr da. Die letzten getrockneten Tortellini hatten wir gestern Abend leer gefuttert, die Kekse und Schokolade hatte Henriette ungefragt mitgehen lassen, einfach so.

Ich wollte gerade losmarschieren, um mir vom benachbarten Acker ein paar Erdbeeren zu mopsen, da tauchte Finns Strubbelkopf im Scheunentor auf.

»Guten Morgen, du Schöne, ich hab dir was mitgebracht!«, rief er und warf mir ein knallgrünes Blusenteil zu. »Gab's auch noch in Rosa, aber ich finde, die Farbe passt besser zu deinen Haaren!«

»Spinner! Das zieh ich nie im Leben an! Wo hast du die denn aufgegabelt?« Ich begutachtete ausführlich die Knöpfe und Rüschen an der Bluse, ein Modell aus den Achtzigerjahren mit solch spitzen Kragen, wie sie die Welt noch nicht gesehen hat. Die Schulterpolster toppten das Outfit, es sah aus wie von einem anderen Stern.

»Zwei Kilometer in die andere Richtung ist ein Bauernhof. Und die haben schon frühmorgens Wäsche gewaschen ... Dabei hätten sie besser mal die Eier eingesammelt ...« Finn zog vier Exemplare der Güteklasse A aus seiner Jackentasche.

»Jetzt sag nicht ...«

»... Not macht erfinderisch, doch! Oder hast du etwas gegen Kräuter-Rührei?« Finn hatte längst seinen Gaskocher angeworfen und sich ans Werk gemacht, schnippelte liebevoll die mitgebrachten Kräuter und verquirlte die Eier in der Schüssel.

»Was täte ich ohne dich! Hätte nie gedacht, dass unser Ausflug ein Gourmettrip wird«, rief ich dankbar, nachdem er zum Frühstück noch frischen Minztee zubereitet hatte und ich den ersten Bissen probiert hatte.

»Wennschon, dennschon«, grinste Finn. Dann fügte er ernst hinzu: »Genieße es! Ab sofort sind wir blank. Ich hab gerade mal noch neun Euro zwanzig in Münzen, die Scheine hat Henriette mitgehen lassen ...« Er verzog sein Gesicht und ich ersparte mir einen Kommentar. »Entweder gehen wir wieder zum Supermarkt ...«

»... oder wir versuchen woanders unser Glück«, vervollständigte ich seinen Satz. Wir guckten uns an und dachten in diesem Moment beide dasselbe: So ein geniales Manöver mit Antanzen und Einkaufswagenausräumen ließ sich nicht einfach wiederholen. Das war eine einmalige Sache gewesen. Wir mussten weiterreiten, Futter für die Pferde organisieren, die gemütliche Scheune, die für uns ein warmes Zuhause geworden war, hinter uns lassen.

Wir ließen uns Zeit, das Wetter machte uns den Abschied leicht. Trotz der dicken Wolken und mäßigen Temperaturen gingen wir noch einmal schwimmen und wuschen uns, dann packten wir in aller Ruhe und Sorgfalt unsere Sachen zusammen und sortierten sogar die Strohballen wieder zurück. Haukes und Morangos Pferdeäppel verteilten wir einfach draußen auf der Wiese. Nichts sollte darauf hindeuten, dass hier vorübergehend ein paar Jugendliche gehaust hatten, es war sowieso ein Wunder, dass der Bauer von nebenan nichts gemerkt hatte, fuhr er doch regelmäßig mit seinem Traktor an uns vorbei, um seine Erdbeerfelder zu kontrollieren. Einzig der kleine Müllberg am Eingang deutete darauf hin, dass hier eine Weile Menschen gelebt hatten. Wir hatten uns nicht dazu entschließen können, die Plastikreste zu verbrennen oder zu vergraben, also ließen wir sie einfach liegen.

»Du siehst toll aus«, rutschte es Finn heraus, als ich gerade Hauke den Sattel auflegte. Ich trug meine roten Locken offen über die Schulter und zu der knallgrünen Rüschenbluse bildeten sie einen guten Kontrast.

»Danke! Bin eben eine Naturschönheit ...«, kokettierte ich und dachte an unser allmorgendliches Bad in der Aue. Natürlichere Haar- und Körperpflege geht nicht. Wo immer wir demnächst landen würden, ein Bach oder See musste in der Nähe sein, so viel war klar, auch wenn das Wasser, Sommer hin oder her, schweinekalt war. Finns Blick ruhte immer noch auf mir und er legte jetzt seine Hand auf meine, die auf dem Sattelknauf ruhte. Es war das erste Mal, dass er mir ein Kompliment in dieser Art machte, und ich wusste nicht, was ich sagen sollte. Es irritierte mich sehr, wie er mich jetzt anschaute, als wolle er noch etwas sagen, es sich dann aber doch verkniff.

»Na komm, reiten wir los!« Ich merkte selbst, dass meine Stimme rauer klang als sonst. Finns einfühlsame und aufmerksame Art berührte etwas in mir, es war ein neues Gefühl, weich und verletzlich und auf bezaubernde Weise schön. Das mit Jan im letzten Sommer war intensiv und überwältigend gewesen, ein Verliebtheitsgefühl so stürmisch wie die Nordsee im Herbst. Ein Hin und Her wie Ebbe und Flut. Ohne Zukunft. Und, viel schlimmer, ohne Vertrauen. Mit Finn war es anders.

In Gedanken versunken, stieg ich auf Haukes Rücken

und überließ ihm die Führung, wohin wir ritten, Morango folgte seinem Stallkumpel sowieso einfach überallhin. Finn hatte die Satteltaschen prall gepackt, die Töpfe baumelten einfach an den Seiten herunter. Mittlerweile hatte sich der Himmel zugezogen, vielleicht würde es später regnen.

»Pferdewanderung ist ein gutes Stichwort. Wenn uns jemand fragt, ist das die perfekte Ausrede«, meinte er, als er zu mir aufschloss. Wir ritten durch weite, ausladende Felder, der Weizen stand hoch. Ein paar Hundert Meter parallel zu uns verlief die Aue. Gut so, dachte ich, dann hatten wir immer die Möglichkeit, die Pferde saufen zu lassen. Ganz so geheuer war mir unser Abenteuer nämlich nicht, ich war in ständiger Sorge um Hauke und Morango. Dass wir kein Kraftfutter mehr für die beiden hatten, beunruhigte mich sehr.

»Dumm nur, dass wir keine Karte haben …«, antwortete ich. »Und das beste Smartphone nützt nichts, wenn man fürs Ladegerät keine Steckdose findet.«

»Warte mal ab«, versuchte mich Finn zu beruhigen. »Das dahinten sieht mir nach einer kleinen Ortschaft aus. Da gibt es bestimmt Strom. Und was zu essen.« Wie um seine Aussage zu bestätigen, fing sein Bauch an zu knurren. Kein Wunder. Seit dem Frühstück waren mittlerweile etliche Stunden vergangen, der Sonne nach zu urteilen, die am bewölkten Himmel nur zu erahnen war, musste es weit nach Mittag sein.

»Ohne Moos nix los«, witzelte ich.

»Seit wann bist du so pessimistisch?«, raunzte mich Finn an.

»Hey, war doch nur Spaß!« Ich streckte Finn die Zunge

raus, aber wenn er Hunger hatte, war er zu nichts zu gebrauchen.

Deshalb war ich froh, als wir eine knappe Stunde später vor einem kleinen türkischen Lädchen hielten.

»Merhaba!« Die freundliche Inhaberin, die draußen gerade ihre Melonen stapelte, begrüßte uns überschwänglich. »Kunden zu Pferde haben wir selten«, sagte sie, nahm eine Karotte aus einer Kiste und hielt sie Hauke hin, der sich nicht lange bitten ließ. »Kommt rein, ich hab Minzwasser, wenn ihr mögt.«

»Vielen Dank!«, sagte ich und sprang aus dem Sattel.

Auch Finn war abgestiegen und wir banden die Pferde draußen fest, fast so wie die Cowboys vor dem Saloon. Der Laden war eine Mischung aus Gemüse- und Feinkostladen sowie einem Schnellimbiss. Die Frau mit den funkelnden Augen hatte schon Wasser aus einer Karaffe für uns eingeschenkt und hielt uns die Gläser hin. Finn griff durstig danach. Dabei fiel sein sehnsüchtiger Blick auf die Köstlichkeiten in der Kühltheke.

»Wollt ihr etwas essen?«, sagte die Frau und lächelte. »Ich bin übrigens Nazire.«

Und bevor wir auch nur »Liv« und »Finn« sagen konnten, hatte sie schon damit begonnen, uns zwei Teller vollzuladen. Couscous, Salat, Börek, Köfte ... »Mögt ihr Zaziki?« Sie schien sich richtig zu freuen, jemanden bewirten zu dürfen. Unsere Laune stieg. Aber zuerst brauchten unsere Pferde Wasser. Ich fragte Nazire nach zwei Eimern und sie verstand sofort.

»Ihr habt tolle Tiere«, sagte sie, als wir Hauke und Morango versorgt hatten und uns drinnen am Stehtisch hungrig über die üppig gefüllten Teller hermachten. Finn lobte ganz besonders die Oliven, während er unauffällig das Börek auf meinen Teller schob. War ihm wohl zu trocken – na ja, der Junge war eben verwöhnt. Ich schob ihm dafür meine Portion Fladenbrot zu, damit er sich satt essen konnte und sich endlich seine Laune besserte.

»Gibt's hier einen Pferdehof in der Nähe?«, fragte ich und pikste die letzte Knoblaucholive auf. »Wir würden gerne Futter kaufen …«

»Lass mal überlegen, das haben wir gleich«, sagte Nazire. Dann zückte sie ihr Smartphone, tippte in Windeseile darauf herum und verschickte innerhalb von einer Minute mindestens fünf Nachrichten. Kurz darauf machte es pling, pling, pling und sie nickte zufrieden.

»Ihr könnt bei den Männern vom Apfelhof zwei Säcke kaufen«, erklärte sie, als sie unsere fragenden Mienen bemerkte. »Für zehn Euro seid ihr dabei!«

»Geht klar!« Finn nickte, ohne meine Zustimmung abzuwarten. Ich rempelte ihn heimlich an.

»Wenn wir das hier bezahlen müssen, reicht es nicht mehr«, wisperte ich ihm zu.

»Werden wir ja sehen.« Er zückte sein Portemonnaie, bedankte sich artig bei Nazire für ihr Zuvorkommen und fragte galant: »Was sind wir Ihnen schuldig?«

9

Natürlich wollte die nette Nazire keinen Cent von uns. »Ihr habt so wunderschöne Pferde!«, sagte sie und verwöhnte Hauke und Morango mit weiteren Möhren und Äpfeln aus ihren Kisten. Das Obst hatte auch schon mal bessere Zeiten gesehen, deswegen hatte ich kein schlechtes Gewissen, dass die beiden alles leer malmten, als wüssten sie, dass es in ferner Zukunft mit dem Futter knapp werden würde.

»Mein Mann arbeitet auf dem Bau, deswegen muss ich den Laden alleine schmeißen. Ich mache das sehr gerne, aber ich langweile mich auch oft ... Hier ist so wenig los. Die Leute gehen lieber ins Einkaufszentrum«, erzählte sie freimütig, während wir gemeinsam noch Tee aus dem Samowar tranken. Nazire hatte darauf bestanden, uns zwei Gläser zu füllen, und hatte nicht vor, uns so schnell gehen zu lassen, sie genoss es sichtlich, endlich Kundschaft zu haben.

»Manchmal kommt mein Mann in der Mittagspause vorbei, aber momentan ist er weiter weg beschäftigt.«

»Was baut Ihr Mann denn so?« fragte Finn höflich und kostete vom Tee, ich schob ihm den Zucker hin.

»Im Moment ist er ein paar Kilometer weiter unten an der Küste im Einsatz. Reparaturarbeiten. Dort gab es vor knapp einer Woche einen Deichbruch, es muss schrecklich für die armen Leute gewesen sein.«

Wir wechselten einen alarmierten Blick. Aufpassen, sollte das bedeuten, nicht verplappern, dass wir genau aus jenem Ort kamen, wo Land unter gewesen war.

»Ich bin froh, dass wir nicht so nahe am Meer wohnen, obwohl ... dann wären hier mehr Touristen.«

»Wie kommen wir denn zum Apfelhof?«, fragte ich schnell, um vom Thema abzulenken.

»Einfach die Hauptstraße entlang und in der Kurve nach links, bis ihr zu einem Feldweg kommt. Von dort aus könnt ihr ihn schon sehen«, antwortete Nazire und packte uns ein paar süße Teilchen in Folie ein und dann noch mal alles in Zeitung. »Hier, nehmt das mit! Zur Erinnerung an eure türkische Freundin!« Sie reichte mir das Päckchen. Mir stockte der Atem, als mein Blick auf die Überschrift fiel.

»Danke, das ist sehr freundlich von Ihnen«, bedankte ich mich rasch, während ich die Süßigkeiten in meinem Rucksack verstaute. Hoffentlich hatte sie den Artikel nicht gelesen, in dem über das Verschwinden von zwei Jugendlichen auf ihren Pferden berichtet wurde.

Nachdem Hauke und Morango noch jeweils einen Eimer ausgesoffen und von Nazire zum Abschied ausgiebig gestreichelt wurden, ging es endlich weiter. Zügig ritten wir die befahrene Hauptstraße entlang und bogen wie von Nazire beschrieben in der Kurve Richtung Feldweg ab.

»Hast du den Artikel gesehen?«, fragte ich atemlos. Die Dächer des Apfelhofs waren in weiter Ferne bereits zu erkennen.

»Lag die ganze Zeit über gut lesbar auf dem Tresen.« Finn zuckte mit den Schultern. »War doch klar, dass sie uns suchen, wieso wundert dich das?«

»Du wieder!«, schnaubte ich. »So klar ist das nun auch wieder nicht. Ich hätte wetten können, dass Piet abwarten will und uns schmoren lässt. Aber wahrscheinlich ist Isodora vor Sorge durchgedreht. Immerhin wissen sie, dass wir gemeinsam abgehauen sind. Ich hatte gehofft, dass das auch Isodora beruhigt. Wozu also jetzt ein Aufruf in der Zeitung? Womöglich suchen sie uns mit 'ner Hundestaffel und Helikoptern?«

»Jetzt krieg dich wieder ein«, meinte Finn und tätschelte besänftigend Morangos Hals, der erschrocken zusammenzuckte, als ein Fahrradfahrer klingelnd an uns vorbeifuhr. »Die haben in Töwerhaven gerade ganz andere Sorgen, als sich um zwei Teenies zu kümmern, die abgehauen sind, schon vergessen?«

»Da stand, dass wir uns bitte melden sollen, wenn wir das lesen.« Ich atmete tief durch und hatte ein megamäßig schlechtes Gewissen, weil mir mit einem Mal klar wurde, wie sehr Isodora in Sorge um uns war. Ganz bestimmt hatte sie längst ihre Geister beschworen und Räucherrituale in meinem Zimmer zelebriert, um sich mit mir zu verbinden. Obwohl ich einen Kloß im Hals hatte, musste ich bei der Vorstellung, wie sie im Garten bei Vollmond mit Tüchern tanzte, unwillkürlich lachen.

»Natürlich wollen sie, dass wir uns melden«, meinte Finn und wirkte sehr entschlossen. »Aber solange sie Hauke und Morango verkaufen wollen, kommen wir nicht zurück, das ist ja wohl man klar!«

Die Härte seiner Stimme überraschte mich. Offensichtlich musste es im Hause Petersen heftigere Diskussionen und Vorwürfe gegeben haben, als Finn mir erzählt hatte. Und dass er Morango seinen Zukunftsträumen als Patissier opfern sollte, war ein starkes Brett, das er völlig zu Unrecht kassiert hatte, wenn man all die Dressurerfolge der letzten

Jahre anschaute. Aber natürlich würden wir nicht zurückkommen, solange vom Friesenhof kein Einlenken hinsichtlich Hauke und Morango signalisiert wurde, da hatte er recht. Auch wenn ich keine Ahnung hatte, wie wir uns die nächsten Tage durchschlagen sollten, ohne Geld, nur mit ein paar türkischen Spezialitäten in den Taschen und zwei Pferden, die ordentliches Kraftfutter gewohnt waren.

»Hoffentlich ist ihnen klar, was die Bedingung für unser Zurückkehren ist«, sagte ich nach einer Weile und dachte an meinen Eintrag in Piets Buch. »Wenn wir keinen Kontakt aufnehmen, haben sie ja gar keine Chance, uns ihr mögliches Einlenken zu übermitteln, oder?«

Die Pferde schnaubten zufrieden, ihnen schien unser Trip quer durch die Marsch zu gefallen und Hauke, sensibel wie er war und sonst immer ein sicherer Indikator für schwierige Situationen, verhielt sich auffallend ruhig und ausgeglichen – als würde er unseren Streit nicht bemerken.

»Du musst unbedingt mal dein Handy checken«, meinte Finn. »Falls wir eine Message diesbezüglich bekommen haben. Aber ... überleg mal, Liv, selbst wenn sie jetzt einlenken, woher wissen wir, dass sie ihr Wort halten und nicht in ein paar Wochen, wenn die Finanzlage noch schlechter ist, wieder einknicken. Ich glaube, wir müssen das jetzt noch eine Weile durchziehen, damit sie kapieren, wie ernst uns das ist. Noch eine Woche, dann sind sie so weichgespült, da wollen sie noch nicht einmal zugeben, dass sie Hauke und Morango jemals verkaufen wollten. Und werden nie wieder davon anfangen.«

»Wenigstens ein Lebenszeichen sollen wir geben, stand da«, murmelte ich. »Das können wir doch machen. Wir sagen, dass wir okay sind, aber noch eine Weile unterwegs sein wollen.«

»Halte ich für keine gute Idee. Lass sie lieber noch ein bisschen schmoren«, meinte Finn und drückte Morango die Ferse in die Flanke, weil dieser angehalten hatte, um Gras zu rupfen.

»Lass ihn doch.« Morango war nicht davon abzuhalten, einen Zwischensnack am Wegesrand zu nehmen. Ich gab Hauke die Zügel frei und so standen wir Seite an Seite, während unsere Pferde grasten.

»Musst du nicht auch ständig an Henriette denken?«, fragte ich nach einer Weile. »Die Arme! Die hat niemanden, der sie vermisst!«

»Oh, jetzt heul bloß nicht. Sie hat sich das so ausgesucht.«

»Hat sie nicht! Sie kann doch nichts für ihre durchgeknallten Eltern! Und dass es dann in der Schule nicht klappt ...«

»Ich weiß nicht.« Finn zuckte mit den Schultern. »Sie hätte sich doch mit ihren Pflegeleuten arrangieren können, dann hätte sie jetzt wen, der sich kümmert. Und der sie unterstützt, wenn sie einen Abschluss machen will.«

»Du verstehst nicht, was ich sagen will.«

»Wenn du mir sagen willst, dass wir froh sein sollen, Eltern wie unsere zu haben, antworte ich dir: Nein, können wir nicht. Die wollen nämlich das Liebste auf der Welt, das *wir* besitzen, verkaufen. Welche Eltern tun das ihren Kindern an, hä?« Energisch hatte Finn wieder Morangos Zügel aufgegriffen, der Dunkelfuchs schnickte unwillig mit dem Kopf.

»Schon okay, krieg dich wieder ein, du hast ja recht.« Ich klopfte Hauke beruhigend den Hals und meinte eigentlich Finn, der eisern vor sich hin starrte.

Schweigend ritten wir weiter. Finn war nachtragend wie ein Elefant, das wusste ich aus Erfahrung. In all den Jahren, in denen wir uns kannten, hatten wir uns nicht oft gestritten, aber Finn hatte sich jedes Mal genau gemerkt, warum: etwa, weil ich Morangos weiße Schabracke aus Versehen beschmutzt oder vor lauter Hauke unsere Verabredung vergessen hatte, was leider öfters vorkam. Wenn er jetzt mit seinen Eltern schmollte, würde es Ewigkeiten brauchen, bis ihr Verhältnis wieder in Ordnung kommen würde.

Ich musste an meine Mutter denken, mit der ich mir in letzter Zeit auch oft in den Haaren lag. Weniger wegen Alltagskrams, wie es bei meinen Freundinnen Kyra und Gamze der Fall war, sondern eben wegen meiner Einstellung zu Schule und Beruf. Es wollte einfach nicht in ihren Kopf hinein, dass ich mein Leben nicht in öden Bürogebäuden zwischen Akten und Computern verschwenden wollte! Einserzeugnis hin oder her: Dieser Wirtschaftskrams interessierte mich nicht, obwohl ich ein großes Talent für Zahlen hatte. Ich gehörte an die Nordsee, ich wollte auf Haukes Rücken über den Strand galoppieren, mich um Pferde und deren Aufzucht kümmern, von mir aus auch Wattwagenfahrten unternehmen und den Lütten auf ihren Ponys Reitstunden geben.

Ein wehmütiger Stich durchzog mich, als ich daran dachte. Der Friesenhof war pleite, es würde nie wieder so sein wie früher und niemand wusste, ob auf diesem Hof überhaupt noch jemals jemand als Pferdewirt ausgebildet werden würde.

An all das musste ich denken, während der Apfelhof immer näher rückte. Wir hatten kaum noch Geld, weder für unser Essen noch für Pferdefutter und erst recht nicht, um einen Stellplatz für unsere Lieblinge zu mieten. Also musste uns dringend etwas einfallen, damit wir die nächsten Wochen überleben würden. Mir machte wenig essen nicht so viel aus, mir reichten die Brombeeren und Erdbeeren, Wasser zum Trinken und Brot ... aber Finn brauchte regelmäßige warme Mahlzeiten, sonst bekam er schlechte Laune. Und die Pferde sowieso.

»Da vorne muss es sein«, meinte Finn und zeigte auf das große Hoftor, das wenige Hundert Meter vor uns in der Nachmittagssonne lag.

»Und was erzählen wir denen jetzt?«, fragte ich. »Wir haben nur diese paar Euro und brauchen so viel Futter wie möglich!«

»Hat doch Nazire geklärt ... lass mich nur machen«, grinste Finn und da ahnte ich, dass er die ganze Zeit über schon an einer Idee herumgeknobelt und sich die Worte zurecht gelegt hatte.

Als wir in die Einfahrt ritten, wurden wir von einem großen Hund angebellt, von einem Hovawarth, wenn ich mich nicht täuschte. Dem Körperbau nach zu urteilen, war es ein stattlicher Rüde, der sein Revier verteidigte. Hauke fing sofort an zu tänzeln und Morango, den sonst so schnell nichts aus der Ruhe brachte, tat es ihm nach.

»Aus, Irrwisch!«, rief ein blonder Mann, der mit einem Wäschekorb beladen aus der Scheune kam. Sofort hörte der Hund auf zu bellen und die Pferde beruhigten sich wieder.

»Entschuldigung, wir wollen nicht stören«, sagte Finn und sprang aus Morangos Sattel. »Aber Nazire schickt uns, wir wollten Futter für unsere Pferde kaufen ... wir sind Pfadfinder und suchen für heute Nacht eine Unterkunft für uns und unsere Pferde. Weil unser Zelt beim Gewitter zerstört wurde, können wir nicht campen.«

»Verstehe«, antwortete der Mann und guckte uns mit zusammengekniffenen Augen an. Er musterte uns ausgiebig von oben bis unten. »Futter bekommt ihr, aber bleiben könnt ihr nicht. Dahinten steht das Silo, bedient euch, aber dann verschwindet wieder.« Wie um seine unfreundlichen Worte zu bekräftigen, knurrte Irrwisch, Hauke wich sofort ein paar Schritte zurück.

»Schon gut, verstanden, wir gehen ja schon!«

Irrwisch knurrte abermals. Schnell liefen wir in einem großen Bogen zum Silo und befüllten die Satteltaschen. Der Mann starrte uns hinterher, ich fühlte seinen bohrenden Blick in meinem Nacken und war froh, als er endlich mit Irrwisch und seinem Wäschekorb im Haus verschwand.

»Und jetzt?«, fragte ich, nachdem wir wieder im Sattel saßen und die Zügel aufgegriffen hatten. Mein Herz bollerte vor Aufregung von innen wild gegen meinen Brustkorb und ich hatte Mühe, Hauke ruhig zu halten.

»Jetzt müssen wir schauen, wo wir heute Nacht bleiben können!« Finn schwang sich in Morangos Sattel.

»Ihr könnt hinten in der Scheune bleiben«, sagte da plötzlich eine dünne Stimme neben uns. Sie kam von einem kleinen Mann, der kaum bis zu Haukes Widerrist reichte. Ich musste mich zu ihm hinabbeugen, um ihn überhaupt zu verstehen. »Kommt mit, diese eine Nacht könnt ihr hierbleiben und die Pferde können sich ausruhen, aber kein Wort zu Steffen.«

Finn grinste ihn entwaffnend an. »Wir können aber leider nichts zahlen, weil unser Geld ...«

»... beim Gewitter abgesoffen ist, schon klar.« Der Kleine

glaubte uns kein Wort, das war ihm deutlich anzumerken, aber er stellte sich uns als Piero vor und führte uns in eine weit vom Hof entfernt gelegene Scheune.

»Decken habt ihr ja. Und was zu essen bringe ich euch später auch«, meinte er. »Wenn ihr sonst noch was braucht …«

»Äh, ja, eine Steckdose für unser Ladekabel wäre cool«, sagte ich schnell.

»Klar, um ein Selfie vom Freiheitstrip zu posten, was?« Piero grinste. »Die Scheune hat Strom …«

»Besser als nichts«, meinte Finn, als wir später unser Lager errichteten. »Trotzdem ist mir irgendwie unwohl. Lass uns bei Sonnenaufgang so schnell wie möglich von hier verschwinden und dann sehen wir die nie wieder!«

»Seltsame Truppe hier«, stimmte ich zu und deutete Richtung Haupthaus. »Wie viele Typen hier wohl die Apfelplantage bewirtschaften?«

»Sieht nach sieben Zwergen mit Oberschneewittchenmacker aus … aber was interessiert uns das?« Finn kaute an dem Brot herum, das uns Piero mit den Worten »aber verratet mich nicht« vorhin gebracht hatte. Am liebsten hätte er uns noch ein wenig ausgequetscht, das war ihm deutlich anzumerken. Aber er hatte unglaublich Schiss vor Steffen, das spürte man auch.

»Schmeckt selbst gebacken … Natursauerteig … mmmh, vielleicht vergebe ich doch drei Sterne!« Finn grinste und nahm sich noch ein Stück Käse. Irgendwie hatte er sich auf unserer Flucht verändert, fand ich, er war viel selbstbewusster und energischer geworden – so, wie ich ihn bisher nur aus seiner Küche kannte, wenn er mit seinen Töpfen und dem Schokoladentunkgerät hantierte und dem Küchenteam Anweisungen gab.

»Sei doch froh, dass Piero uns keine weiteren Fragen gestellt hat, was hätten wir ihm erzählen sollen«, fügte er hinzu, nachdem wir die leeren Teller zusammengeräumt hatten.

In dieser Nacht schlief ich schlecht. Das erste Mal, seit wir abgehauen waren, hatte ich Schiss. Obwohl ich eng an Finn gekuschelt lag und seinen regelmäßigen Atemzügen lauschte, fand ich keine Ruhe. Mir waren die Typen auf diesem Apfelhof unheimlich, allen voran Piero und dieser Steffen sowieso. Laut grölend hatten die Männer ihre Brotzeit auf der Wiese hinterm Haus abgehalten und waren splitterfasernackt der Reihe nach in einen Waschzuber gesprungen, um dann, in Felle gehüllt, an hölzernen Stöcken herumzuschnitzen, Bier zu saufen und unflätige Sprüche abzusondern.

Hauke war ebenfalls unruhig, ich hörte ihn rumoren, und weil ich mein Pferd gut genug kannte, stand ich schließlich auf und schlich mich zu ihm.

Morango gab mir zur Begrüßung einen sanften Nasenstüber, als fände er es nicht verwunderlich, dass ich mitten in der Nacht seinem Stallkumpan einen Besuch abstattete.

»Liegt am Vollmond, was?«, meinte ich und streichelte Hauke beruhigend über die Nüstern. Stirn an Stirn standen wir da, ich spürte seinen aufgeregten Herzschlag wie meinen eigenen, sämtliche Zellen vibrierten, sein Atem ging stoßweise. Was hatte er nur? Etwas schien ihn fürchterlich aufzuregen. Das letzte Mal war er mir bei Vollmond durchgegangen und wir hatten am alten Leuchtturm Jan getroffen ... aber jetzt, hier und heute, war es unmöglich, einfach loszureiten.

Da, plötzlich, hörte ich es auch. Ein regelmäßiges Wummern drang an mein Ohr, so stark und heftig, dass es mich innerlich zum Vibrieren brachte. Kein Wunder, dass Hauke aufgeregt war und nicht zur Ruhe kam. Sensibel wie er war, spürte er den Lärm mit jeder Faser seines Körpers.

Ich auch.

»Egal, was es ist, es hat nichts mit uns zu tun«, murmelte ich besänftigend und kraulte ihm so lange den Schopf, bis sein Herz nicht mehr so stark trommelte.

Ein wolkenverhangener Himmel begrüßte uns am nächsten Morgen weit nach Sonnenaufgang, als wir uns verschlafen aus den Decken schälten, fürs heimliche Abhauen war es zu spät. Piero hatte uns Brötchen und Kaffee gebracht. Und natürlich Apfelgelee.

»Das Summertime-Rave-Festival erreicht ihr am einfachsten, wenn ihr linker Hand an der Baumplantage vorbeireitet«, sagte er zum Abschied und klopfte Morango ausgiebig den Hals, wozu er sich auf die Zehenspitzen stellen musste.

»Festival?« Finn schaute ihn fragend an.

»Na, diese Open-Air-Konzerte, die hier alle Jahre stattfinden. Dachte, deswegen seid ihr hier?!«

Rasch wechselten Finn und ich einen Blick. Dann nickten wir wie auf Kommando: »Ja! Und wir freuen uns schon riesig!«

Wir bedankten uns für alles und steckten mein aufgeladenes Smartphone wieder ein. Ich wagte nicht, es anzuschalten.

»Schon mal davon gehört?«, fragte Finn, als wir außer Hörweite waren. »Hoffentlich regnet es nicht«, fügte er mit einem skeptischen Blick in den Himmel hinzu. In der Tat hatten sich die Wolken über uns recht dunkel zusammengeschoben, es war nur eine Frage der Zeit, bis es losgehen würde.

»Nee, hab keinen Schimmer, was das ist«, antwortete ich. Meine Mutter erlaubte mir aus Prinzip keine Konzertbesuche und deswegen hatte ich mich nie dafür interessiert.

»Dann wird es ja Zeit, dass wir es uns ansehen«, meinte Finn und seine Augen blitzten unternehmungslustig auf. »Komm, wer zuerst da ist!«

»Yippie!« Schon hatte ich Hauke angetrieben und schoss an Morango vorbei. Im wilden Galopp jagten wir den Weg entlang, ungeachtet der Schlammpfützen und Gräben, die sich an den Seiten auftaten, die Pferde fanden sicher ihren Weg. Ich gab Hauke die Zügel frei, lehnte mich mit geschlossenen Augen auf seinen Hals und genoss den Moment. Das hier war mein Glück!

Mitten auf einer leichten Anhöhe zügelten wir die Pferde. Dankbar beugte ich mich über Haukes Mähne und klopfte ihm den Hals.

»Jetzt haben wir die Kalorien von heute Morgen verbraten ...«, meinte ich in Anspielung an die gehaltvolle Portion Bio-Futter, die die beiden heute Morgen von Piero noch erhalten hatten.

»Ich glaub's nicht! Schau mal!« Finn deutete in die Ebene, die sich vor uns kilometerweit erstreckte. »Kneif mich mal. Ich glaub, ich bin im Film!«

»Boah!« Ich hatte mich wieder aufgerichtet und traute meinen Augen kaum. Wir waren nur geschätzte zwei Kilometer von einem riesigen Festivalgelände entfernt, die Bässe drangen dumpf an unsere Ohren. Jetzt verstand ich, warum Hauke letzte Nacht so unruhig gewesen war.

»Hey, das müssen wir uns näher angucken, komm!« Schon hat er Morango angetrieben, Hauke folgte ihm wie ein williges Hündchen.

Je näher wir kamen, desto lauter wurde die Musik, irgendwie kamen mir die Beats bekannt vor. Hauke und Morango schien die Lautstärke jetzt am Tage nichts auszumachen, im Gegenteil, sie schritten zügig voran und so kamen wir einem Platz mit riesigen Trucks und Wohnwagen immer näher.

»Vielleicht gibt's was zu trinken für die Pferde«, meinte Finn.

»Na, wen haben wir denn da? Hier kommt ihr nicht einfach so durch«, trat uns plötzlich eine bunt tätowierte Frau entgegen. Oder war er-sie-es ein Mann? Lange Haare, knallenge Lederhose und ein herbes Gesicht, es war nicht so genau auszumachen.

»Wir machen eine Pferdewanderung und kommen hier gerade zufällig vorbei«, stellte Finn uns vor. Er hatte Morango gezügelt und war abgesprungen.

»Hört sich ja nach einem gigantischen Konzert an«, meinte ich und nickte Richtung Festivalgelände, von dem lautes Johlen und Klatschen herüberschallte. Und natürlich Musik. Ich tätschelte Hauke den Hals, dem es hier offensichtlich gefiel.

»So, so.« Der-die-das musterte uns ausgiebig von oben bis unten, ich spürte den Scannerblick am ganzen Körper. »Zufällig, was? Und jetzt wollt ihr mal gucken, ob ihr vielleicht zufällig noch Karten für den Hintereingang bekommen könnt, was?«, schob er-sie-es breit grinsend nach. Der rauen, kehligen Stimme war deutlich anzuhören, dass er-sie-es uns kein Wort glaubte.

»Wir sind vom ursprünglichen Weg abgekommen«, sagte ich schnell und das war ja noch nicht einmal gelogen.

»Schon klar!« Der-die-das lachte schallend. So laut, dass Hauke jetzt doch erschrocken zurückwich. Ich griff die Zügel auf, bereit weiterzureiten, was sollten wir hier auch. So ein Rave-Festival war nicht für Pferde gedacht.

»Hey, Rhapsody, wen hast du dir denn da angelacht? Willst du eine Pferderanch eröffnen?« Ein bärtiger Typ kam aus einem Wohnwagen geklettert. »Oder willste reiten lernen? Ah, nö, lass mich raten, du brauchst eine rote Hexenfee für deine Bühnenshow!«

Jetzt musste Finn lachen. Hexenfee hatte er mich früher immer genannt, als wir unsere Fantasy-Phase hatten und in den Dünen Rollenspiele gespielt hatten. Ich grinste in mich hinein.

»Die zwei wollen mal ordentliche Musik hören!« Der-die-das namens Rhapsody lachte und wedelte mit einem Ausweis, der an einem schwarzen Totenkopfband an ihrem (oder seinem?) Hals baumelte. »Wollemersereilasse?«

10

Nachdem der bärtige Typ namens Blue dafür gesorgt hatte, dass wir Hauke und Morango auf der Rückseite vom Truck anbinden konnten und sie je einen Eimer Wasser zum Saufen bekamen, wurden wir von den beiden schrägen Gestalten in ihren geräumigen, komplett in Schwarz und Rot eingerichteten Wohnwagen eingeladen.

»Wow!«, entfuhr es Finn, während er sich staunend umblickte. Ich stieß ihn unauffällig an, damit er zu glotzen aufhörte. Was hatte der denn wohl erwartet? Wohl kaum ein Wohnzimmer in Eiche rustikal ... Rhapsody und Blue waren besondere Typen und besonders war auch ihr Einrichtungsstil. Wir hatten, wie es aussah, riesiges Glück. Wen immer wir da kennengelernt hatten, Rhapsody kümmerte sich um uns, als hätte er-sie-es uns adoptiert.

»Nicht die neusten, aber mit Geschichte«, meinte Rhapsody und schenkte uns Kaffee in zwei pinkfarbene Becher ein. Wir saßen an einem schmalen Küchentisch und ich wagte nicht zu fragen, wo hier das Klo war. Ich musste schon die ganze Zeit und hatte es verpasst, mich rechtzeitig in die Büsche zu setzen.

»Danke, das ist sehr freundlich!«, sagte Finn und goss sich Milch dazu. Seinem Blick war anzumerken, dass er nicht wusste, wie er Rhapsody und Blue finden sollte. Mich erinnerten die beiden an Mareike und die Blackies von Töwerhaven, aber auf eine sehr viel coolere und hippere Art.

Brian hätte sich hier sicher zwischen all den glitzernden Totenkopfschädeln und Shisha-Pfeifen sauwohl gefühlt und womöglich einfach mitgeraucht. Nicht so Finn, der unruhig auf seinem Ledersessel hin und her ruckelte, und bevor ich anfangen konnte, mich für ihn zu schämen, fragte ich schnell: »Kommt ihr jedes Jahr her?«, woraufhin die beiden schallend loslachten und sich abklatschten. Finn rollte die Augen.

»Hier, damit kommt ihr aufs Gelände. Check it out and have fun!«, sagte Rhapsody statt einer Antwort und band uns jeweils ein schwarz-rotes Festivalarmbändchen ums Handgelenk. »Und wenn ihr später schlafen wollt, könnt ihr es euch dahinten gemütlich machen, die Tür ist immer offen. Wir sind dann erst mal weg.« Sie deutete auf das schwarze Ledersofa in der Ecke vom Truck.

»Aber seid heute Nacht nicht so laut, wir brauchen unseren Schlaf …«, fügte Blue grinsend hinzu und da wurde Finn doch tatsächlich rot.

Wir wechselten einen raschen Blick. Keine Ahnung, mit wem wir es hier zu tun hatten, aber die beiden schienen wahnsinnig nett zu sein, und wenn wir Glück hatten, konnten wir ein paar Tage hier unterkriechen.

»Können wir die Pferde denn einfach so hier stehen lassen?«, fragte ich. So ganz geheuer war mir die Sache nicht, ohne unsere Lieblinge einfach auf dem Festival zu verschwinden.

»Keine Sorge, hier klaut keiner! Sehen zwar alle aus wie langhaarige Verbrecher, aber in Wirklichkeit sind das hier alles Mamas kleine Lieblinge, wie dein Freund.« Rhapsody wuschelte Finn durchs ohnehin strubbelige Haar. Dann zog er-sie-es sich vor ihrem Handspiegel die Lippen knallrot nach, schlüpfte in ein paar atemberaubend hohe Stilettos und stöckelte Blue hinterher.

»Oh Mann!«, rutschte es Finn heraus, während er sich immer noch seine Haare zurechtzupfte. »Wo sind wir denn hier gelandet?«

Wir betraten gerade ein paar Hundert Meter entfernt das Festivalgelände durch den Besucherzugang, die Sicherheitsleute winkten uns einfach durch und wunderten sich nicht die Bohne, dass wir in Reitstiefeln einmarschierten. Irgendwo in weiter Ferne war eine riesige Bühne mit Aufbauten und Lichtanlage, die Bässe wummerten einem von allen Seiten um die Ohren.

»Auf einem gigantisch coolen Open-Air!« Ich freute mich wie Bolle. Wer hätte das gedacht! Da ritten wir einfach so durch die Pampa auf der Suche nach einer Bleibe für die Nacht – und dann landeten wir im Truck irgendwelcher Hardcore-Fans. Denn dass Blue und Rhapsody Festivalprofis waren, war ja mal so klar wie die Tatsache, dass ich immer noch schrecklich dringend pinkeln musste.

Suchend schaute ich mich um und entdeckte ein paar Hundert Meter weiter einen Toilettenwagen.

»Gute Idee!«, meinte Finn, als ob er meine Gedanken erraten hätte, doch je näher wir dem Wagen kamen, desto mehr zweifelte ich an der »guten« Idee, stand dort doch eine ewig lange Schlange vor der Damentoilette. Und damit nicht genug: Die Frauen und Mädchen rempelten und stritten um den Vortritt. Offensichtlich waren etliche der mobilen Klos *out of order,* wie es hieß, und nun drängten sich die Mädels hier um die Wette vor.

»Komm, wir gehen in die Büsche!«, rief eine.

»Iiiig, eklig! Ich zeig doch nicht allen meinen Hintern!«

»Selbst schuld, mit Rock geht alles ...«, sagte eine andere und hockte sich prompt ein paar Meter um die Ecke weiter einfach hin, ein paar andere taten es ihr nach.

»Pipigate«, ulkte Finn, nachdem er natürlich ohne langes Anstehen aus dem Männerklo kam. »Ich geh da vorne zum Infostand, wir treffen uns dort, okay?« Ohne eine Antwort abzuwarten, lief er zu einer Säule, an die ein Lageplan gepinnt war. Ich war mittlerweile nur noch die Zwölfte.

»Ey, Pfuhlschnepfe!«, tönte da vier Reihen hinter mir eine vertraute Stimme an mein Ohr. »Lass deine Ellenbogen bei dir!« Nanu? Die Stimme kannte ich doch! – Es war ... »Mareike!«, rief ich und drehte mich um. »Ich glaub's ja nicht!«

»Nee, ne?«, rief meine Freundin und war schon auf mich zugestürmt und wirbelte mich im Kreis. »Hey, Liv, altes Haus, wat geit dir das?«

Natürlich gab es Protest von hinten, von wegen Mareike würde sich vordrängeln, und noch ein paar Rempler dazu.

»Was machst du denn hier?«, riefen wir wie aus einem Munde und ignorierten die Zanktanten um uns herum, während wir vor lauter Wiedersehensfreude ausgelassen im Kreis tanzten.

»Pipi!«, rief ich, »echt, ich halt's kaum noch aus ...«

»Hier, damit geht's besser!« Mareike kramte aus ihrer Umhängetasche ein Stück Pappe hervor. »Hier, nimm schon«, sagte sie, als sie mein zögerliches Verhalten bemerkte.

»Was soll ich damit?«, fragte ich und erntete prompt schallendes Gelächter von den anderen Frauen um mich herum.

»Urinella, Strullerhilfe ... damit pinkelst du besser als jeder Kerl im Stehen und fängst dir keine fiesen Keime ein«, klärte mich Mareike auf. »Jetzt nimm schon, bevor sämtliche Festivalbesucher auch eine haben wollen! Und danach erzählst du mir, wo ihr euch bisher versteckt habt!«

Nachdem ich mich dann endlich, endlich erleichtert und gefühlte zwanzig Liter rausgepinkelt hatte, was dank dieser Pipi-Pappe besser ging als gedacht, liefen wir Arm in Arm rüber zu Finn, der nicht schlecht staunte, als er Mareike gegenüberstand.

»Dann ist Brian sicher auch nicht weit, oder?«, mutmaßte er und umarmte sie herzlich.

»Der pennt im Zelt, die letzte Band hat ihn komplett ausgeknockt. Drei Zugaben für den Vollfan, wenn du verstehst ... aber ich bin froh, dass er überhaupt mitgekommen ist und sich auf andere Gedanken bringen lässt, die Sache mit seinem Vater hängt ihm ziemlich nach ... Den nächsten Gig sollten wir allerdings nicht verpassen, *Die Zwei* ist großartig! Habt ihr eigentlich was gegessen und getrunken?«, fragte sie, und ohne eine Antwort abzuwarten, zog sie uns an den Händen mit Richtung Food Court, um uns Pommes und Cola zu spendieren. Längst hatten wir erzählt, was wir in den letzten Wochen alles erlebt hatten und dass Hauke und Morango brav angebunden am Truck zweier Festivalfreaks warteten. Und auch, dass wir pleite waren.

»Na, ihr habt Vertrauen!«, meinte sie und klaute sich zwei Pommes von meinem Teller.

»Hauke lässt sich nicht von jedem reiten, schon vergessen? Und ohne Hauke geht Morango nirgends hin.« Finn klopfte sich zufrieden den Bauch, offensichtlich schmeckten ihm die Festivalpommes, Glück gehabt.

»Wie lange wollt ihr das noch durchziehen? Isodora vermisst dich schrecklich und macht sich große Vorwürfe, weil sie Hauke verkaufen müssen. Noch schlimmer, sie vergeht fast vor Sorgen, Finns Eltern auch«, sagte Mareike ernst und nuckelte meine Cola leer.

Betroffen senkte ich den Blick.

»Keine Ahnung«, antwortete ich leise. »Solange die es sich nicht anderes überlegen, lassen sie uns keine Chance.«

»Kannst ihnen ja schöne Grüße von uns ausrichten, wenn du wieder zurück bist. Wenn wir die Pferde behalten dürfen, kommen wir wieder«, meinte Finn und insgeheim wunderte ich mich. Er war auf diesem Trip echt abgebrüht geworden.

»Das sagste mal schön selbst!« Mareike schüttelte den Kopf. »Oder habt ihr euer Handy nicht dabei?«

»Ausgeschaltet«, sagte ich und wollte erklären, wieso. Doch in diesem Moment passierten drei Dinge gleichzeitig.

Erstens begann vorne auf der Bühne eine irre Show, mit Beats und Leuchtkugelgeflimmer.

Zweitens donnerte über uns ein Gewitter los, als würden tausend Kegelbahnen gleichzeitig bespielt.

Und drittens begann es, wie aus Eimern zu regnen, wieder einmal.

»Juchhu!«, rief Mareike, »kommt mit rüber, das ist so was von abgefahren, gleich wälzen sich wieder alle wie die Schweine im Schlamm! Das musst du unbedingt gesehen haben.«

»Sollten wir nicht lieber zu den Pferden?«, rief Finn besorgt, wirkte aber zum Glück nicht panisch. Für einen Moment war ich hin- und hergerissen, dann aber zog mich Mareike mit und die wummernde Musik trug mich davon. In der Nähe der Bühne, mit Blick auf die Schlammwälzer, blieben wir stehen – mitten im Regen. Und obwohl ich binnen Minuten völlig durchweicht war, wollte ich in diesem Moment an keinem anderen Ort der Welt sein.

Die Musik kam mir bekannt vor … *at first you put your arms around me* … sie drang tief in meinen Körper, ich fühlte den Rhythmus und begann zu tanzen … *ain't nobody loves me better than you* … Meine Reitstiefel hatte ich längst ausgezogen und irgendwo an den Rand gestellt, barfuß tanzte ich auf dem nassen Rasen. Die grüne Bluse klebte an meinem Körper, die Haare hingen nass auf meinen Rücken. Mareike hatte nach meiner Hand gegriffen, als ob es das Selbstverständlichste von der Welt wäre, dass wir uns hier, irgendwo im Nirgendwo getroffen hätten, wir mussten keine weiteren Fragen stellen und beantworten. Finn stand noch eine Weile unschlüssig neben uns, dann legte auch er los. Wie in Trance bewegten wir uns zu den Beats, vergessen war alles Schlimme, was hinter uns lag, es gab nur uns, den Regen und die Musik.

Vorne hauten Rhapsody und Blue – ja genau: Sie waren *Die Zwei* – in die Tasten, hatten Kopfhörer und noch schrillere Klamotten an als vorhin. Blue stand am Mischpult, mixte Sounds und Synthies, während Rhapsody von Liebe, Freiheit und Sinnlichkeit sang. Warum hatte ich sie nicht gleich wiedererkannt? Die beiden waren die angesagtesten und coolsten DJs ever! Der Rave machte, dass mein Gehirn verwirrte Gedanken produzierte und meine Gefühle durcheinanderwirbelte, ich fragte mich, wo meine Lieblingsorte waren (Friesenhof), ich mich froh und leichter fühlte (Friesenhof), ich die liebsten Freunde hatte (Friesenhof), und ich spürte einen dicken Kloß im Hals, weil ich mein Zuhause verloren hatte. Eine gigantische Welle

Mitgefühl und Selbstmitleid erfasste mich, haute mich beinahe um und ließ mich nach Finns Händen greifen, die sofort meinen innigen Druck erwiderten. Wir beide waren gestrandete Waisenkinder, standen einsam im Regen und waren doch gerettet im Hier und Jetzt von Musik und Tausenden Menschen mitten auf einem Rave-Festival. Wir waren nicht alleine, wir hatten uns und unsere Pferde, wir müssten nur zusammenhalten, dann würde alles gut, das spürte ich in diesem Moment ganz sicher, in dem die Wärme aus seinen Fingern hinüber in meine kroch.

Die Musik ließ mich träumen und fliegen zugleich, ließ meine Gedanken leicht werden und verschwinden. Finns Beine zuckten im Takt, wir tanzten und hüpften mitten im Regen auf und ab, fühlten die Musik bis in unsere schlammigen Fußspitzen. Ich hielt meine Augen geschlossen, und obwohl der Regen unaufhörlich von oben auf uns einprasselte und bedrohliche Donner über den Himmel grollten und Blitze zuckten, hatte ich keine Angst. Die Traurigkeit in mir tanzte ich weg, sie löste sich auf in eine Wolke voller Glück, ich fühlte mich warm und froh wie lange nicht mehr. Vergessen waren die Strapazen des Wanderritts, die Sorgen um Essen und Unterkunft, überhaupt die Angst davor, dass Isodora und Piet Hauke verkaufen wollten und Finns Eltern Morango.

Finn tanzte dicht neben mir, sein Körper schmiegte sich immer wieder an meinen. Die Arme hocherhoben in der Luft, bewegte er sich selbstvergessen mit geschlossenen Augen, und gleichzeitig wirkte er hellwach. Mareike lachte in einer Tour, strahlte über ihr ganzes Gesicht und strich sich immer wieder ihre nassen knallblauen Haare aus der Stirn, ihr kraftvoller Körper bewegte sich geschmeidig zur Musik, sie tanzte leicht wie eine Boje in den Wellen. Wie lange wir so tanzten, hüpften, taumelten, keine Ahnung. Vor lauter Glück und Freude liefen mir Tränen über mein Gesicht, das hier war einfach großartig, überwältigend, ich hatte schon immer gerne getanzt, aber das hier war der Hammer. Mega. Geil. Ich fühlte mich wunderbar und eins mit meinen besten Freunden, ich wünschte, die Zeit anzuhalten, ich könnte für immer so fliegen, es war fast cooler als Reiten.

Bei dem Gedanken an Hauke blieb ich abrupt stehen, so plötzlich, dass Finn gegen mich rempelte und beinahe das Gleichgewicht verlor. Wie hatte ich mein Pferd vergessen können?!

»Hey, was ist los?«, fragten seine Augen, denn die Musik war viel zu laut. Aber er hatte längst verstanden, mich verstanden, und wischte mit einer sanften Geste meine Tränen weg.

»Komm, lass uns gehen!«, rief er gegen die tosende Menge, ich nickte.

»Wir müssen zu Hauke und Morango«, schrie ich Mareike ins Ohr.

»Wann sehen wir uns wieder?«, schrie sie zurück und hörte nicht eine Sekunde auf zu tanzen.

»Auf dem Friesenhof! Sag ihnen, wir sind okay.« Ich schaute sie durchdringend an. Da hielt sie in ihrer Bewegung inne, griff nach meiner Hand und rief direkt in mein Ohr: »Okay, aber melde dich wenigstens bei MIR, versprochen?«

Statt einer Antwort drückte ich ihr einen dicken Kuss auf den Mund, dann rannte ich mit Finn zurück Richtung Ausgang. Vorbei an völlig verrückten, halb nackten Typen, die sich um die Wette in den Schlammpfützen suhlten, sich gegenseitig lustvoll einrieben, küssten, wälzten, über den Boden schlitterten.

»Wie wir damals im Watt, erinnerst du dich?«, rief Finn und deutete grinsend auf zwei Jungs, die ineinander verknäult durch den Matsch kullerten. Wir blieben stehen und sahen amüsiert zu.

»Wie könnte ich das je vergessen!«, lachte ich zurück. Damals waren wir total ausgelassen vom Dünensonnen gekommen und waren lange durchs Watt marschiert. Irgendwann war Finn gestolpert und aus Versehen in einen Priel gekullert, und als ich ihm raushelfen wollte, wäre ich beinahe im Schlick stecken geblieben. Das war gefährlicher, als es sich anhörte, wir kannten uns ja gut aus und hatten uns schnell aus der misslichen Lage befreit. Weil wir sowieso durch und durch nass und matsche waren, hatten wir einfach eine Schlammschlacht gemacht – sehr zum Verdruss von Finns Mutter, die die Hände über dem Kopf zusammenschlug, als wir später total verdreckt vor der Tür standen. Wir haben natürlich nicht alles erzählt, denn wenn sie erfahren hätte, dass ihr Sohn im Priel geschwommen und getaucht war, hätte sie vor Sorge einen Herzinfarkt bekommen.

Ich guckte Finn an und Finn guckte mich an. Seine dunklen Augen blitzten und zum ersten Mal, seit wir uns kannten, fielen mir die gelben Sprenkel in der Iris auf und dass seine Augen gar nicht so weit von seinem Mund entfernt waren, zumindest kam sein Gesicht meinem immer näher und ich weiß noch, wie ich die Hand ausstreckte und mit dem Zeigefinger ganz sanft seine rechte Augenbraue nachzeichnete, dann über die Wange rüber zur Nasenspitze fuhr und schließlich mit der Fingerkuppe auf seinen Lippen verharrte. Vielleicht wäre das ein perfekter Kussmoment gewesen, wir zwei, mitten im Gedränge und Gewühle, abgetaucht in der Menge zwischen tanzenden, schwitzenden, nassen und vermatschten Körpern. Wenn mich nicht plötzlich jemand angerempelt und gegen Finn gestoßen hätte, sodass wir beide umkippten – volle Suhle in die Matschkuhle! Und das war's dann mit Romantik im Regen, wir wälzten uns kichernd und ausgelassen im Schlamm wie all die anderen auch. Vergessen waren Hauke und Morango, vergessen, dass wir kaum Wechselklamotten dabeihatten, vergessen, dass wir völlig mutterseelenallein auf uns gestellt irgendwo in der Pampa waren, ohne Geld, ohne Dach über dem Kopf. Nur wir beide.

11

Hauke und Morango wieherten uns freudig entgegen, als sie unsere Schritte und Stimmen hörten. Wir hatten noch die Gelegenheit genutzt, auf dem Festivalgelände mithilfe der Schlauchduschen den Schlamm aus unseren Kleidern zu spülen. Jetzt waren wir klatschnass, dafür aber sauber.

»Blue und Rhapsody werden sich wundern, wenn wir einfach so verschwinden«, meinte Finn. »Aber wir müssen hier weg, falls Mareike doch bei uns zu Hause Bescheid gibt. Kurz aufwärmen, dann machen wir die Biege. Wir können den beiden ja einen Zettel hinlegen.«

»Aber nur ein Dankeschön und ohne unsere Namen darunter. Ich hab keine Lust, dass sie uns bei der Polizei verpfeifen!« Ich fröstelte. »Die beiden sind zwar irre nett, aber die haben auch einen Ruf zu verlieren. Hast du doch selbst gesehen, das sind Superstars! Wie sie die Massen mit ihrer Musik einfangen ... nee, da gehe ich kein Risiko ein.«

Glücklicherweise hatte uns der Sicherheitsmensch sofort erkannt und ließ uns ohne weitere Nachfragen in den Wohnwagen. Ohne Blue und Rhapsody wirkte der Raum unheimlich und leer.

»Andere Fans würden sonst was drum geben, hier zu sein. Und wir hauen einfach ab!« Ich blickte mich seufzend um, während ich meine klitschnassen Haare zu einem Zopf zusammenband.

»Irgendein Andenken wäre doch cool«, überlegte Finn

laut. »Wenn ich das Marlene erzähle ... die glaubt mir sonst kein Wort!« Er blickte sich suchend um.

»Aschenbecher, goldene Schallplatten, irgendeinen Music-Award, sucht euch was aus, sind eh nicht die Originale«, kam eine Stimme von der Tür.

Erschrocken drehte ich mich um. Der Sicherheitsmensch war unbemerkt in den Wohnwagen getreten und stand mit verschränkten Armen da.

»Äh, sorry, wir wollten nicht ...«, stotterte Finn.

»Echt nicht!«, fügte ich hinzu.

»Schon klar! Und jetzt packt eure Sachen und macht die Biege.« Seiner genervten Stimme war deutlich anzuhören, dass er keine Lust auf weitere Diskussionen hatte. Wahrscheinlich kam es öfters vor, dass sich irgendwelche Teenies unter irgendeinem Vorwand einschlichen.

»Sagen Sie den beiden schöne Grüße von uns«, sagte ich. »Aber wir mussten dringend nach Hause.«

»Und vielen Dank für alles!«, schob Finn hinterher und ich konnte nur hoffen, dass der Wachmensch nicht bemerkt hatte, wie sich Finn drei Kekspackungen und den restlichen Würfelzucker aus der Dose in seinen Rucksack geschoben hatte.

»Puh, hatte der schlechte Laune«, kicherte Finn, als wir das Festivalgelände in einem weiten Boden umritten, begleitet von irrwitzig lautem Bassgewummer. Das waren nicht mehr Blue und Rhapsody, die da performten, aber die Menge klatschte und johlte und grölte immer noch begeistert.

»Frag mal, wie meine Laune ist«, knirschte ich zur Antwort, mir war erbärmlich kalt. »Warum wolltest du auch was klauen? Bist du total bescheuert? Alles nur wegen deiner dämlichen Schwester! Jetzt konnten wir uns noch nicht einmal mehr aufwärmen ...«

»Ach, komm schon, Liv, seit wann bist du aus Pappe?«, ulkte Finn und trieb Morango an, aber mir war nicht nach einem Wettreiten.

Als ob Hauke mein Unbehagen bemerkt hätte, ging er erst gar nicht mit, im Gegenteil, er drosselte sein Tempo. Mittlerweile schlotterte ich am ganzen Körper.

»Ich laufe ein Stück zu Fuß, ich muss mich aufwärmen«, rief ich ihm hinterher.

»Wie du meinst.« Finn wendete Morango und sprang ebenfalls aus dem Sattel.

Schweigend liefen wir nebeneinanderher, jeder in seine Gedanken versunken. Ich ärgerte mich insgeheim, dass wir nicht bei Rhapsody und Blue geblieben waren, es wäre dort deutlich wärmer und trockener gewesen und mehr als cool und außerdem hätten wir auch etwas zu essen bekommen. Aber Finn hatte ja mit seinem dämlichen kindischen Verhalten diese Riesenchance vertan. Ich musterte ihn missmutig von der Seite. War dieser Strubbelkopf derselbe Junge, den ich vorhin beinahe geküsst hätte? Plötzlich schien er mir meilenweit weg.

Nur wegen ihm mussten wir jetzt zusehen, wo wir als Nächstes Unterschlupf fanden. Angesichts meiner nassen Klamotten hätte ich auch nichts dagegen gehabt, wieder nach Hause zu reiten, so durchgefroren und fertig war ich. In diesem Moment, in dem ich pitschepatschenass über die Felder lief, hätte ich beinahe alles getan, um wieder warm zu werden. Aber auch nur beinahe.

»Hey, komm, Liv, jetzt verpeste mal hier nicht so die Luft mit deiner miesen Laune. Was ist denn los?«, meinte Finn, als könne er meine Gedanken lesen. Der Zauber von vorhin, längst vorbei.

»Aber du, was? Hast natürlich glänzende Laune! Nur weil du ausnahmsweise den Bauch voller Pommes hast«, machte ich ihn sofort an. »Mir ist kalt, so einfach ist das.«

»Sag das doch gleich! Dann suchen wir uns ein Plätzchen und machen ein Feuer«, meinte Finn.

»Mitten auf dem Feld?«

»Zu verräterisch. Da kannst du gleich nach Hause reiten.« Finn schüttelte den Kopf. »Wie wäre es dort hinten neben den Bäumen? Dann zieht der Rauch Richtung Wald ab ...«

»Das sind aber noch mindestens drei Kilometer«, maulte ich.

»Ist halt so«, meinte Finn, »ich kann's nicht ändern.«

Eine Dreiviertelstunde später hatten wir es tatsächlich geschafft und ein kleines, knisterndes Feuerchen gemacht. Ich hatte meine nassen Klamotten ausgezogen und grillte ganz westernlike erst meine Unterhose und dann meine Bluse trocken, während ich eingehüllt in meine Decke dasaß. Finn trocknete seine Sachen ebenfalls, wir konnten nur hoffen, dass die Pferde nicht scheuten und wir ihnen nackt, wie wir waren, hinterherlaufen mussten. Wir hatten beschlossen, unser Lager für die Nacht am Waldrand unter dem freien Sternenhimmel aufzuschlagen und uns auszuschlafen.

Zum Glück verhielten sich Hauke und Morango mustergültig brav und zuverlässig. Überhaupt waren die beiden erstaunlich fit und unkompliziert. Normalerweise steckte Hauke mit seinem unruhigen Verhalten gerne mal seinen Stallkumpel an und dann war keiner der beiden mehr zu halten. Jetzt standen die beiden einträchtig dicht neben uns und zupften um die Wette vom saftigen Gras. Idyllischer konnte es nicht sein und gleichzeitig war meine Laune auf dem Nullpunkt. Wir hatten Hunger, kein Geld und keinen Plan – und wir konnten nicht zurück. Wir waren abgehauen, hatten die Pferde gerettet und waren frei – und doch so abhängig wie nie.

Zwischen Finn und mir herrschte immer noch eisiges Schweigen, auch wenn wir uns gemeinsam ums Feuermachen gekümmert hatten, schließlich waren wir ein eingespieltes Team und hatten auf dem Friesenhof während der Saison etliche Lagerfeuer für die Gäste entzündet, bevor es Stockbrot für alle gab.

Bei dem Gedanken an zu Hause durchzuckte mich ein trauriges Gefühl. Mareike hatte vorhin ernst gewirkt, als sie von Isodora erzählte. Natürlich machte sich meine Tante Sorgen – und schreckliche Vorwürfe, weil sie Hauke verkaufen mussten. Ich nahm mir vor, ihr morgen endlich eine Nachricht zu schicken, damit sie wusste, dass wir okay waren. Das war ich ihr einfach schuldig, und da mein Handy bei Piero aufgeladen worden war, hatte ich auch keine Ausrede mehr.

»Hast du Mareike echt versprochen, ihr regelmäßig Updates zu schicken?«, unterbrach Finn meine Gedanken, offensichtlich dachte er dasselbe wie ich.

Mmh ... sie ist meine beste Freundin, wollte ich gerade sagen, da begannen die Pferde neben uns, unruhig mit ihren Ohren zu spielen.

»Da ist jemand«, wisperte Finn. »So ein Mist, ich hab nix an.«

»Kannst ihm ja als Made begegnen, dann kann er dich gleich aufpicken«, ulkte ich, obwohl mir nicht wirklich nach Scherzen zumute war. Mein Magen knurrte, wir hatten außer den paar Keksen, die Finn hatte mitgehen lassen, nichts mehr zu essen. Angestrengt lauschte ich in die Dämmerung.

Plötzlich stand wie aus dem Nichts ein kleiner, feingliederiger Mann neben Hauke und tätschelte ihm den Hals, bevor er ihm fachmännisch über Beine, Rücken und Flanke fuhr. Erschrocken sprang ich auf, die Decke an meinen Körper gedrückt.

»Was wollen Sie?«, fragte ich, etwas unfreundlicher als vielleicht nötig. Der Fremde sah nett aus und schien sich mit Pferden auszukennen. Selbst Hauke schien seine Berührungen nicht unangenehm zu finden, ein gutes Zeichen.

»Lasst euch nicht stören, ich tue euch nichts«, sagte er und seine Stimme klang sanft und weich. »Ihr habt schöne Pferde ... so vital und gesund! Wo kommt ihr her, wenn ich fragen darf?«

Erst jetzt richtete der Fremde seinen Blick auf uns. »Oh, ich störe wohl ... ich geh dann mal weiter«, fügte er mit Blick auf unsere Klamotten hinzu, die neben der Feuerstelle auf dem Boden lagen.

»Es ist nicht so, wie Sie denken«, meinte Finn und ich kam mir vor wie in einem schlechten Film, als er das sagte. »Wir sind nass geworden und mussten ein Feuer machen, um die Sachen trocken zu kriegen.«

»Nicht ungefährlich! Wenn euch jemand sieht, gibt's Ärger. Aber keine Sorge, ich verpfeife euch nicht.« Er lächelte freundlich und ich nickte zurück. Dem Akzent nach zu urteilen, kam er aus dem Osten, Tschechien oder Polen. Ich fand ihn auf Anhieb sympathisch, aber auch seltsam, dass er ganz alleine unterwegs war.

Wir schwiegen und ich fischte möglichst unauffällig nach meinen Klamotten, um mich anzuziehen. Sie waren zum Glück fast trocken und rochen nur ein bisschen verkokelt.

Als ob es das Selbstverständlichste der Welt war, setzte sich der Mann einfach zu uns ans Feuer. Er trug einen alten Rucksack bei sich, aus dem er jetzt zu unserer großen Freude Brot und Salami zog. Mein Magen knurrte.

»Hier, für euch, Freunde, esst euch satt!« Und mit diesen Worten schnitt er mit seinem Taschenmesser dicke Scheiben für uns ab und wir langten herzhaft zu. Finn steuerte die Kekse aus unseren Vorräten bei, ich das Wasser aus unserer Flasche. Und was soll ich sagen – nie hatte mir eine Mahlzeit besser geschmeckt als diese.

Zygmunt Grabowski kam aus Polen und lauschte mit großem Interesse und Mitgefühl unserer Geschichte. Wir machten erst gar nicht den Versuch, ihm etwas anderes als die Wahrheit zu erzählen, aus unerfindlichen Gründen hatten wir zu dem freundlichen Mann sofort Vertrauen gefasst. Immer wieder wanderte Zygmunts Blick von mir zu Hauke, der sich dicht neben ihn gestellt hatte und dabei seinen Atem in seinen Nacken blies. Als er hörte, dass sich Hauke von niemandem außer mir reiten ließ, murmelte er nur: »Eigensinnig, charaktervoll, ausdauernd, kräftig, wie ein Hengst eben sein soll ...«

»Sie verstehen wohl was von Pferden?«, fragte Finn überflüssigerweise.

Zygmunt nickte nur. »Unsere Geschichten sind sich sehr ähnlich, ich bin wie ihr auf der Flucht. Nur dass dort, wo ich herkomme, sich niemand mehr für mich interessiert.« Seine Stimme wurde brüchig und ließ ahnen, welch dramatische Geschichte dieser Mann erlebt haben musste, dessen Einsamkeit sich nun wie die Nacht um uns herum über das Feuer breitete. Längst blinkten über uns die Sterne am Himmel. Wir hatten Glück, es würde nicht regnen, dafür ohne Wolken sehr frisch werden. Und obwohl es längst selbstverständlich war, lud ich Zygmunt ein, bei uns zu bleiben.

»Danke, du bist ein gutes Mädchen, Liv!«, sagte er und seine Augen lächelten mich warm an. Er nickte mit dem Kopf rüber zu Finn. »Es muss ein Glück sein, dich zu kennen ...«

Doch der hatte sich längst hingelegt, der Lichtschein des Feuers flackerte auf seiner Decke. Ich war ebenfalls todmüde, doch ich würde nicht eher schlafen können, bis ich Zygmunts Geschichte gehört hatte. Ich zog meine Decke noch fester um mich, längst war mir durch und durch warm.

»Wo kommst du her?«, fragte ich. »Sicher hast du einen weiten Weg hinter dir ...« Das Du kam mir ganz selbstverständlich von den Lippen und er schien es okay zu finden.

»Aus Polen«, antwortete Zygmunt und legte noch ein paar Äste nach. »Ich habe dort auf einem Gestüt gearbeitet, bevor die neue Regierung das erfahrene Personal durch ihre Gefolgsleute ersetzt hat.«

Erschrocken horchte ich auf. Ich hatte davon gehört, dass die rechtskonservative Politik in Polen die Menschen dort in Schwierigkeiten brachte, und Wilm hatte mir irgendwann mal mit ehrfürchtiger Stimme von den erfolgreichen Züchtern dort erzählt. Aber was ich jetzt von Zygmunt hören musste, trieb mir vor Entsetzen und Mitgefühl die Tränen in den Augen.

»Seit ich denken kann, habe ich auf dem Gestüt gearbeitet, die Pferde dort sind mein Leben«, begann er, mit seiner feinen Stimme in die Dunkelheit hineinzuerzählen, kein Laut war zu hören, selbst Grillen und Eulen oder wer auch immer noch als Nachttier unterwegs war, schwiegen. »Erst als Stallbursche, später dann, nach meiner Ausbildung, als Tierarzt. Ich habe immer sehr eng und vertrauensvoll mit der Leitung zusammengearbeitet. Wir hatten weltweit eine der erfolgreichsten Araberzuchten. Von überallher kamen sie zu uns, um bei uns Pferde zu kaufen, Scheichs, Manager, Rockstars ... Manche überließen uns sogar ihre Stuten, um unsere wertvolle Zucht weiter aufzubauen. Es war –«, ihm stockte die Stimme. »Es war der schönste Arbeitsplatz der Welt, du kannst dir das gar nicht vorstellen! All die edlen, feinen Tiere, ihr erhabener Gang, ihr graziler Körperbau ...«

Ich nickte unmerklich, obwohl Zygmunt das in der Dunkelheit kaum sehen konnte. Aber ich wusste genau, wovon er erzählte, und meinte, das friedliche Malmen und Schnauben der Zuchtstuten in meinen Ohren zu hören. Hauke stand nach wie vor hinter uns, als wolle er ebenfalls vom Schicksal seiner Artgenossen erfahren. Denn dass Zygmunts Geschichte kein Happy End haben würde, war seiner Stimme deutlich anzuhören, ich spürte sein Unglück, seit er bei uns war.

»Du musst wissen, Pferdezucht hat in Polen eine lange Tradition und war immer staatlich gestützt! Wir Polen waren und sind stolz auf unsere Pferde, sie sind unser Leben. Bis die Rechtspopulisten kamen und alles an sich gerissen haben. Seither teilen sich die Gefolgsleute alle staatlichen Einnahmen, egal, ob das Geld aus Versicherungen, Banken oder Ölgesellschaften stammt. Zuerst hofften wir noch, sie trauen sich nicht an unsere Gestüte. Aber dann haben sie die Oberaufseherin über die staatliche Pferdezucht gefeuert. Und die bisherigen Direktoren durch parteitreue Freunde ersetzt. Du kannst dir nicht vorstellen, was das bedeutet! Die haben einfach sämtliche Experten abgesetzt! Jahrzehntelange Erfahrung im Umgang mit trächtigen Stuten und Zuchtwesen, ach ...« Er seufzte tief und rang nach Fassung, ich legte ihm mitfühlend die Hand auf den Arm.

»Jetzt sitzen da Betriebswissenschaftler und regeln die Zucht nach Zahlen, kannst du dir vorstellen, was das bedeutet? Nein, kannst du nicht! Kein vernünftiger Pferdemensch käme nämlich auf die Idee, eine trächtige Stute zweihundert Kilometer mit dem Hänger zu transportieren. Und niemand mit nur einem Hauch Verantwortung würde dieses Tier bereits drei Tage nach der Geburt wieder zurückfahren. Und weißt du, was passiert ist? Dieses arme Tier, diese hochdekorierte, wertvolle Zuchtstute ist an Darmverschlingung verstorben! Da haben sie ihre Zahlen, zack, eine weniger. Und eine Klage mehr am Hals, ich hoffe, die Besitzer setzen sich durch und holen ihre Tiere vom Gestüt!« Zygmunt schüttelte den Kopf, bevor er fortfuhr: »Die Araberzucht verlangt viel Zeit und Einfühlungsvermögen, diese edlen Tiere brauchen eine vertrauensvolle Umgebung und liebende Hände, die sich um sie kümmern. Du weißt bestimmt, wie sensibel sie sind! Und wie unglaublich bewundernswert, wenn sie aufgeregt schnaubend um die Ecke galoppiert kommen, den Schweif steil erhoben, die Nüstern gebläht ... Es gibt auf der Welt nichts Schöneres! Araber sind Kunstwerke auf vier Beinen, ihr formvollendeter Kopf, ihre funkelnden Augen, ihre grazile Art, sich zu bewegen ... wenn die Jährlinge dazukommen, frech und ungestüm, sich die Welt erobern. Meine Kollegen und ich haben jede Minute mit ihnen verbracht, sie auf die Koppel geführt, für ihr Wohlergehen gesorgt ... Diese Pferde waren mein Leben.«

Zygmunt machte abermals eine Pause, ihm versagte die Stimme. Mir war bei seiner Erzählung vor lauter Empörung die Spucke weggeblieben. Die arme Stute! Wie konnten Menschen nur so leichtsinnig sein und ihr Leben aufs Spiel setzen, dachte ich. Und: noch ein Fohlen, das ohne Mutter groß werden musste, wie Hauke.

»Weißt du, Polens Pferde, das ist unser ganzer Stolz! ›Pride of Poland‹, nicht umsonst heißt diese große Show so, die alljährlich Tausende Pferdefreunde aus der ganzen Welt anlockt«, fuhr Zygmunt fort, nachdem er sich wieder gefasst hatte. »Der Höhepunkt ist jedes Mal, wenn eine der Stuten versteigert wird, das ist eine Aufregung für alle. Natürlich behalten wir die besten selbst ...« Er schüttelte den Kopf. »Was sage ich, *wir* gibt es nicht mehr! Alle abgesetzt, alle weg. Ich habe es nicht mehr ausgehalten dort, ich konnte nicht mit ansehen, wie die neue Besetzung ohne Pferdeverstand Zucht betreibt und all das aufs Spiel setzt, wofür wir jahrelang gearbeitet haben. Pferdezucht ist eine Leidenschaft – und keine Angelegenheit für Papierhengste!«

Beinahe lachte er über seinen eigenen Witz, aber nur beinahe. Ihm war deutlich anzumerken, wie sehr ihm die Angelegenheit den Boden unter den Füßen weggerissen, sein Leben komplett durcheinandergespült hatte. Wie meines. Auch mir wollten sie das Liebste auf der Welt nehmen. Deswegen war er auf der Flucht, wie wir.

»Dein Hauke ist ein besonderes Pferd und ich glaube, ich weiß, wie ich euch helfen kann ...«, murmelte er und ich merkte, wie ihm schläfrig die Augen zufielen, er würde im Sitzen schlafen, während ich mich jetzt auf dem Boden neben Finn am Feuer zusammenrollte und in den Himmel über mir schaute.

Die Sterne funkelten um die Wette und blinkerten mir zuversichtlich zu. Alles wird gut, schienen sie mir zu sagen, du bist auf einem guten Weg! Solange Hauke bei dir ist, kann dir nichts passieren.

Finn neben mir war längst eingeschlafen und hatte von Zygmunts tragischem Schicksal kein Wort mitgehört, ich würde ihm morgen alles erzählen. Einem Impuls folgend, strich ich ihm zärtlich übers Haar, er lächelte sanft und blinzelte mit den Augen, als er meine Berührung spürte.

»Alles okay, schlaf gut«, flüsterte ich und dann kuschelte ich mich an ihn, bevor ich in einen tiefen Schlaf fiel, bewacht von Hauke, der nicht von meiner Seite weichen würde, egal, was passierte.

12

Am nächsten Morgen dachte ich zuerst, Zygmunt sei verschwunden, weil sein Platz an der Feuerstelle verwaist war. Erschrocken schaute ich mich um, instinktiv suchte ich nach unseren Rucksäcken. Es war noch alles da, Hauke und Morango grasten in friedlicher Eintracht nebeneinander in ein paar Metern Entfernung von uns, harmonischer konnte es nicht sein. Verschlafen rieb ich mir die Augen. Dem Sonnenstand nach zu urteilen, musste es ziemlich früh sein, die Sonne schien kaum über die Baumwipfel des benachbarten Wäldchens. Im Westen dagegen zeigten sich dunkle Wolken, kein gutes Zeichen, wir würden später mit Regen rechnen müssen.

Ich drückte Finn einen sanften Kuss auf die Wange, was er schnorchelnd registrierte. In all der Zeit, die wir jetzt gemeinsam unterwegs waren, hatte ich längst festgestellt, dass der frühe Vogel nicht Finns Freund war und ich ihn besser nicht vor neun Uhr ansprach. Und schon gar nicht, wenn er nichts gefrühstückt hatte. Ich musste kurz an Isodora denken und wie früh sie sonst immer auf den Beinen gewesen war. Rosinenstuten für ihre Gäste backte, Kaffee mit ihrer altertümlichen Filtermaschine brühte ... es kam mir vor wie aus der Zeit gefallen. Kaum vorstellbar, wie idyllisch wir alle tagein, tagaus auf dem Friesenhof gelebt hatten, während oben unterm Giebel die Mäuse das Reetdach perforierten und gleichzeitig die Einnahmen die Ausgaben nicht mehr deckten. Später würde ich mein Smartphone anstellen und ihr eine Nachricht schicken, nahm ich mir vor, später.

Der Morgenwind spielte mit meinen Haaren, und obwohl ich mich noch so lange mit Zygmunt über seine Lieblingspferde unterhalten hatte, fühlte ich mich ausgeschlafen und frisch. Die Felder und Auen leuchteten in einem sanften Grün, der Weizen stand schon hoch und würde bald geerntet werden müssen. Seufzend wendete ich mich dem Feuer zu, um noch ein paar Holzstücke nachzulegen. Es glomm nur noch sanft, aber bald züngelten wieder die Flammen und es flackerte fröhlich vor sich hin.

»Hier, die habe ich für euch gesammelt.« Zygmunt war plötzlich wie aus dem Nichts neben mir aufgetaucht und hielt mir einen Topf Heidelbeeren unter die Nase.

Überrascht sah ich ihn an. »Mmmh, lecker, wo hast du denn die gefunden?« Ich konnte der Versuchung nicht widerstehen und stibitzte mir ein paar.

»Wunderbar, das passt perfekt für unser Frühstück!« Finn, der sich mittlerweile aus seiner Decke geschält hatte, schnappte mir den Topf einfach vor der Nase weg und stellte ihn auf seinen Gaskocher, wo er die Beeren mit etwas Zucker zu einem schmackhaften Aufstrich zubereitete. Von Müdigkeit keine Spur.

»Ich hab schließlich einen Stern zu verlieren«, ulkte er, als Zygmunt nicht schlecht darüber staunte, dass er sich mitten in der Wildnis so viel Mühe mit dem Essen gab. »Und wir haben Zeit! Kein Vergleich zur Hektik der Küche, wenn dreißig Feriengäste alle gleichzeitig Scholle satt haben wollen …«

Finn biss herzhaft in seinen Marmeladen-Burger, den er sich aus drei Keksen gebaut hatte, und rollte genussvoll die Augen. Nur ich wusste, dass er jetzt tausendmal lieber in seiner Küche gestanden hätte, als hier unter freiem Himmel kreative kulinarische Experimente durchzuführen. Wenn wir jemals wieder zu Hause wären, würde ich seinen Eltern davon erzählen müssen, wie toll sich Finn mit den heimischen Kräutern auskannte. Ich hatte bisher keinen Tag erlebt, an dem wir nicht etwas Leckeres, Schmackhaftes gegessen hätten, ob es jetzt Vogelmierensalat war oder Löwenzahn-Pesto für die Nudeln. Bei unserer Einkaufswagenbeutetour hatten wir allerfeinste Gewürze ergattert sowie Öl und Fleur du Sel, laut Finn unentbehrliche Küchenbasics. Ich konnte nur hoffen, dass die Kartusche seines Gaskochers noch eine Weile halten würde. Insgeheim dankte ich ihm für seine Eingebung, ihn überhaupt in unserer nächtlichen Eile eingepackt zu haben.

Wie lange waren wir jetzt eigentlich schon unterwegs? Es kam mir vor wie eine kleine Ewigkeit, dass wir uns mitten in der Nacht davongeschlichen hatten, heimlich vom Hof geritten waren. Und war es nicht erst gestern gewesen, dass wir uns in der Scheune wie ein altes Ehepaar eine Wohnzimmereinrichtung mit Strohballen eingerichtet und im Einkaufszentrum die Körbe leer geklaut hatten? Jetzt, nachdem ich mich wieder trocken und warm fühlte, schämte ich mich für meine Gedanken von gestern. Wie hatte ich nur aufgeben wollen! Das hier war das Abenteuer meines Lebens, es fühlte sich frei und großartig an und ich wollte nicht eine Minute davon verpassen.

»Wie lange wollt ihr das denn noch durchziehen?«, fragte Zygmunt, als könnte er meine Gedanken lesen. »Eure Leute werden euch vermissen! Ein Wunder, dass sie noch keine Suchtrupps losgeschickt haben!«

Ich dachte an den Zeitungsartikel. »Äh, sie werden beruhigt sein, weil wir zu zweit unterwegs sind und ganz bestimmt aufeinander aufpassen ...« Ich grinste schief in Finns Richtung, der zustimmend nickte, bevor er erklärend ergänzte: »Meine Mutter lebt in ständiger Angst, dass mir etwas passieren könnte, irgendwann fällt ihr vor lauter Schwarzseherei noch mal der Himmel auf den Kopf!« Finn seufzte. Er hatte keine Lust, an seine anstrengende Mutter zu denken. Und gleichzeitig wusste ich genau, dass er ein megamäßig schlechtes Gewissen wegen ihr hatte.

»Wo willst du als Nächstes hin?«, fragte ich Zygmunt, um vom Thema abzulenken.

»Ich bin auf dem Weg zum Brinkumer Hof. Die Besitzerin dort braucht jemanden, der sich ums Haus und die Tiere kümmert.« Zygmunt grinste von einem Ohr zum anderen und ich war mir nicht ganz sicher, wie er das meinte. Aber es schien ein guter Job für ihn zu sein.

»Du hast wenigstens eine Perspektive!«, seufzte Finn und pickte die letzten Krümel auf. »Wir haben nur noch Salzbutter ...«

»Jetzt tu dir mal nicht so leid!«, schnauzte ihn Zygmunt an. »Du kannst jederzeit zurück!«

»Kann ich nicht! Dann verkaufen sie Morango ...«

»Aber Abhauen ist die Lösung, was? Wollt ihr für immer auf der Flucht sein?« Zygmunt wirkte aufgeregt, als er das sagte. Und ich überlegte, von wem ich diese Worte schon mal gehört hatte.

»Im Moment: ja!« Finn hielt seinem Blick stand. »Und zwar so lange, bis unsere Eltern einsehen, dass wir unsere Pferde behalten dürfen.«

»Und was steuerst du dazu bei außer Forderungen?«

Erstaunt schaute ich Zygmunt an. Solch eine heftige Reaktion hätte ich dem schmalen Mann gar nicht zugetraut. Er wirkte so sanftmütig und zugewandt, seiner leisen Stimme hätte ich stundenlang lauschen können. Andererseits: Im Umgang mit Zuchthengsten durfte man wohl auch nicht zimperlich sein und an der Art und Weise, wie er vorhin Hauke von den Keksen weggescheucht hatte, konnte man seine Entschlossenheit merken.

»Wir arbeiten«, antwortete Finn würdevoll, nachdem er dreimal durchgeatmet hatte. »Und zwar hart. In der Hochsaison manchmal bis zu zehn Stunden am Tag, das ist mehr, als Jugendlichen in unserem Alter erlaubt ist. Aber in Familienbetrieben ist es üblich, dass jeder mit anpackt.« Finn hatte sich aufgerichtet, er war locker einen Kopf größer.

Zygmunt nickte und schien amüsiert, als hätte er mit Finns Antwort schon gerechnet, sie sogar absichtlich mit seiner Frage herausgekitzelt. Dann sagte er: »Vielleicht ist es ja eine gute Idee, wenn ihr mit mir kommt, auf den Brinkumer Hof. Da könnt ihr zeigen, was in euch steckt, ihr helft mir, ich helfe euch. Was meint ihr?«

Finn und ich wechselten einen überraschten Blick, bevor wir freudig zustimmten. Wir waren uns nie so einig wie in jenem Moment.

Wir fragten nicht, woher Zygmunt den Weg so gut kannte und warum er heimlich durch den Wald schlich, anstatt den Bus zu nehmen. Aus irgendwelchen Gründen schien es ihm sicherer zu Fuß und so liefen wir keine Stunde später gemeinsam los, nachdem wir die Feuerstelle ordentlich mit Sand gelöscht und unsere Sachen verstaut hatten. Wir führten Hauke und Morango am langen Zügel hinter uns her. Im Gegensatz zu gestern Abend war Zygmunt nicht zum Reden aufgelegt, sondern schwieg vor sich hin, während wir gefühlte zwanzig Kilometer zurücklegten, ohne eine Pause zu machen. Der Fußmarsch war für mich ungewöhnlich lang, mir fehlte schon jetzt die Freiheit, einfach loszugaloppieren, und ich fragte mich, ob es wirklich die richtige Entscheidung gewesen war, mit Zygmunt mitzugehen. Wir würden zwar Kost und Logis frei haben, aber war es das wert, wenn man dagegenhielt, dass uns wieder ein Erwachsener sagte, was wir zu tun und zu lassen hatten? Wie ich missmutig hinter Morango und Finn hinterherstapfte, überkamen mich da so meine Zweifel.

Endlich, endlich zeigten sich die ersten Häuser in einigen Hundert Metern Entfernung und wir mussten nicht lange rätseln, wohin es ging, als sich ein heruntergekommenes Hofgut auf der Anhöhe zeigte. Hauke wieherte den Ponys auf der Weide entgegen, ein Esel schickte ein lautstarkes Iah zurück.

Zu unsrer Überraschung begrüßte uns eine hagere ältere Dame, die sich als Oma Brinkum vorstellte. Nach Zygmunts Andeutungen hatten wir ja mindestens mit seiner jüngeren Freundin gerechnet und keiner mit schlohweißen Haaren. Aber die beiden fielen sich wie alte Bekannte jubelnd um den Hals.

»Schau mal, Marie, ich habe Verstärkung mitgebracht«, stellte uns Zygmunt vor. »Die beiden machen eine Pferdewanderung und hätten nichts dagegen, hier mit anzupacken – wenn sie dafür umsonst wohnen dürfen, ihre Pferde natürlich auch.« Er zwinkerte uns verschwörerisch zu. Oma Brinkum würde also zunächst nicht die Wahrheit über unsere Flucht erfahren.

»Wunderbar! Ich kann hier jede Hilfe gebrauchen.« Oma Brinkum begrüßte uns überschwänglich, bevor sie Hauke und Morango ausgiebig den Hals klopfte und fachmännisch begutachtete.

Finn und ich wechselten einen überraschten Blick. Das klappte ja besser als erwartet.

»Sehr gerne«, beeilte ich mich zu sagen. »Was sollen wir tun?«

Da brach Zygmunt in schallendes Gelächter aus. »Frage besser: Wo sollen wir anfangen?! Der Hof ist eine einzige Baustelle ... Oma Brinkums Sohn hat alles verkommen lassen. Wir fangen sozusagen bei null an, wenn der Pferdehof wieder das werden soll, was er einmal war.«

»Jetzt erst mal rinn in die Stuv, ich mach uns was zu essen. Arbeiten können wir später«, sagte sie energisch. »Labskaus?«

»Ich komme mit helfen«, rief Finn eilig und lief ihr hinterher. Wenn Finn etwas nicht leiden mochte, dann war es dieses norddeutsche Matsche-Gericht aus Rote Bete, Kartoffeln, Matjes, Gurken und Äpfeln.

Ich grinste in mich hinein, während ich unsere Sachen in den Flur schleppte. Finn würde die alte Dame schon noch davon überzeugen, ihm Kühlschrank und Herd zu überlassen und mit der Roten Bete etwas anderes zu zaubern. Unterdessen ließ ich mir von Zygmunt die Stallungen zeigen.

»Ist das schön hier!«, seufzte ich. Auch wenn an der Fassade der Putz bröckelte und die Türen dringend einen neuen Anstrich gebraucht hätten, wirkte der Hof immer noch stolz und prächtig, die roten Dachziegel glänzten in der Sonne. Das Anwesen war großzügig angelegt, die Weiden und Koppeln weithin einsehbar und von Holunderbüschen und Bauernrosen umgeben.

»Bist du öfters hier?«, fragte ich. »Woher kennst du Oma Brinkum?«

Zygmunt nickte. »Ein Bekannter hat mir von dem Anwesen erzählt und dass die Dame Unterstützung braucht ... seitdem helfe ich, wo es geht. Und vielleicht kann ich bald hier leben, das wäre schön.«

»Und wo sind die Pferde?«

»Weg.«

»Wie, weg?«

»Na, verkauft, verstorben, verschwunden ... es kommen auch längst keine Gäste mehr.« Zygmunt zuckte mit den Schultern und seufzte. »Nur eine einzige Stute ist noch hier. Oma Brinkum hat den Hof lange Zeit gemeinsam mit ihrem Mann bewirtschaftet, es gab Hühner, Kühe, Schweine. Und jede Menge Pferde natürlich, der Brinkumer Hof war bekannt für seine Gastfreundschaft und die Boxen geräumig. Zahlreiche Städter kamen Jahr für Jahr hierher, um sich zu erholen, ihren Pferden Auslauf in der wunderschönen Natur zu gönnen.«

Wie auf dem Friesenhof, dachte ich und fühlte mich sofort wie zu Hause. Finn auch, denn er lehnte sich gemütlich in seinem Sitz zurück.

»Gleichzeitig kümmerte sie sich um die Pferdezucht, hatten nicht viele, aber pro Jahr eine Handvoll hübscher Fohlen, allesamt mit Auszeichnung und Papieren. Aber dann verstarb Oma Brinkums Mann, ihr Sohn übernahm die Geschäfte und führte den Hof in den Ruin. Ich traf sie zufällig auf einer Auktion, auf der sie ihre Zuchtstute zum Versteigern angeboten hatte, und erfuhr von ihrer Geschichte – irgendwie passt sie zu meiner. Da wurden wir Freunde.« Zygmunt lächelte zaghaft. »Ich konnte sie überreden, Malina nicht zu verkaufen und noch mal ihr Glück in der Zucht zu versuchen. Jetzt sind wir auf der Suche nach einem passenden Mann für Malina, wenn du verstehst.«

Langsam, ganz langsam war bei mir während seiner Worte ein Licht nach dem nächsten aufgegangen. Hauke war Arabisches Halbblut mit den allerbesten Voraussetzungen, das hatte Zygmunt mit seinem Pferdeverstand sofort bemerkt. Deswegen hatte er uns aufgesammelt, deswegen hatte er Hauke so ausführlich begutachtet, deswegen durften wir länger als eine Nacht hier sein.

»Ist das ein Antrag?«, fragte ich keck zurück und wurde glatt rot dabei.

»Wenn du es so willst, ja!« Zygmunt grinste breit. »Dein Hauke hat hervorragende Eigenschaften, Kraft und Ausdauer, feingliedriger Körperbau, mehr als fünfzig Prozent Araber-Anteil, damit züchtest du erstklassige Reitpferde. Und genau die benötigen wir hier!«

Ich brauchte einen Moment, um zu verstehen. Hauke als Deckhengst, daran hatte ich noch nie gedacht! Zwar waren in meinen Zukunftsträumen als Pferdewirtin jede Menge Fohlen über die Weide galoppiert, aber nie eins von Hauke. Auf die Idee hätte ich ja längst mal kommen können! Denn als Deckhengst würde Hauke neben Ruhm und Ehre auch Geld für den Friesenhof verdienen. Während ich meine Gedanken sortierte, machte sich ein fettes Grinsen in meinem Gesicht breit. Endlich hatte ich ein Argument gefunden, um Isodora und Piet davon zu überzeugen, dass Hauke doch auf dem Friesenhof bleiben musste. Jetzt brauchten wir nur noch eine gute Lösung für Morango. Und Hauke müsste mit seinem neuen Job einverstanden sein, das schien mir das größte Problem, eigensinnig, wie er nun mal war.

»Ganz so einfach wird das nicht gehen«, meinte auch Zygmunt, als ich ihm meine Bedenken mitteilte. »Nicht jede Stute lässt sich besteigen. Und nicht jeder Hengst will jede Stute – es ist eben wie im richtigen Leben. Na, wir werden sehen. Ich zeige dir jetzt erst mal das Anwesen.« Jetzt war er es, dem ein breites Grinsen im Gesicht stand.

Das Haus war atemberaubend schön, ein altes Gutshaus aus dem vorletzten Jahrhundert und dafür, dass es so lange leer gestanden hatte, erstaunlich gut in Schuss. Abgesehen von unzähligen Spinnweben und Staubwolken wirkten die Räume hell und freundlich. Die Betten waren ordentlich abgedeckt, die Schränke so alt, dass sie wieder modern wirkten. Ganz anders als auf dem Friesenhof, der viel schäbiger wirkte mit seinen alten Teppichen und vergilbten Tapeten. Hier müssten einfach nur die Wände gestrichen und ordentlich durchgeputzt werden, dann wäre alles wieder frisch und bezugsfertig.

»Ihr könnt euch ein Zimmer aussuchen, alle mit Waschbecken, Klo und Dusche … Müsst ihr euch nur noch herrichten, mit Wäsche und so«, meinte Zygmunt und zeigte auf ein Schlüsselbrett, an dem zehn Nummern hingen.

Ich schluckte. Genauso eins hatten wir auf dem Friesenhof. Nur dass wir blaue statt rote Anhänger hatten – für Zimmer, die inzwischen vom Wasser komplett zerstört waren. Mir blieb keine Zeit für Sentimentalitäten, denn in diesem Moment begann draußen ein atemberaubender Lärm, gefolgt von Geschnatter und Gemecker.

»Oh, ich hab vergessen zu erzählen, dass wir noch ein paar Mitbewohner haben«, meinte Zygmunt und zog mich an der Hand schnell nach draußen. Der Anblick, der sich mir bot, war zum Piepen, vergessen waren die traurigen Erinnerungen an zu Hause: Mitten auf dem Hof stand ein extrem kleiner, verhutzelter Esel und schrie aus Leibeskräften sein Iah! Und zwar weil ihm ein Ziegenbock vor seiner Nase den Weg versperrte, der wiederum empört zurückmeckerte, es hörte sich an wie ein Streitgespräch, voller Vorwürfe und Ausrufezeichen. Dazwischen flatterten ein paar Hühner und Gänse, als wüssten sie nicht, auf wessen Seite sie stünden, ein Hängebauchschwein stand stumm daneben.

»Besser, du gewöhnst dich dran, das machen die jeden Abend so«, kicherte Zygmunt. »Dauert exakt neunzig Sekunden, dann ist der Spuk vorbei und das Hängebauchschwein Bifi tanzt Beifall.«

»Und wieso machen die das?« Ich hielt mir lachend die Ohren zu.

»Weil Plitsch und Plum beim Zirkus waren, Bifi ist ihr größter Fan. Das war ihre Show-Nummer: sich anblöken wie die Weltmeister! Pass auf, was gleich passiert.«

Gespannt wartete ich, während das Gemecker und Geschnatter und Iah immer lauter wurde und sich Hühner und Gänse um sie scharten. Mit einem Mal machte Plitsch, der Esel, eine Verbeugung, drehte sich einmal um die eigene Achse, um dann beleidigt davonzuschreiten, dabei trat er mit jedem Schritt elegant nach hinten aus. Plum, der Ziegenbock, blieb wie angewurzelt stehen, dann stürzten sich die »Damen« auf ihn – und mit ihnen auf dem Rücken schritt er würdevoll mit erhobenem Kopf in die entgegengesetzte Richtung davon, während Bifi auf der Stelle tänzelte und sich in den Hüften wiegte.

»Die sind ja wohl zum Schießen«, kicherte Finn, der mit

vorgebundener Schürze aus dem Haus dazukam. »Damit können wir ja glatt Geld verdienen!«

»Zum Glück nicht mehr«, meinte Oma Brinkum, die mit einer Schüssel voller Grünzeug Richtung Stall marschierte. »Die Tiere, die wir hier zu Gast haben, dürfen einfach nur ihr Leben genießen.«

»Oma Brinkum ist grenzenlos sentimental, wenn es ums Alter geht, nicht wahr, Marie?« Zygmunt grinste sie an.

»Nur weil der liebe Zygmunt keine Ziegen mag«, kicherte Oma Brinkum und kraulte Plum unterm Kinn, was dieser sichtlich genoss. Auch Plitsch war unterdessen wieder angetrottet gekommen und forderte seine Streicheleinheiten, Bifi drängelte sich dazwischen.

»Der ist ja der Hammer!«, rief Finn und hielt Bifi ein Stück Rote Bete unter die Nase. »Na, magste?« Aber bevor das Hängebauchschwein sich auch nur einen Millimeter bewegt hatte, hatte Plitsch zugeschnappt.

Plitsch mochte alles. Wie sich herausstellte, war nichts vor ihm sicher, kein Blatt, kein Teller. Weder eingelegte Gurke noch Käsewürfel oder die liebevoll dekorierte Salatplatte. Plitsch mochte Erdbeermarmelade und Pumpernickel, Labskaus (da war er der Einzige außer Oma Brinkum) und Bohnensuppe, die Variante mit dem Schnaps, versteht sich. Schnell hatte ich mich daran gewöhnt, nichts Essbares herumliegen zu lassen. Nicht im Stall, nicht in der Küche und auch nicht in unserem Zimmer. Denn der kleine Esel genoss im Haus Narrenfreiheit und war einfach überall, er war Oma Brinkums Maskottchen. Anders als Bifi, der sich nur bewegte, wenn er Beifall tanzen musste, und ansonsten einfach nur faul und träge in der Gegend herumstand. Plitsch dagegen war immer und überall unterwegs.

Konnte sein, dass du aus der Dusche kamst – und Plitsch stand mit ausdrucksloser Miene neben deinem Handtuch. Konnte sein, dass du frühmorgens noch völlig verschlafen die Tür öffnetest – und Plitsch stand davor, als hätte er die Nacht über auf deinen Schlaf aufgepasst.

Finn und ich hatten uns rasch an seine Gegenwart gewöhnt und auch an seine ungewöhnlichen Pupse, die er hin und wieder fahren lies, laut und stinkend, als wäre er zwei Meter groß und nicht bloß neunzig Zentimeter. Weniger schnell fanden wir uns in den Arbeitsrhythmus von Zygmunt und Oma Brinkum ein. Nicht, weil wir nicht helfen wollten und die beiden schon in aller Herrgottsfrühe bei der Arbeit waren. Sondern weil wir grandios tief und fest in den alten, herrschaftlichen Betten schliefen und vor neun Uhr gar nicht aus den Federn kamen. Ich nicht und Finn sowieso nicht.

Die beiden musterten uns jedes Mal mit amüsiertem Blick, wenn wir an den Frühstückstisch getrottet kamen und uns Kaffee einschenkten, wo sie dann bereits zum *Fofftein* saßen wie jeden Vormittag und für eine Viertelstunde Pläne für den Tag schmiedeten. Sollten sie denken, was sie wollten, wir fanden es großartig, einfach nur nebeneinander einzuschlafen und aufzuwachen, uns zu spüren und füreinander da zu sein. Ein völlig neues Gefühl hatte mich ergriffen, ich ließ mich hineinstrudeln und genoss jeden Moment in Finns Armen, die mich warm und zärtlich umschlossen.

So, wie in den vergangenen Tagen auch. Mit dem komfortablen Unterschied einer gemütlichen Matratze. Die Sterne fehlten mir trotzdem.

13

Nicht alle Tieren auf dem Gnadenhof ging es so gut wie Plitsch und Plum. Oma Brinkum hatte in den vergangenen Monaten einfach wahllos Tiere aufgenommen und die meisten sich selbst überlassen, nachdem ihr Sohn sich davongemacht hatte. Auch wenn sie eine rüstige und hellwache Dame war, schien sie mit den vielen Tieren überfordert, mal ganz zu schweigen davon, dass an allen Ecken Geld fehlte.

»Wir müssen uns dringend um all die Ponys, Ziegen und Esel kümmern, bevor uns jemand den Tierschutzverein auf den Hals schickt«, sagte Zygmunt am nächsten Morgen mit besorgter Miene, als wir über den Hof liefen. »Ich habe vorhin alle Tiere auf die Koppel getrieben. Am besten machen wir uns eine Liste und entscheiden, was zu tun ist.« Er schaute mich an, als wolle er sagen: Mach mal, du als Mädchen hast doch sicher eine schöne Schrift.

»Geht klar«, meinte Finn. »Noch besser wären Fotos, dann haben wir eine bessere Übersicht.«

»Gute Idee.« Zygmunt nickte ihm anerkennend zu. Doch dann wurde er gleich wieder ernst. »Ich fürchte, für zwei, drei der Tiere ist es zu spät ... Oma Brinkum hat sich bei aller Liebe nicht um alle richtig kümmern können. Der letzte Tierarztbesuch ist auch schon eine Weile her. Na kommt, machen wir uns an die Arbeit, bevor es ganz zu spät ist.«

Während Finn mit meinem Smartphone Bilder knipste und in einer Kladde sämtliche Informationen notierte, half ich Zygmunt bei den Untersuchungen. Der erfahrene Pferdemensch hatte nicht übertrieben und seiner besorgten Miene nach zu urteilen, sah es für einige Tiere noch schlechter aus als befürchtet.

»Jerry, Alter schätzungsweise acht, Stockmaß ein Meter und eins, Shetlandpony, schwarz-weiß gescheckt. Ich glaube, der war mal der erste Preis irgendwo, das hat Oma Brinkum erzählt, und die Besitzer wussten nicht, was sie mit ihm anfangen sollen.« Zygmunt guckte Jerry ins Maul, fuhr prüfend seine Fesseln entlang und horchte mit seinem Stethoskop Herz und Lunge ab. »Also, Finn, schreib bitte mit: ist abgemagert, hat Parasiten, ansonsten okay. Jerry braucht eine spezielle Wurmkur. Er kommt drei Tage in die Box.«

Zygmunt ließ Jerry wieder frei. Ich hatte mittlerweile Leila eingefangen und brachte sie zu Zygmunt, ebenfalls ein geschecktes Shetty.

»Etwa zwölf, Stockmaß ein Meter und zehn, bakterielle Augenentzündung, Hufrehe, offene Wunde oberhalb des rechten vorderen Sprunggelenks ... okay, Leila bekommt einen Salbenverband, dreimal täglich wechseln, morgens und abends Augentropfen ...«

Nach Leila kam Domingo, ein Esel mit starkem Husten, dann zwei Ziegen, Bud und Spencer, die Ponys Sarah, Dana, Jockel ... Zygmunt diagnostizierte mit ruhiger Stimme einen Befund nach dem anderen, Finn kam mit dem Dokumentieren kaum hinterher. Mir wurde ganz schlecht, als Oma Brinkum dazukam und von den Schicksalen ihrer Schützlinge erzählte, sofern sie sich noch erinnerte. Domingo zum Beispiel hatte zwischen Hühnern gestanden und eine Federallergie entwickelt. Dana waren in einem Fuhrunternehmen solch schwere Lastensäcke aufgepackt worden, dass ihr Rücken völlig durchgebogen schien und sie vor Schmerzen kaum noch stehen, geschweige denn gehen konnte.

Manche Tiere waren hier einfach abgeliefert worden, weil sich längst herumgesprochen hatte, dass die alte Brinkum ein Herz für Tiere hatte und ihr heruntergewirtschaftetes Anwesen als Gnadenhof zur Verfügung stellte. Ich fragte mich, von welchem Geld Zygmunt die Medikamente bezahlen wollte, die er gerade akribisch genau auflistete. Oma Brinkum hatte kein Hehl daraus gemacht, dass sie keins hatte. Aber dieser Mann, der sich mitten in der Nacht zu uns ans Feuer gesetzt hatte, schien entschlossen und würde schon die richtigen Mittel und Wege finden, um Oma Brinkums Schützlinge zu retten. Wir mussten ihm einfach nur vertrauen.

Was hatten die Tiere alle für ein Glück, hier zu sein! Ich nahm mir vor, gleich nach der Untersuchung ihre Boxen herzurichten und alles dafür zu tun, damit sie rasch wieder gesund werden konnten.

»Diese Shetty-Stute hier heißt Lucy ... ihre Hufrehe kriegen wir in den Griff, aber ich fürchte, sie hat etwas am Magen, ganz sicher einen Tumor. Sie frisst kaum, verdaut sehr langsam und befindet sich in einem sehr schlechten Allgemeinzustand.« Zygmunt tastete an ihrem Bauch herum, die Stute wich vor Schmerz sofort zur Seite. Er seufzte, bevor er sagt: »Wir werden dich erlösen, was, meine Gute?« Dabei kraulte er der armen Lucy liebevoll den Schopf. Sie stand mit hängendem Kopf da, als hätte sie längst Abschied von dieser Welt genommen. Mir traten die

Tränen in die Augen, sofort hatte ich das Bild von Bijke vor Augen, wie sie damals mit dem Kopf in meinen Armen friedlich verstorben war.

Außer Lucy musste Finn noch Diego und Darius auf die Erlöserliste schreiben, was er mit grimmiger Miene erledigte. Vor Jahren hatte er miterleben müssen, wie bei einem Turnier ein Pferd so schwer gestürzt war, dass seine Besitzerin es an Ort und Stelle hatte einschläfern lassen. Bis heute ist Finn der festen Überzeugung, die Stute hätte gerettet werden können, wenn sich ihre Besitzerin für eine Behandlung entschieden hätte, die allerdings kosten- und zeitintensiv gewesen wäre. Finn hasste es, wenn Tiere getötet werden mussten, und ich konnte nur hoffen, dass uns Zygmunt nicht zum Assistieren anheuerte. Wie sich später herausstellte, erledigte er diese Angelegenheit diskret auf seine Weise, indem der den Tieren in den späten Abendstunden einen Gnadenschuss verpasste. Wir fragten nicht, woher er die Waffe hatte.

»Also, Liv kümmert sich um die Boxen, fegen, säubern, tränken, auswischen ... damit die Patienten hier ihr Lager beziehen können«, teilte Zygmunt uns jetzt klar die Aufgaben zu. »Und du, Finn, machst jeweils Zettel an die Türen, damit wir die Fakten parat haben. Alles klar?«

»Und was ist mit Hauke und Morango?«, fragte ich. »Die brauchen Futter.«

»Woher nehmen, wenn nicht stehlen?« Zygmunt rollte mit den Augen. Er wirkte längst nicht mehr so sanft und scheu wie seinerzeit am Feuer, sondern entschlossen und klar. »Ich bin auf dem Weg zur Genossenschaft, um eine neue Lieferung zu ordern. Drückt mal die Daumen, dass sie der alten Dame noch ein paar Zentner auf die Rechnung setzen. Solange der Hof nichts erwirtschaftet, sieht's schlecht aus. Aber jetzt müssen wir uns zuerst um die Gesundheit der Tiere kümmern, alles auf einmal geht nicht. Sobald sie versorgt sind, gucken wir nach dem Rest.«

»Na, ich weiß schon, was der Rest sein wird«, ulkte Finn, als er eine Stunde später die selbst fabrizierten Schilder an den Boxentüren befestigte. »Nebenan in der Scheune stehen drei wunderschöne alte Kutschen, die müssen nur geputzt und auf Vordermann gebracht werden, dann kann er hier Ausflugsfahrten anbieten. Piet hätte seine helle Freude daran!«

Ich schluckte. Musste er ausgerechnet jetzt von Piet anfangen, wo ich all unseren Ärger und Trouble vor lauter Arbeit vergessen hatte? Ich wollte nicht daran erinnert werden! Längst hatte ich ebenfalls verdrängt, dass wir Mareike eine Nachricht versprochen hatten. Doch da hörte ich Finn schon sagen, als ob er meine Gedanken lesen konnte:

»Heute Abend schreiben wir Mareike. Noch besser: Wir rufen sie an, dann können wir ihr erzählen, wie gut wir es hier getroffen haben.«

»Und du glaubst im Ernst, sie verrät uns nicht?« Ich guckte meinen besten Freund und Kumpel zweifelnd an und überlegte schon, ob ich mein Handy später eventuell nicht finden würde ... Manchmal wusste ich nicht, was ich von ihm halten sollte. Einerseits wirkte er so verantwortungsvoll, umsichtig und fürsorglich, dass man ihn knutschen wollte, andererseits so naiv wie ein Austernfischer. Mareike war der liebste Mensch unter der Nordseesonne, so viel war klar. Aber sie war mit ihrem guten Herzen meiner besorgten Tante Isodora ausgeliefert, die sie garantiert täglich nach Nachrichten von mir auspresste wie eine Zitrone.

Außerdem hörte ich jetzt schon Mareikes Worte in meinem Ohr: »Wenn ihr dort rackert wie die Ackergäule, könnt ihr auch auf dem Friesenhof die Zimmer wieder instand setzen.« – »Würden wir ja gerne, meine Liebe!«, antwortete ich ihr im Geiste, »wenn wir dafür Hauke und Morango behalten dürften.« Ich beschloss: Es war besser, erst mal nicht mit ihr zu sprechen.

»Morgen reiten wir mal wieder aus, was, mein Guter?«, sagte ich zu Hauke und holte mir meinen vertrauten Nasenstüber ab. Zwischen Ausmisten und Einstreuen und Krankenstation aufbauen hatte ich mich fix zu ihm in seine Box gestohlen. Es gab viel zu tun – ich hätte gerne mehr Zeit für meinen Liebling gehabt.

Aus dem versprochenen Austritt wurde dann leider nichts, weil es am nächsten Tag wie aus Wassersprengern regnete. Zudem hatten wir mit unserer Pflegestation alle Hände voll zu tun, weil die Herren Plitsch und Plum sich weigerten, *nebeneinander* in der Box zu stehen, und Plum in einer Tour meckerte. Dass uns außerdem ständig fünf Katzen zwischen den Beinen herumstromerten, die wir noch nicht einmal namentlich getauft hatten, machte die Sache nicht besser.

»Oh Mann, kann der nicht mal aufhören! Wie soll ich da Jerry die Wurmkur verpassen«, stöhnte Finn.

»Musst halt früher aufstehen«, meinte Zygmunt lapidar, der gerade mit sorgenvoller Miene Domingo die Lunge abgehört hatte. »Ob das jemals besser wird? Sobald die Hufrehe verschwunden ist, kommt dieser Kerl hier auf die Weide und an die frische Luft, egal, ob es regnet, stürmt oder schneit.«

»So langsam geht er mir mit seinen Ansagen auf den Zeiger«, meinte Finn, nachdem Zygmunt wieder nach draußen auf den Hof verschwunden war, wo er sich am Traktor zu schaffen machte. »Spielt sich auf wie der Gutsbesitzer himself, dabei gehört ihm hier gar nichts.«

»Jetzt noch nicht, aber bald.« Rasch erzählte ich Finn von seinen Zuchtplänen und dem Deal, den er offensichtlich mit Oma Brinkum hatte, die ihm über alle Maße zu vertrauen schien.

»Eine Zucht mit Malina?« Finn war zu der grazilen Araberstute in die Box getreten, die ihm temperamentvoll entgegenschnaubte.

»Sie ist Haukes Auserwählte ...«

»Wenn das Mareike wüsste!«

»Wie kommst du denn jetzt auf Mareike?!«

»Erinnerst du dich nicht daran, dass sie immer Hochzeit mit Hauke und Zara spielen wollte, aber deine Tante es verboten hat, weil sie keine ›Unzucht‹ auf ihrem Hof wollte?«

»Stimmt, das hatte ich glatt vergessen!« Es muss in dem Sommer, als wir zwölf waren, gewesen sein, als sie ihren Sexfimmel hatte. Mareike hatte gerade ihre Periode bekommen und interessierte sich plötzlich für alles, was mit Fortpflanzung und Geschlechtsverkehr zu tun hatte. Auch bei Pferden. Damals fanden Finn und ich das sehr befremdlich, obwohl wir aufgeklärt waren und uns schon mehrfach in den Dünen nackt gesonnt und alles von uns gesehen hatten. Aber Wallache und Hengste hatten einfach unglaublich lange Pimmel und davon waren wir sehr beeindruckt, vor allem, wenn Hauke sein Ding ausfuhr.

Mareike fand das im Gegensatz zu uns nicht befremdlich, sondern guckte mit Begeisterung zu, auch wenn Kusmi oder Luigi pissen mussten. Damals wollte sie unbedingt, dass Hauke Zara bestieg, und ich kann mich noch gut daran erinnern, wie wir die beiden zusammengeführt hatten, um ihrer Hochzeit beizuwohnen. Blöd war nur, dass Zara Hauke nicht gleich an sich ranließ und ihn mit Tritten verscheuchte. Und Hauke, ganz beleidigter Macho, zeigte dann gar kein Interesse mehr, als sie sich dann wieder bei der nächsten Gelegenheit an ihn heranmachen wollte.

»Hoffentlich mag Malina Hauke«, sagte ich und streichelte der zauberhaft schönen Stute zärtlich über ihre Nüstern. Sie schien jedes Wort über ihren künftigen Bräutigam mit angehört zu haben, so aufmerksam, wie ihre Ohren spielten, und er wäre ein Idiot, wenn er sich die Chance entgehen ließe – Malina war ein Traumpferd. Sie war nicht nur gut gebaut wie aus dem Lehrbuch, sondern überaus warm und freundlich im Charakter mit wachen Augen und aufmerksamem Geist.

»Hoffentlich mag Hauke Malina ...« Finn griff nach meiner Hand. »Und hoffentlich rückst du jetzt mal den Code von deinem Handy raus, damit wir Mareike, wie versprochen, schreiben können. Die Fotos muss ich auch noch herunterladen, keine Ahnung, ob es in diesem Haus überhaupt einen Computer gibt.«

»Also gut, du Nervensäge!« Ich drückte Finn einen Kuss auf die Wange. »Hier, damit du endlich Ruhe gibst. 4-1-3-5«, sagte ich und drückte ihm mein Smartphone in die Hand. »Jetzt schau halt nach, ob sie einlenken. Und dann lösch alles«!

Wir hatten uns auf einen Strohballen gesetzt und schauten dem Regen zu. Pling, pling, pling, vermeldete mein Handy. Finn schaute mich an und grinste.

»Da steht nur, wir sollen uns melden … sie machen sich Sorgen … wir sollen zurückkommen. Kein Wort davon, dass wir die Pferde behalten dürfen. Also, löschen?«

»Löschen.« Ich nahm ihm das Teil aus der Hand, drückte ein paar Tasten, dann schrieb ich meiner Mutter folgende Zeilen:

Liebe Camilla, ich bin okay und in Sicherheit. Hauke, Finn und Morango sind bei mir. Wir kommen erst wieder, wenn unsere Pferde bleiben dürfen. Bis bald, Liv

Denselben Text schickte ich noch mal an Isodora und an Finns Mutter.

Als wir Mareike von unserer aktuellen Situation schrieben, rief sie sofort zurück.

»Ihr seid ja der Hammer! Hauke als Zuchthengst, ich dreh durch«, schrie sie ins Telefon und ich musste noch nicht mal auf Lautsprecher stellen, Finn verstand auch so jedes Wort.

»Krieg dich wieder ein!«, rief Finn. »So aufregend ist es hier auch wieder nicht, wir müssen auch ganz schön ackern dafür.« Rasch erzählte er von der Krankenstation und dass der Brinkumer Hof eine Art Gnadenhof geworden war.

»Arbeit gibt's hier auch genug«, antwortete Mareike. »Die Häuser in Töwerhaven sind wieder picobello, aber am Hafen sind sie noch lange nicht fertig. Euer Haus …« Mareike stockte. »Also, euer Haus mussten sie abreißen, weil die Mauern zu nass waren. Offensichtlich haben die schon länger Grundwasser gezogen, es war nur eine Frage der Zeit. Da war nichts mehr zu machen, leider.«

Finn setzte sich in Zeitlupe auf einen Strohballen. Er war kalkweiß im Gesicht. »Und meine Eltern und Marlene, wo wohnen die jetzt?«, fragte Finn heiser, ich drückte mitfühlend seine Hand. Finn hatte kein Zuhause mehr! Das war ja noch viel schlimmer, als Morango zu verkaufen.

»Haltet euch fest!«, rief Mareike. »Das glaubt ihr nicht!«

Finn und ich guckten uns an und ich rollte die Augen. Manchmal konnte einem meine beste Freundin mit ihrem Gequassel wirklich auf den Geist gehen.

»Jetzt sag schon!«

»Sie wohnen auf dem Friesenhof.« Mareike antwortete langsam und genussvoll, damit wir auch ja jedes Wort kapierten.

»Friesenhof?«

»Irgendwas ist da im Busch, aber sie rücken nicht raus mit der Sprache, was das alles soll, sie hocken von morgens bis abends über irgendwelchen Plänen, rechnen, zeichnen, diskutieren. Deine Mutter, Liv, ist auch da.«

»Camilla?« Ich schrie es fast. Jetzt hatte ich die Fragezeichen in der Stimme und Finn drückte meine Hand. »Die wollte doch nie wieder länger als eine Nacht dort sein!«

»Tja, aber offensichtlich konnte sie ihre Schwester jetzt nicht im Stich lassen! Ich krieg ja nicht viel mit, aber die sind ganz schön am Ackern. Der gute Wilm kümmert sich von früh bis spät, weil Piet Hexenschuss hat und nur noch in der Ecke vor sich hin jammert.«

Ich schüttelte seufzend den Kopf und wechselte einen besorgten Blick mit Finn. Ja, so war es immer schon gewesen. Seit ich auf den Friesenhof kam, war meine Tante die Aktive, organisierte, machte und tat und mein Onkel reagierte, machte und tat, was sie sagte. Ob das jetzt seine Ausflugsfahrten waren, die Gespräche mit dem Veterinäramt oder die Organisation von Grillfesten für die Gäste, es war immer Isodora gewesen, die sich um alles kümmerte. Wenn Piet jetzt also wegen seiner Rückenschmerzen außer Gefecht gesetzt war, würde das so viel nicht ändern.

»Wilm hat auf Isodoras Geheiß hin sämtliche Ponys verkauft ...«

»Was?«, rief ich aufgebracht. »Das glaub ich nicht! Und die Lütten, wie lernen die jetzt reiten?«

»Frag mich! Aber es geht um Geld, viel Geld. Die Versicherung wird nicht zahlen, ganz einfach, weil sich Piet und Isodora all die Jahre nicht gegen Sturm und Hagel versichert haben ... Es ist zum Haareraufen, aber Wilm und Isodora tun ihr Bestes. Immerhin kommen nächste Woche endlich die Spezialisten und kümmern sich um das kaputte Reetdach. In der Zwischenzeit, oh, warte, ich muss Schluss machen, das ist Brian, der da anklopft, der ist immer noch so down und depri, schrecklich, sag ich dir. Also, meldet euch bald wieder, ja? Knutsch!« Und mit diesen Worten drückte Mareike unser Gespräch einfach weg.

»Na super«, meinte Finn. »Kapierst du, was das alles zu bedeuten hat? Meine Eltern auf dem Friesenhof? Am Ende wollen die noch gemeinsame Sache machen, deiner Tante traue ich alles zu!«

Ich nickte stumm. Was Mareike da gerade eben alles an Informationen losgelassen hatte, musste ich erst einmal verdauen. Aber Finn hatte ja noch viel mehr zu verdauen! Mitfühlend legte ich den Arm um seine Schulter und drückte ihn feste an mich, ich spürte seine Verzweiflung, die seinen Atem stoßweise gehen ließ.

Wir hatten es in den letzten Tagen vermieden, über Finns zerstörtes Zuhause zu sprechen und was die Sturmflut noch alles mit uns angestellt hatte. Wir hatten die Erlebnisse jener stürmischen Nacht einfach verdrängt, obwohl sie unser

Leben durcheinandergespült hatten und uns immer wieder einholten. Wir hatten nicht über das »Wie-geht's-weiter« geredet, sondern nur im Hier und Jetzt und für den Moment gelebt, dem Leben eine Pause verordnet – und trotzdem hatte es sich noch nie so prall und grandios und frei angefühlt wie in jener Zeit, in der wir gemeinsam auf der Flucht waren. Ich schluckte. Es war ein Fehler gewesen, mit Zygmunt ins »ganz normale« Leben zurückzukehren. Und erst recht, mit Mareike zu sprechen, ich hatte es vorher schon gewusst.

Ich lehnte meinen Kopf an Finns, ich spürte seinen stoßweisen Atem, schmeckte seine salzigen Tränen, die sich aus seinen Augen gelöst hatten und jetzt auf meine Wange kullerten.

Behutsam streichelte ich ihm über seine weichen Haare, die längst nicht mehr so strubbelig abstanden, weil sie gewachsen waren. Er würde sich bald einen Pferdeschwanz binden können, wie ich. Küsste erst sein Ohr, rutschte dann auf seine Wangen und nahm die Tränen mit meiner Zunge auf. Mein Mund rutschte tiefer, bis ich seinen traf, Finns Mund, der so viele großartige Geschichten erzählen konnte und mich zum Lachen brachte, seine Lippen so weich wie der Nordseeschaum am Strand. Ich hielt die Augen geschlossen, wusste genau, dass Finn mich jetzt anschaute, während er mir meine roten Strähnen aus dem Gesicht streichelte, bevor wir in einen endlos langen Kuss versanken und uns aneinander festhielten, als wollten wir uns nie wieder loslassen.

14

Zygmunt war es, der mit einem »Ähm-ähm« unsere Knutscherei störte.

»Ich will euch ja nicht drängeln, aber wenn ihr hier mit den Boxen fertig seid, könntet ihr euch drüben im Haus nützlich machen«, meinte er und schüttelte grinsend seinen Kopf. »Ein bisschen müsst ihr auch was tun, wenn eure beiden Pferde hier unterstehen sollen. Und ihr wollt ja auch was zu futtern, oder?«

»Schon gut, krieg dich wieder ein.« Finn hatte sich aus unsrer Umarmung gelöst und vor Zygmunt aufgebaut. »Wir ackern hier von früh bis spät, da wird eine Pause ja wohl mal drin sein.«

»Was ist denn der Plan?«, fragte ich beschwichtigend und rappelte mich ebenfalls auf. »Ich dachte, wir wollten erst mal die Stallungen in Ordnung bringen ...«

»Machen wir auch. Die Tiere stehen an erster Stelle. Aber es muss ja auch darüber hinaus weitergehen. Drinnen im Haus stehen die Farbeimer, die Zimmer müssen gestrichen und auf Vordermann gebracht werden.« Zygmunt nickte uns noch einmal zu, dann verschwand er wieder nach draußen auf den Hof, wo wir ihn kurz darauf mit dem Traktor davonknattern hörten.

»Ich würde ja gerne mal wissen, warum der so geheimnisvoll tut«, meinte Finn und widmete sich wieder der Einstreu von Jerry. »Taucht mitten in der Nacht auf einem

Feldweg auf, setzt sich einfach zu uns. Er trägt ein Gewehr bei sich und zeugt gleichzeitig von solch großer Umsicht und Pferdeverstand, ich weiß nicht. Meinst du wirklich, der kommt von diesem Gestüt in Polen? Wenn einer wie er so an seinen Tieren hängt, haut er doch nicht einfach ab und geht auf Wanderschaft.«

»Keine Ahnung, zumindest hat er mit Oma Brinkum eine Abmachung«, antwortete ich und klopfte Jerry aufmunternd auf den Hals, nachdem ich ihm eine übel riechende Paste mithilfe zweier Möhrenstücke ins Maul geschoben hatte. Allein der Geruch brachte mich zum Würgen und ich konnte nur hoffen, dass sie ihren Zweck erfüllte und der arme Jerry bald seine Parasiten los sein würde.

»Und welche Rolle spielen wir dabei?«, fragte Finn und gab mir einen Nasenstüber. »Sind wir nette Jugendliche, die sich gerne sinnvoll engagieren und helfen, wo Not am Mann ist – oder werden wir hier gerade als Sklaven ausgebeutet?«

»Wir arbeiten hier für Kost und Logis, schon vergessen? Und für eine ordentliche Dusche!«, antwortete ich und griff nach seiner Hand. »Komm, gehen wir ins Haus nachgucken, was es mit diesen Farbeimern auf sich hat. Oder wollen wir vorher eine Runde ausreiten? Hauke und Morango haben wir lange nicht mehr bewegt!«

»Lieber eine Runde küssen«, meinte Finn und verschloss sofort wunderbar zärtlich meinen Mund mit seinem. Wahrscheinlich hätten wir einen Rekord in Dauerknutschen gebrochen, hätte nicht Hauke nach einer Weile hinten auf der Weide laut gewiehert.

»Was ist da los?«, fragte ich erschrocken und löste mich augenblicklich von Finn. »Komm, wir schauen nach.«

Als wir atemlos an den Zaun traten, trabte er uns aufgeregt entgegen.

»Was ist los, was hast du gehört?«, fragte ich und kraulte ihn zwischen den Ohren, nur langsam beruhigte sich der Schimmel unter meiner Berührung.

Finn stand unschlüssig daneben und hielt Ausschau nach Morango, der seelenruhig am hinteren Ende der Weide graste.

»Da ist nix, krieg dich wieder ein, Superhengst«, meinte er zu Hauke mit einem spöttischen Grinsen im Gesicht. Er wollte Hauke aufmunternd den Hals klopften, doch der zuckte nervös vor seiner Hand zurück.

»Lass ihn! Merkst du nicht, wie aufgebracht er ist«, schnauzte ich Finn an und zog meinen Liebling ein Stück mit mir, um ihn mit einem Leckerli zu verwöhnen, das ich Zygmunt heimlich aus der Kiste geklaut hatte. Ich murmelte leise Worte und hätte mich in diesem Moment am liebsten auf seinen Rücken geschwungen, um auf und davon zu galoppieren. Endlich mal wieder raus hier! Endlich mal wieder Freiheit spüren! Doch Finn kam mir hinterher.

»Komm, lass ihn! Der beruhigt sich schon wieder. Das waren sicher nur ein paar Bremsen, die ihn genervt haben. Die Viecher sind hier aber auch einfach superlästig!« Er klatschte hektisch mit den Händen in der Luft herum, was Hauke noch mehr aufbrachte und zurückscheuen ließ.

»Hey, mal langsam! Merkst du nicht, dass du ihn aufregst!« Ich hatte Hauke immer noch nicht freigegeben und tätschelte seinen Hals.

»Und merkst du nicht, dass dein Pferd eine hysterische Diva ist?!« Finn schüttelte genervt den Kopf, bevor er sich auf dem Absatz umdrehte und im Haus verschwand.

Morango war in der Zwischenzeit angetrabt gekommen und hatte seinen Kopf neugierig zwischen uns geschoben.

»Da, mein Guter, bekommst auch ein Leckerli«, sagte ich und zeichnete liebevoll die Konturen seiner Blesse nach. Dann führte ich einfach beide Pferde ein Stück vom Zaun fort, um mich weiter hinten auf der Weide einfach ins Gras zu legen und bei ihnen zu sein.

Was Finn nur hatte!, dachte ich, während ich mit hinterm Kopf verschränkten Armen in den Himmel über mir starrte. Die Wolken malten bizarre Bilder, ich konnte einen Schafskopf ausmachen und einen Leuchtturm. Hauke war einfach nur sensibel und hatte sehr feine Antennen für all die Geräusche um ihn herum, ob es nun entfernte Musik war, Vollmondnächte oder eben nervige Bremsen. Ihm fehlte es hier auf dem Hof an nichts, er bekam bestes Futter, weil Zygmunt natürlich darauf achtete, dass er nichts entbehren musste, sogar Rübenschnitze und ein spezielles Vitaminpräparat bekam er. Malina würde bald rossig sein, dann würde sich zeigen, ob Hauke Lust auf Hochzeitfeiern hatte – oder nicht. Und in ein paar Monaten würden wir dann auch wissen, ob die Paarung, wie erhofft, ein gesundes Araber-Halbblut-Fohlen erbracht hatte – oder nicht. In ein paar Monaten ... Wenn das gemeinsame Fohlen auf die Welt kam, hätten wir Frühjahr. Ich wagte nicht, daran zu denken, was dann sein würde.

»Nicht grübeln, machen!«, ermahnte ich mich und richtete mich langsam auf. Ich hatte wirklich gar keine Lust auf Wändestreichen, aber gut, was blieb mir momentan anderes übrig.

»Macht's fein, ihr Hübschen, morgen reiten wir aus, versprochen!« Mit diesen Worten verabschiedete ich mich mit einem liebevollen Klaps von Hauke und Morango und lief schnell zurück ins Haus, wo ich Finn bereits im ersten Stock hantieren hörte.

»Na, auch schon da?«, begrüßte er mich knapp. Klar, Finn war immer noch sauer.

»Was machst du?«, fragte ich zurück und begutachtete skeptisch die Farbeimer, Pinsel und Abdeckplanen, die sich im Flur stapelten.

»Zygmunt hat mich dazu eingeteilt, die Zimmer zu streichen. Und ich sagte: ›Aye, aye, Sir, mache ich!‹, und jetzt bin ich dabei, die Kanten abzukleben, damit wir gleich lospinseln können.« Finn grinste schief – vielleicht war er diesmal nicht so nachtragend wie sonst. Schnell drückte ich ihm einen Versöhnungskuss auf die Wange.

»Hörst dich nicht so an, als hättest du Spaß daran«, meinte ich und griff nach der zweiten Rolle Klebeband, um ihm behilflich zu sein.

Eine Weile arbeiteten wir stillschweigend Hand in Hand, wobei wir immer wieder sehnsüchtig nach draußen schielten. Die Sonne knallte vom Himmel, es war allerbestes Bade- und Ausreitwetter und wir schufteten hier wie die Malocher auf dem Bau. Und selbst wenn aus dem Radio unsere Lieblingshits dudelten, sogar ein neuer von Rhapsody und Blue, und wir gut vorankamen, fehlte mir die richtige Motivation und ich fühlte mich fehl am Platz.

»Ackern, Machen, Streichen und Tun – das könnten wir auch auf dem Friesenhof!«, überlegte ich laut.

»Können wir nicht, weil sie dann Hauke und Morango verkaufen!«, wiederholte Finn mantramäßig. »Und außerdem verdienen wir uns damit unser Essen – schon vergessen?« Er musste über seinen eigenen Reim lachen und plötzlich war alles wieder gut zwischen uns.

»Das Essen kochst du selbst … war übrigens lecker gestern«, antwortete ich und bei der Erinnerung an die Rote-Bete-Suppe mit Kokosmilch und Nordseekrabben, die Finn gestern gezaubert hatte, lief mir jetzt noch das Wasser im Mund zusammen. Zum Nachtisch hatte er Karamelleis mit Heidelbeeren gereicht.

»Oma Brinkum ist auch ganz begeistert. Sie hat mir für heute freie Hand gelassen. Und weißt du, was das bedeutet?« Finn grinste mich verschmitzt an.

»Lass mich raten: etwa Milchreis mit Erdbeergrütze?«

»Stimmt genau! Woher kennst du mich nur so gut?«

»Weil ich seit Urzeiten dein Versuchskaninchen bin …«, ulkte ich.

»Also, ich würde das anders nennen«, meinte Finn, legte das Klebeband zur Seite und fasste mich um die Taille. »Wer wie du immer wieder das feinste, leckerste, beste Essen testen kann, ist doch mehr als ein Vorkoster! Ich nenne das … privilegiert! Wenn eines Tages der Stern auf meiner Kochjacke prangt, kannst du sagen: Ich war dabei! Ich habe dieses talentierte, hochbegabte, mit feinsten Geschmacksnerven ausgestattete Genie von Kindesbeinen an bei seiner Arbeit unterstützt, seine Kreationen bewundert und …«

»… zum Glück bist du nicht eingebildet«, meinte ich und schielte schon wieder nach seinem Mund. Finns Küsse schmeckten nach mehr, und bevor ich weiter darüber nachdenken konnte, spürte ich auch schon seine Lippen auf meinen. Zärtlich umfasste ich seinen Kopf und zog ihn noch dichter an mich heran. Es stimmte, was Finn gesagt hatte, ich war privilegiert. Weil ich ihn kannte, weil ich mit ihm so viel gemeinsam hatte – und weil es so schrecklich schön war, ihn zu küssen.

Den restlichen Tag über brachten wir nicht viel zustande, sehr zum Unmut von Zygmunt. Er sagte zwar nichts, aber ihm war deutlich anzumerken, dass ihm das alles viel zu langsam voranging. Aber das war uns egal! Nachdem Finn und ich sämtliche Zimmer fertig abgeklebt hatten, waren wir schnell zu unseren Pferden gelaufen und hatten sie für einen Ausritt fertig gemacht. Wir mussten gar nicht viele Worte wechseln, denn eins war klar: Raus hier, bevor wir über die Maßen vereinnahmt würden. Wir waren arbeiten in den Ferien gewohnt – aber irgendwo musste auch mal Schluss sein.

»Höchste Zeit, die Gegend zu erkunden!«, jubelte Finn und galoppierte aus dem Stand los.

»Yippie!«, setzte ich ihm nach und Hauke holte auf, bis er auf einer Höhe mit Morango war – und so jagten wir den Feldweg entlang, bis der Hof hinter uns lag. Ich genoss den Wind im Gesicht, die Sonne im Rücken, spürte Haukes muskulösen Körper unter mir und hatte Finn an meiner Seite. Was brauchte ich mehr?!

»Meinst du, wir finden wieder zurück?«, fragte Finn irgendwann, da gingen wir gemächlich im Schritt und hatten unseren Pferden die Zügel hingegeben.

»Keine Ahnung! Und wenn nicht?« Ich grinste schief.

»Dann suchen wir uns etwas Neues«, meinte Finn und zwinkerte mir zu.

»Vielleicht reicht ja auch erst mal das hier!« Ich deutete auf einen kleinen See, der vor uns versteckt im Wald lag und kristallklar in der Sonne glänzte.

»Na, los, worauf wartest du noch! Abkühlung gefällig?« Finn war von Morango abgesprungen und hatte ihm die Trense vom Kopf gezogen, nachdem er ihm den Sattelgurt gelockert hatte. Zu meiner großen Überraschung zog er sich seine Klamotten aus, schmiss sie auf einen Haufen und hechtete mit einem astreinen Köpper in den See.

»Das ist herrlich!«, rief er und planschte mit den Armen, dass das Wasser bis zu mir herüberspritzte und Hauke scheute. »Auf, gib dir einen Ruck!«

Demonstrativ ließ er sich rücklings wieder ins Wasser fallen, drehte sich um und kraulte mit kurzen Zügen davon.

Am liebsten hätte ich es ihm nachgetan, doch Hauke verlangte gerade meine volle Aufmerksamkeit, indem er mir seinen Kopf in den Bauch stupste. »Einmal durchkraulen, bitte«, sollte das bedeuten. Da nahm ich ihm Sattel und Trense ab, schlang meine Arme um ihn und spürte seinen ruhigen Herzschlag, während ich ihm liebevoll durch die Mähne kraulte.

Plötzlich spürte ich eine nasse Umarmung von hinten.

»Hey, lass das!«, versuchte ich, Finns Hände abzuwehren, doch er zog mich einfach mit sich.

»Du hast die Wahl, Hexenfee«, sagte er grinsend, »entweder kommst du freiwillig oder ich nehme dich einfach mit. Dein Hengst kommt auch ohne dich klar!«

Er stand mit ausgebreiteten Armen vor mir, bereit, mich mit sich in den See zu ziehen. Seine Augen funkelten mich unternehmungslustig an und da konnte ich nicht anders und zog mir ebenfalls die verschwitzten Kleider aus. Die ganze Zeit über schauten wir uns direkt in die Augen, wir beide wagten es nicht, auf unsere nackte Haut zu schielen, obwohl wir uns schon unzählige Male zumindest als Kinder so gesehen hatten, und ich wusste, wie Finns Pimmel aussah und dass er ein Muttermal oberhalb der rechten Brustwarze hatte. Aber diesmal war es anders. Wir hatten uns geküsst, leidenschaftlich mit Zunge und Händen und allem, und das hatte etwas zwischen uns verändert. Zögernd stand ich am Ufer, mit einem Mal wurde es für mich komplizierter, als es eigentlich war.

»Jetzt komm schon«, sagte Finn, griff nach meiner Hand und zog mich einfach mit sich in den kalten See. »Wer zuerst auf der anderen Seite ist«, rief er, und als ich an ihm vorbeikraulte, rief ich ihm zu: »Und zurück!«

»Das sind die schönsten Ferien meines Lebens«, meinte Finn, als wir nach dem Wettschwimmen atemlos auftauchten. Das Wasser ging mir bis zum Bauch.

»Wow, ist das kalt!«, rief ich und klatschte mit den Armen um mich. »Blöd, dass wir keine Handtücher dabeihaben.«

»Wir legen uns gleich in die Sonne!« Finn war zu mir getreten, sein Mund war ganz dicht vor meinem, nicht mal ein Blatt hätte zwischen uns gepasst, so eng umschlungen standen wir da. Ich spürte seine Erregung an meinem Körper, und wie ich mich jetzt an ihn presste und leidenschaftlich küsste, wollte ich nie wieder etwas anderes tun, als hier mit Finn splitterfasernackt mitten im See zu stehen, uns zu fühlen und zu spüren, bis wir außer Atem waren, platschend ans Ufer rannten und uns rücklings ins Gras fallen ließen.

»Du bist superschön, Liv«, murmelte Finn zärtlich, während er meinen Bauchnabel liebkoste und ich dachte, hör auf zu quatschen und küss mich lieber weiter.

»Ich finde dich auch toll«, antwortete ich und wälzte mich kichernd auf ihn. Wir waren mitten in einer wilden Knutscherei, als ich plötzlich Haukes Hufe neben uns erblickte.

Ich machte mich widerwillig von Finn frei und richtete mich auf.

»Hey, was machst denn du hier?«, fragte ich. »Und wo steckt Morango?« Nun setzte sich auch Finn auf. Völlig verlegen kramten wir nach unseren Klamotten. Schon wieder hatte ich Hauke vergessen! Prompt erntete ich einen vorwurfsvollen Nasenstüber auf meinen Kopf, und ehe ich mich versah, verstrubbelte Hauke meine Haare.

Morango dagegen stand in aller Seelenruhe im See und ließ sich die Beine kühlen, ihm schien die Auszeit bestens zu gefallen.

»Na komm, reiten wir zurück, es ist schon spät«, meinte Finn und drückte mir einen dicken Schmatzer auf die Wange. »Das ist so superschön mit dir ...«, fügte er noch leise vor sich hin lächelnd hinzu, bevor er aufstand, um Morango aufzutrensen.

»Das sind wirklich die schönsten, verrücktesten, geilsten Ferien, die ich je hatte! Yippiiieee!« Und mit diesen Worten sprang ich auf Haukes Rücken und wir galoppierten um die Wette zurück zum Hof, wo uns Oma Brinkum schon sehnsüchtig erwartete, weil sie Hunger hatte.

Die folgenden Tage und Nächte verbrachten wir wie im Traum. Entweder kümmerten wir uns um die Patienten und küssten uns oder wir strichen die Zimmer und küssten uns oder wir ritten aus und küssten uns. Das Beste waren die durchknutschten Nächte. Diesmal hatten Zygmunt und Oma Brinkum allen Grund zum Grinsen, wenn wir mit wund geschubberten Lippen und verwuschelten Haaren verlegen am Frühstückstisch eintrafen. Glücklicherweise verkniffen sich die beiden jegliche Kommentare.

»So langsam wird der Hof wieder«, meinte Oma Brinkum eines Tages und hörte sich sehr zufrieden an. »Ihr leistet tolle Arbeit, ihr Lieben. Aber irgendwann sind doch eure Ferien auch mal zu Ende, oder? Was sagen denn eure Eltern dazu, dass ihr so lange auf Wanderschaft seid?«

Finn und ich wechselten rasch einen unbemerkten Blick. Unsere Eltern wussten, dass wir gemeinsam abgehauen waren. Aber es war lange her, dass wir uns bei Mareike gemeldet hatten. Sicher hatte sie schon mehrfach versucht, uns zu erreichen, aber ich hatte mein Handy in den letzten Tagen komplett ignoriert.

»Am Samstag müssen wir weiter«, hörte ich da Finn plötzlich sagen.

»Hä?«, machte ich und trat ihm unterm Tisch ans Schienbein. »Wie kommst du denn darauf?«

»Weil wir dann wieder zur Schule müssen.« Er rempelte mich ebenfalls an.

»Und wir können ja nicht länger Ihre Gastfreundschaft in Anspruch nehmen ...« Finn lächelte auf sehr charmante Weise Oma Brinkum an, was diese wohlwollend quittierte.

»Na, ihr schuftet ja auch wie die Ackergäule dafür«, meinte Zygmunt anerkennend und das wollte schon was heißen, er war sonst eher sparsam mit Lob. »Aber ob Malina sich für Hauke interessiert ... was meinst du, Liv, wollen wir die beiden sich später mal beschnuppern lassen? Sie ist zwar nicht rossig, aber es schadet ja nichts, wenn sich die beiden schon mal ein bisschen ineinander verlieben. Probehalber stelle ich sie zwei Boxen neben ihn ... mal gucken, wie er reagiert. Hoffentlich tritt er nicht vor Aufregung alles zusammen.« Ich nickte, das war eine gute Idee.

»Spinnst du, was sollte das denn?«, fragte ich Finn, als

wir später gemeinsam zu den Stallungen liefen. »Wieso willst du plötzlich hier weg?«

»Weil mir Zygmunt nicht geheuer ist. Ständig hängt er am Telefon und redet über Zahlen ... und Oma Brinkum geht mir so langsam auf den Keks, weil sie Pastinaken mit Petersilienwurzeln verwechselt und mir beim Kochen ständig reinquatscht.«

»Zygmunt ist okay, vor dem brauchst du keine Angst zu haben«, meinte ich leichthin und öffnete den Riegel zu Plitschs und Plums Box. »Der ist ein Pferdemensch durch und durch. Wenn du mich fragst, bringt er die Geschäfte für die Zukunft in Gang. Und hat er nicht auch eine Familie in Polen? Neulich hat er doch so was in einem Nebensatz gesagt ... zu zweit schaffen sie das hier nicht, die brauchen dringend Verstärkung«, antwortete ich. »Oma Brinkum ist nicht mehr die Jüngste ...«

»Findest du nicht, wir sollten Mareike mal wieder anticken?« Finn stand hinter mir und hatte beide Hände auf meine Schultern gelegt.

»Hä, wieso denn das? Haste Sehnsucht oder was?« Ich drehte mich um und musterte ihn aufmerksam. »Echt jetzt?«

»Wir haben es ihr versprochen ...«

»Na, und? Sie weiß doch, dass wir hier sind und uns melden, wenn was ist!« Ich schüttelte den Kopf und wehrte Finn ab, weil er mich schon wieder küssen wollte. Das war typisch! Finn war so oberschisserig erzogen, dass er ständig ein schlechtes Gewissen mit sich herumschleppte. Es grenzte ohnehin an ein Wunder, dass er die ganze Zeit über nicht von seiner Mutter gesprochen hatte, die ihn sonst auf Schritt und Tritt verfolgte. Offensichtlich war er heilfroh, ihren Muttifängen entkommen zu sein.

»Komm schon, Liv! Außerdem: Ich habe so langsam keine Lust mehr, hier die Farbpinsel zu schwingen und mich von Zygmunt herumkommandieren zu lassen. Und Oma Brinkum wird nie kapieren, dass man für den perfekten Rosinenstuten den Hefeteig dreimal gehen lassen muss ...« Er seufzte und zog mich in seine Arme. »Echt, ich sag dir jetzt was: Das hier ist toll und ich werde meinen Kindern und Enkelkindern noch von diesen Ferien erzählen, wie ich Heidelbeermarmelade auf dem Gaskocher zubereitete und mit meiner Liebsten Keksburger bastelte.«

»Oder wie du den armen Tieren auf dem Gnadenhof ihre Vitaminpräparate unter Aufbietung aller deiner Überredungskünste verpasst hast!«, ulkte ich in Anspielung auf das Theater mit Plitsch und Plum, weil das jedes Mal zum Piepen war.

»Aber du hast es ihr versprochen«, insistierte Finn.

»Also gut, du Nervensäge«, sagte ich. »Wir misten hier noch fix die Ställe aus und dann ...«

Zwei Stunden später hatten wir Mareike am Ohr.

»ENDLICH!«, rief sie. »Mann, wo seid ihr? Wo geit?«

Schnell erzählten wir ihr von den Fortschritten auf dem Hof, dass wir von morgens bis abends mit Mistgabel und Farbeimern bewaffnet schufteten und nur ganz selten zum Ausreiten kamen. Während ich unseren Aufenthalt in den schillerndsten Farben schilderte und ihr sogar von den sternenklaren Nächten vorschwärmte, die ich mit Finn draußen auf der Wiese verbrachte, wurde Mareike am anderen Ende immer stiller.

»Ist was?«, fragte ich schließlich, weil sie noch nicht einmal ihr übliches Jajammhmmh absonderte.

»Der Friesenhof soll ein Golfhotel werden! Und du fragst mich: Ist was?!«

»Hä, ein Golfhotel? Davon hast du kein Wort gesagt!«

»Wie auch, du hast ja nicht danach gefragt!«

Prompt erntete ich ein vorwurfsvolles Nicken von Finn. »Siehste!«, flüsterte er.

»Jetzt mach's halt nicht so spannend!«, schnauzte ich sie an. »Erzähl, was los ist!«

Und so erfuhren wir, dass Annas Vater die Gunst der Stunde genutzt hatte, um seine Pläne aus der Tasche zu ziehen. Schlimmer, er hatte einen Trumpf im Ärmel, den er gnadenlos ausspielte, nämlich Geld. Thorsten war Immobilienmakler und Investor und als solcher immer auf der Suche nach neuen Objekten. Dass der Friesenhof, der Sehnsuchtsort seiner geliebten Tochter Anna, jetzt vor der Pleite stand, bot ihm ungeahnte Möglichkeiten und offensichtlich die Chance seines Lebens.

»Aber das ist noch nicht alles«, meinte Mareike und ihre Stimme überschlug sich fast. »Das Schlimmste ist, dass deine Mutter das auch noch gut findet und ihn dabei unterstützt. Stell dir vor: Der Friesenhof wird ganz püükfein!«

»Ist doch super!«, meinte Finn. »Etwas Besseres kann Isodora und Piet doch gar nicht passieren! Dann sind sie all ihre Geldsorgen los!«

»Klokschieter!«, schrie Mareike am anderen Ende. »Dann saufen hier alle Champagner, fressen Austern wie auf Sylt und statt Pferde stehen Fähnchen auf den Weiden! Dann könnt ihr zusehen, wo Hauke und Morango unterstehen. Aber ihr, euch ist das ja so was von egal, Hauptsache, ihr habt Spaß! Abhauen kann ja jeder! Und auch noch woanders den Hof renovieren, wo der eigene gerade vor die Grütze geht …« Ihre Stimmte kippte.

Finn und ich guckten uns betroffen an.

»Daran habe ich nicht gedacht«, murmelte ich kleinlaut und drückte sie einfach weg, weil ich nicht wusste, was ich sagen sollte.

15

In dieser Nacht konnte ich nicht schlafen. Finn versuchte, mich mit tausend Küssen abzulenken, aber ich wehrte seine Fummelhände ab und konnte seine Zärtlichkeit nicht genießen.

»Hey, jetzt nimm dir das doch nicht so zu Herzen«, meinte er und streichelte mir sanft eine Strähne aus dem Gesicht. »Mareike kriegt sich schon wieder ein. Und so schnell rückt deine Tante ihren Hof nicht heraus! Mach dir keinen Kopf ... das geht schon irgendwie weiter ...«

»Wie kannst du dir da nur so sicher sein!«, fuhr ich ihn an. »Isodora und Piet haben kein Geld fürs Weitermachen, haben sie doch klar gesagt. Sie werden sich das Angebot reiflich überlegen! Und deine Eltern haben auch keinen Plan ...«

»Lass sie man machen«, antwortete er. »Wenn sie jetzt verkaufen, haben sie wieder Geld und Hauke kann bleiben. Und wenn wir lang genug weg sind, werden sie so erleichtert über unsere Rückkehr sein, dass sie uns alles erlauben.« Mit diesen Worten drehte er sich um und schlief einfach ein.

Ich lag grübelnd wach und wälzte mich von einer Seite auf die andere. Das Kopfkissen schob ich zur Seite, die Decke war mir viel zu warm. Wie konnte ihm das alles nur egal sein! Ein Golfhotel war das Allerschlimmste, was uns passieren konnte, denn das bedeutete das endgültige Nein für Hauke, mal abgesehen davon, dass ich meine Karriere als Pferdwirtin endgültig an den Nagel hängen konnte. Denn ich konnte mir beim besten Willen nicht vorstellen, dass in einem Schickimicki-Hotel Pferde erwünscht waren.

Schwungvoll schmiss ich mich auf die andere Seite, ein Wunder, dass Finn nicht davon wach wurde.

Wie sich Isodora jetzt wohl fühlte? Und warum war meine Mutter überhaupt gekommen, wenn sie sowieso nicht an der Seite ihrer Schwester für die Rettung des Friesenhofs kämpfen wollte?

Tausend Dinge wirbelten durch meinen Kopf, ich konnte keinen klaren Gedanken fassen und erst recht nicht zur Ruhe kommen. Wir hatten es hier auf dem Brinkumer Hof so gut getroffen, ein bisschen viel Schufterei vielleicht, aber im Grunde hatten wir alle Freiheiten der Welt! Wir teilten uns den Tag und die Arbeit ein, wie wir wollten. Keine Erwachsenen, die uns drangsalierten oder uns einengten, weder Lehrer noch Notenstress, keine Verpflichtungen. Oma Brinkum wollte von Finn kochen lernen, na und? Und Zygmunt, der ab und zu an die Farbeimer erinnerte, aber das war locker gemeint und wir hatten uns längst daran gewöhnt. Denn das Versorgen der kranken, alten und hilfsbedürftigen Tiere war eine reine Freude, es machte mich im Herzen froh. Wenn Domingo wieder frei atmen konnte, wenn Jockels Fell endlich wieder zu glänzen begann und sich an der kahlen, wund geschubberten Stelle wieder ein zarter Flaum zeigte, wenn Dana sich auf der Weide wälzte und in Sarahs Augen wieder Lebensfunken sprühten, war das Entlohnung genug für all die Sorgen und Strapazen, die wir hier für die Tiere auf uns nahmen.

Pferde waren mein Leben! Egal, was passieren würde, ich brauchte ihr vertrautes Schnauben um mich, ihre Nähe und Wärme, ihre auffordernden Nasenstüber auf der Suche nach einem Leckerli in meiner Tasche.

Eine Weile lauschte ich Finns regelmäßigen Atemzügen, dann schlich ich mich heimlich nach draußen. So, wie ich es früher auch immer auf dem Friesenhof gemacht hatte, wenn ich mich alleine fühlte. Leise tapste ich durchs Haus, nur die Treppe knarzte ein bisschen und ich hörte Oma Brinkum hinter ihrer Schlafzimmertür tief schnarchen.

Der Nachtwind wehte mir angenehm kühl entgegen, als ich über den Hof lief. Irgendwo raschelte es, ein Igel, der sich schnell in Sicherheit brachte.

Hauke wieherte mir leise entgegen, als er meine Schritte hörte, als hätte er schon sehnsüchtig auf mich gewartet. Schnell schlüpfte ich zu ihm in die Box und legte meine Arme um seinen Hals. Er wirkte unruhig, noch unruhiger als ich, als wolle er mir etwas sagen, sein Herz schlug ungewohnt schnell. Ich versuchte, ihn murmelnd zu beruhigen, kraulte ihn zwischen den Ohren, küsste ihn auf die Nüstern, aber das schien ihn noch mehr aufzuregen. Immer wieder entzog er sich meinen Zärtlichkeiten, ich verstand nicht, was er hatte.

»Hey, komm, krieg dich wieder ein. Willst du, dass wir ausreiten?«, fragte ich, und als ich ein unternehmungslustiges Blitzen in seinen Augen bemerkte, holte ich rasch die Trense aus der Sattelkammer und machte ihn startklar. Malina wieherte ihrem Zukünftigen sehnsüchtig nach, als ich Hauke nach draußen führte und mich halb nackt, wie ich war, einfach auf seinen Rücken schwang. Leise ritten wir vom Hof.

Ich gab Hauke die Zügel frei in der Hoffnung, er würde schon den richtigen Weg einschlagen. Wir waren in den letzten Tagen etliche Male ausgeritten, doch ich kannte mich hier in der Gegend kaum aus. Rings um den Hof herum erstreckten sich grüne Weiden und Felder. Ein benachbarter Bauer hielt Milchkühe und die Schwarzbunten muhten uns verwundert hinterher, als wir ihre Nachtruhe störten. Hauke tänzelte umher wie eine Ballerina, völlig nervös und gespannt wie ein Bogen, aufgezogen, um jeden Moment durchzugehen, ich war auf alles gefasst.

Immer wieder versuchte ich es mit weichen Paraden, wahlweise auch mit harten, mal gab ich ihm die Zügel frei, mal herrschte ich ihn an, mir endlich zu gehorchen. Aber Hauke machte, was er wollte! So war es immer schon gewesen, so würde es immer sein und eigentlich hatte ich das schon längst kapiert.

»Was willst du?«, flüsterte ich leise, über seine Mähne gebeugt in sein Ohr. »Galoppier doch los, wenn dir danach ist! Geh im Schritt, wenn du es gemütlicher haben willst. Oder dreh um, wenn du Pause brauchst. Ich mach ja, was du willst, ich mach alles mit ... Soll ich abspringen? Okay, siehst du, abgesprungen. Soll ich dir die Zügel freigeben? Okay, hier, ich leg sie dir über den Hals, du kannst machen, was du willst. Aber bitte, bitte, entscheide dich! Dieses Hin und Her macht mich wahnsinnig!«

Ich war von Haukes Rücken gerutscht und stand jetzt vor ihm. Irgendwo mitten auf einem Feld, in der tiefen Nacht, versuchte ich in meiner hilflosen Verzweiflung, meine Stirn an seine zu lehnen, so, wie wir das schon immer und tausend Mal in stillem Einklang und Einverständnis gemacht hatten. Eine Geste, die ihn und mich immer beruhigte, weil wir uns dann gegenseitig spürten, unsere innige Vertrautheit, das tiefe Verbundensein unserer Seelen.

Aber Hauke hielt nicht still. Immer wieder schnickte er seinen Kopf, einmal traf er mich sogar am Kinn, sodass ich erschrocken zurücksprang.

»Aua!«, rief ich mich schmerzverzogenem Gesicht. »Spinnst du?« Ich ließ mich mitten auf dem Feld rücklings auf den Boden sinken und starrte in den Sternenhimmel über mir. Was Hauke nur hatte? Ich verstand nicht, was er mir sagen wollte. Zu gerne wäre ich jetzt auf seinem Rücken auf und davon gejagt, hätte am liebsten einfach alle Sorgen und Gedanken hinter mir gelassen und vergessen. Aber er trabte in einer Tour auf und ab, lief um mich herum und von der einen Ecke des Feldes zur anderen, schlug einen Haken, buckelte. Er erschien komplett durchgeknallt, der Gute, und ich fragte mich zum wiederholten Male, was um Himmels willen in ihn gefahren war. Was blieb mir anderes übrig, als einfach abzuwarten, bis er sich wieder beruhigte.

Finn an meiner Stelle hätte ihn für komplett verrückt erklärt und ihn einfach wieder mit einer klaren Ansage zurück in seine Box gebracht. Obwohl Finn Morango sehr zugewandt war, fand er doch immer wieder bestimmende Worte, um ihn zu führen. Nur so konnten die beiden im Dressurviereck erfolgreich sein und nur so schaffte es Finn, sich neben seiner Reiterei auch seiner Leidenschaft als Patissier zu widmen. Eben weil er sich nicht mit Haut und Haaren von seinen Gefühlen für sein Pferd einsaugen ließ, so wie ich das tat.

Ich dagegen war emotional über die Maßen eng mit Hauke verwoben, dass ich jede kleinste Unruhe und Befindlichkeit spürte. Selbst in kilometerweiter Entfernung in Hamburg hatte ich immer gemerkt, wenn mit ihm etwas nicht stimmte, eine leichte Kolik oder Aufregung im Stall. Dann ging mein Puls höher, dann konnte ich nicht schlafen, dann musste ich mich gedanklich mit ihm verbinden, um herauszufinden, was los war.

Meine Mutter lachte mich jedes Mal aus, wenn ich mich dann auf mein Zimmer verzog, Haukes Foto in die Hand nahm und beschwörende Worte murmelte, bis ich im Herzen wieder Frieden spürte.

»Da hat dir Isodora aber ganz schön was eingeredet. Die mit ihrem Eso-Fimmel«, war ihr Standardsatz. Sie konnte einfach nicht verstehen, dass es zwischen Hauke und mir diese besondere Verbindung gab, dass es einfach so *war*. Ich hatte dieses Gespür und diese Gefühle, ich war voll davon, was konnte ich denn dafür. Empfindsam, wie ich war, nahm ich mir viele Dinge zu Herzen, auch wenn die anderen meinten, ich solle mich nicht so haben. »Sei nicht so empfindlich«, hieß es immer, wenn mich eine dahergeplapperte Bemerkung tief in meinem Inneren traf. Oder: »Das darfst du nicht so eng sehen!«, wenn ich mir tausend Sorgen und Gedanken machte. Mit meinen fünfzehn Jahren wusste ich längst, dass mich niemand so richtig verstand, meine Mutter am wenigsten. Und wenn sie jetzt auf dem Friesenhof war, um mit diesem Thorsten ein Golfhotel zu planen, machte das unser Verhältnis nicht besser.

Seufzend richtete ich mich wieder auf. Hauke stand mittlerweile neben mir und hatte seinen Kopf auf meinen gelegt, sodass ich seinen heißen Atem in meinem Nacken spürte, was mir unwillkürlich eine Gänsehaut über den Rücken fahren ließ. Einen Moment lang saß ich mit geschlossenen

Augen da, ließ es zu, dass er meine Haare durchschnubbelte und wie kleine Küsschen hineinhauchte, mir wurde ganz warm und mein Herz schlug vor lauter Liebe für ihn schneller. Wie hatte ich mein Pferd gerade eben so verfluchen können!, dachte ich und spürte den Gefühlswellen in mir nach, die vom Fußzeh bis zu den Haarwurzeln in mir auf und ab schwappten. Ganz langsam stand ich auf, ich wollte Hauke bloß nicht erschrecken und verscheuchen, er sollte bloß so weitermachen und bei mir bleiben, für immer. Wenn er mir so wie vorhin einfach durchging, ohne auf mich zu reagieren, ohne mich dabeihaben zu wollen, war es schrecklich, da fühlte ich mich abgestoßen, winzig klein und mickrig. Wenn Hauke mich nicht wollte, hätte ich niemanden mehr auf der Welt.

»Alles okay mit dir?«, flüsterte ich zärtlich und schlang meine Arme um seinen Hals. »Hast du dich endlich, endlich wieder beruhigt?«

Als ob er Ja sagen wollte, wieherte Hauke freudig und drehte mir seine linke Seite zu. Ein eindeutiges Zeichen, auf seinen Rücken zu springen. Keine Sekunde später jagten wir im Galopp durch die Dunkelheit davon.

In einem wilden Ritt ging es über das Feld, wieder an der Kuhweide vorbei und hinüber in das kleine Wäldchen. Vögel flatterten erschrocken auf, als Hauke an ihnen vorbeipreschte, Blätter und Äste peitschten mir ins Gesicht, ich würde später nicht nur einen Kratzer haben.

Der Mond stand mittlerweile gleißend hell am Himmel und blitzte immer mal wieder zwischen den Baumwipfeln hindurch. Keine Ahnung, wohin Hauke wollte, er schien aber wieder voll und ganz in seiner Kraft zu sein, er wusste, wohin. Im festen Vertrauen darauf, dass seine Hufe trittsicher ihren Weg fanden und über die Unebenheiten des Waldbodens fliegen würden, lehnte ich mich über seinen Hals und versteckte mein Gesicht in seiner Mähne, wurde eins mit seinem Körper, gab mich seinen Bewegungen hin, verschmolz mit ihm in Raum und Zeit. Haukes Atem ging im Zweier-Takt des Galopps, sein regelmäßiges Schnauben hinterließ dampfige Spuren in der Nachtluft. Die Augen geschlossen, spürte ich tief in mich hinein, genoss dieses vertraute Gefühl auf Haukes Rücken, bewegt und gehalten zugleich, es fühlte sich an wie im Traum und in mir füllte sich alles mit Dankbarkeit und Liebe, randvoll, ich meinte, vor Glück jeden Moment zu zerspringen.

Dankbar, weil dieses großartige Pferd mir immer wieder unbegreifliche Glücksmomente schenkte und mich daran erinnerte, was für mich das wirklich Wichtige auf dieser Welt war. Und Liebe, weil er mein bester Freund und Partner war, mein Vertrauter, niemand kannte mich besser als er, niemand wusste besser, was ich brauchte. Ich musste mich nur an ihn lehnen, mich ihm hingeben und mich von ihm führen lassen, dann würde alles gut.

Wie lange wir in jener Nacht unterwegs waren, ich weiß es nicht mehr. Keine Ahnung, wo überall Hauke entlanggaloppiert ist, welche Wege er genommen und wie viele Vögel er dabei aufgescheucht hat, ich hatte alles um mich herum ausgeblendet und vergessen, lehnte einfach nur auf seinem Rücken und ließ mich tragen. Das Einzige, an das ich mich erinnerte, war das beinahe irrwitzige Tempo, mit dem wir durch die Nacht gejagt waren, als würden wir verfolgt, als würde Hauke vor irgendetwas flüchten.

Irgendwann in den frühen Morgenstunden, es dämmerte bereits, kamen wir auf den Brinkumer Hof zurück, völlig benommen rutschte ich von seinem Rücken, ein Wunder, dass Hauke überhaupt zurückgefunden hatte. Zygmunt empfing mich mit vorwurfsvoller Miene, offensichtlich hatte er uns vermisst und sich große Sorgen gemacht.

»Wo warst du? Du kannst doch nicht einfach mitten in der Nacht auf und davon reiten! Und schau mal dein Pferd an! Hauke ist klitschnass geschwitzt, wenn das mal gut geht!« Er führte den jetzt völlig entkräftet wirkenden Hengst in seine Box, um ihn trocken zu reiben, mich ließ er einfach stehen. Mir taten sämtliche Knochen weh, ich war unfähig, mich zu bewegen, und schaute den beiden sprachlos hinterher. Normalerweise war Hauke nach einem solchen Ritt nie müde, sondern erst recht aufgedreht. Noch nie hatte ich erlebt, dass er sich von jemand anderem versorgen ließ.

Wahrscheinlich hätte ich noch stundenlang staunend so dagestanden, wäre nicht Oma Brinkum aus dem Haus geschlurft gekommen.

»Kindchen, Kindchen, was machst du denn für Sachen? Zum Glück bist du wieder da!«, rief sie erleichtert und zog mich in die Küche, wo sie mich auf die Sitzbank drückte. »Du hast uns vielleicht einen Schrecken eingejagt! Jetzt koch ich dir erst mal einen Tee und dann legst du dich schlafen!«

Immer noch wie in Trance folgte ich ihr brav, nur langsam kam ich wieder zu mir. Erst nach zwei Tassen kehrten die Lebensgeister zurück und ich konnte der besorgten Oma Brinkum mein besonderes Verhältnis mit Hauke erklären.

»Er macht das immer wieder, einfach so ...«, begann ich leise. »Ich kann es ja selbst kaum fassen, dass er so ist, es geschieht immer wieder und ich bin ihm willenlos ausgeliefert. Zu Hause haben sie sich längst daran gewöhnt, dass wir beide nächtelang unterwegs sind. Uns ist noch nie etwas passiert«, fügte ich rasch hinzu, als ich ihren skeptischen Blick bemerkte.

Doch, einmal, ging es mir durch den Sinn. Letztes Jahr in jener Vollmondnacht, als wir Jan am alten Leuchtturm getroffen hatten. Da ist etwas passiert, nämlich mit mir. Da habe ich gemerkt, wie tief mich Menschen in meiner Seele treffen können, wie ich fühlen kann, wenn mein Herz berührt wird. Nicht nur von Hauke. Auch von Jungen wie Jan. Oder wie Finn.

»Kindchen, Kindchen, pass bloß auf!« Oma Brinkum schüttelte den Kopf. Dann griff sie über den Tisch nach meiner Hand. »Ich sag dir jetzt mal was, ob du es hören willst oder nicht: Es ist nie gut, sich so abhängig zu machen, egal, ob das ein Pferd oder ein Mann ist! Du musst auf eigenen Füßen stehen, verstehst du? Dein Hauke spielt mit dir, manipuliert dich, nutzt dich aus! Du denkst, du reitest in Freiheit durch die Welt, aber in Wahrheit bestimmt *er* über dein Leben. Nur weil er verkauft werden soll, bist du weg von dem Ort, der dir am liebsten auf der Welt ist, wo dein Zuhause ist ... Du musst wissen, was du willst. Du entscheidest, was passiert, nicht er!«

Ich zuckte erschrocken zusammen. Woher wusste sie von unserer Flucht? Da hatte Zygmunt also doch geplaudert.

»Jetzt guck nicht so erschrocken, ich verpfeife euch schon nicht. Schließlich war ich auch mal jung ... und verzweifelt.« Sie schaute mich aufmerksam an und mir fiel auf, dass ihre Augen funkelten. Keine Spur von Altersmüdigkeit, Oma Brinkum wirkte plötzlich hellwach und wusste genau, was sie sagte. »Glaube einer alten Frau! Ich bin oll und tüddelig und all dem Papierkram nicht mehr gewachsen. Und so einem großen Anwesen auch nicht. Der Himmel hat mir Zygmunt geschickt, mit seiner Unterstützung wird hier wieder Leben und Wohlstand einziehen, so, wie es früher einmal war. Nächste Woche kommen seine Frau und die beiden Kinder und mit ihnen noch zwei weitere Pferdemenschen, die hier mit anpacken werden und den Betrieb wieder ins Rollen bringen. Pass mal auf, nächstes Jahr ist es hier vorbei mit der Ruhe. Und du, du musst zurück zu deinen Leuten, die brauchen dich dort! Du kannst nicht immer vor deinen Problemen davonlaufen und erst recht darfst du dir nicht von einem Pferd sagen lassen, wo es für dich im Leben langgeht. Verstehst du, was ich dir sagen will? Du bist frei! Du entscheidest, was passiert!« Sie schaute mich durchdringend an und drückte meine Hand ganz fest.

Ich schluckte. Natürlich war es nicht gut für mich, Hauke mit Haut und Haaren ausgeliefert zu sein, mein Leben für seins zu geben. Aber was sollte ich tun, diese innige Verbundenheit war seit Anbeginn zwischen uns, seit ich ihn in jener Nacht auf die Welt begleitet hatte. Genährt und besetzt von seiner Liebe und Nähe, hatte er mich durch die letzten Jahre getragen, mich im Herzen froh und mein Leben reich gemacht. Wie viele graue und trübe Tage in Hamburg hatte ich nur überlebt, weil ich um ihn wusste, die Erinnerungen an vergangene Ausritte in mir trug und die Aussicht auf ein Wiedersehen. Aber das, was letzte Nacht zwischen Hauke und mir passiert war, hatte eine Grenze überschritten, das spürte ich und das war es, was Oma Brinkum mir sagen wollte.

»Jetzt geh und leg dich hin! Dein Freund schläft noch, er hat sicherlich nichts von alldem mitbekommen. Er ist ein Guter, pass auf ihn auf. Solche Männer findet man so schnell nicht wieder ...« Und mit einem schelmischen Grinsen im Gesicht gab sie meine Hände frei.

Finn grunzte verschlafen, als ich mich neben ihn legte und an ihn kuschelte, es tat gut, seinen warmen Körper so nah zu spüren. Obwohl Oma Brinkums Worte in mir nachhallten, fiel ich sofort in einen tiefen Schlaf und wurde erst am Nachmittag wach, als Finn mich mit besorgter Miene weckte.

»Hey, Liv, wach auf! Es ist etwas Schreckliches passiert!«

»Ist was mit Hauke?« Ich war sofort hellwach. »Jetzt sag schon!« Ich zog mir in Windeseile meine Klamotten an und folgte Finn nach unten auf den Hof, der mir keine Antwort gab, sondern mich stattdessen einfach mit sich zog.

»Hey, was ist denn?« Doch Finn antwortete nicht. Mit bangem Herzen folgte ich ihm, ich wusste genau, was mich erwartete: Hauke war krank. Ich befürchtete das Schlimmste.

»Schau selbst!«, meinte Finn und öffnete den Riegel zu seiner Box.

»Hauke«, flüsterte ich tonlos. Mein Pferd lag ermattet auf dem Boden und blinzelte nur schwach, als es meine Stimme hörte. »Was ist passiert?« Ich kniete mich zu ihm ins Stroh und streichelte seinen Kopf. Haukes Atem ging stoßweise, viel zu schnell dafür, dass er sich nicht rührte.

»Ich habe ihm schon zwei Spritzen gegeben«, meinte Zygmunt, der zu mir getreten war. »Vermutlich hat er sich heute Nacht bei eurem Ausritt überanstrengt ...«

»Wieso gibst du ihm einfach zwei Spritzen, ohne zu fragen?«, mischte sich Finn ein. »Das ist immerhin Livs Pferd!«

»Und wieso lässt du deine Freundin einfach mitten in der Nacht auf und davon reiten?« Zygmunt schüttelte den Kopf. »Das ist nicht die Zeit zum Streiten, Finn, dem Pferd geht es nicht gut! Wollen wir hoffen, dass er sich wieder berappelt und heute Abend frisst.«

»Du weißt wohl immer, was gut ist, was?« Finns Stimme klang sauer. Aber weil Hauke in diesem Moment einen erschöpften Schnaufer von sich gab, kümmerte ich mich nicht weiter um die beiden Streithähne, sondern streichelte dem Hengst besorgt über seine Nüstern.

»Hauke«, flüsterte ich immer wieder, »lieber, lieber Hauke, halte durch, bleib bei mir!«

Alle möglichen Gedanken und Worte schwirrten durch meinen Kopf, der Ausritt letzte Nacht, meine Gefühle für Hauke, Oma Brinkums Worte, das Auf und Ab mit Jan und Finn und alle auf einmal, meine Sehnsucht nach dem Friesenhof, wo mein Zuhause war. Die wochenlange Flucht und das Gefühl, immer noch nicht angekommen zu sein. Völlig ermattet und schwach, hätte ich mich am liebsten neben Hauke ins Stroh gelegt, um mich auszuruhen. Nur einen Moment lang die Augen schließen, mich in dieses taumlige Gefühl fallen lassen, das einen zwischen Wachsein und Müdigkeit erwischt, schwebend, leicht, fast nicht mehr von dieser Welt. Aber Oma Brinkums Stimme dröhnte in meinen Ohren, Worte schwirrten durch meinen Kopf. *Du bist frei ... Du entscheidest.* Und dafür musste ich wach und stark bleiben. Für Hauke. Vor allem aber für mich.

16

Die nächsten Stunden waren furchtbar, schlimmer konnte es gar nicht sein. Ein banges Hoffen, die Minuten verstrichen unglaublich langsam. Zygmunt hatte Hauke noch mal gründlich von oben bis unten untersucht, aufmerksam abgehorcht, abgetastet, aber Hauke hatte keine Verletzung, keine Schmerzen, weder Durchfall noch eine Kolik. Ihm schien äußerlich nichts zu fehlen, aber er schien auch nicht wieder auf die Beine kommen zu wollen. Was immer wir versuchten, lockten, flüsterten, anboten, Hauke lag völlig apathisch da, wie tot, und reagierte nicht. Zygmunt hatte ihm eine weiteres Aufbaupräparat injiziert sowie ein Antibiotikum, ich hatte seine Fesseln mit essigsaurer Tonerde umwickelt und seine Ohren massiert, was er sonst so gerne mochte.

Es war völlig ungewöhnlich, dass er auf dem Boden im Stroh lag, im Liegen schlafen war etwas für Pferde wie Morango, Zara oder Luigi, die gerne mal vor sich hin dösten und sich faul und träge ihrer Müdigkeit nach getaner Arbeit hingaben. Aber Hauke, der ungestüme, eigensinnige Hengst, der unermüdlich endlos lange Strecken galoppieren konnte, ohne die geringsten Ermüdungserscheinungen zu zeigen, schien plötzlich ohne Lebensenergie. Als hätte ihm jemand den Stecker gezogen, den Saft abgestellt, ohne Kraft, leer. Ich wusste nicht, was ich tun sollte, hatte alles getan, ihm seine liebsten Leckerli vor die Nase gehalten, ihn beschwörend bemurmelt, verzweifelt angeschrien, dass er doch bitte reagieren soll, aber Hauke zeigte keine Regung, nicht mal seine Ohren spielten aufmerksam so wie sonst, als hätte er komplett abgeschaltet, als wolle er nicht mitbekommen, was rundherum um ihn alles geschah.

Zygmunt war voller Sorge, ein weiteres krankes Tier im Stall hatte ihm gerade noch gefehlt und für diesen Moment glaubte ich ihm, dass es ihm um Hauke ging und nicht um den Deckhengst seiner künftigen Pferdezucht.

»Ich weiß nicht, was ich noch tun soll«, meinte er ratlos, als er am zweiten Abend zu uns in die Box trat. »Wenn er nur reden könnte ... wenn es ihm über Nacht nicht besser geht, müssen wir morgen in die Klinik.«

Ich nickte traurig. In den letzten Stunden war ich nicht von Haukes Seite gewichen, hatte seinen Kopf gehalten und immer wieder gestreichelt, mich neben ihn gelegt und seinen Körper gewärmt, der immer kälter zu werden schien. Angstvoll hatte ich Stunde um Stunde neben ihm ausgeharrt und vergeblich auf eine Regung gewartet, auf ein Zeichen. Jetzt fühlte ich mich einfach nur müde und leer. Wie Hauke.

Es war Finn, der uns mit einer Bemerkung aus unserer Lethargie riss. Er hatte Angst um Hauke wie wir alle und war uns kaum von der Seite gewichen, hatte mich mit warmem Tee und Decken versorgt und natürlich Zimtwaffeln, damit wenigstens ich bei Kräften blieb.

»Hey, kleine Hexenfee, mach dir nicht so große Sorgen, der wird schon wieder«, meinte er und strich mir zärtlich durchs Haar, nachdem Zygmunt aus dem Stall verschwunden war und das Licht gelöscht hatte. »Kennst doch Hauke! Wer weiß, welche energetische Quelle er hier spürt, die ihn derart lähmt und außer Gefecht setzt ...«

»Du meinst, ich muss mit ihm nur im Mondschein tanzen und alles ist wieder gut?« Ich grinste schief, mir war nicht nach Scherzen zumute.

»Ich meine, dass es höchste Zeit wird, nach Hause zurückzukehren«, meinte er sanft. »Hauke hat Heimweh, wenn du mich fragst, das ist alles.«

Verwundert schaute ich Finn an.

»Du willst wirklich zurück?«, fragte ich tonlos. »Aber damit wäre alles umsonst gewesen! Dann verkaufen sie Morango. Und Hauke ...« Ich schluchzte auf und schlug die Hände vor mein Gesicht. Noch nie in meinem Leben hatte ich mich so hilflos gefühlt wie in jenem Moment, nicht mal, als mein Vater damals von heute auf morgen meine Mutter und mich hatte sitzen lassen und wir ins leere Nichts fielen. Camilla, weil sie alleine und verzweifelt war. Und ich, weil ich nichts von diesen Erwachsenendingen kapierte und sich niemand mehr um mich kümmerte. Aus lauter Einsamkeit ernährte ich mich damals ausschließlich von Kartoffelchips, das Knacken und Knuspern tröstet mich noch heute.

»Liv, liebe Liv«, murmelte Finn zärtlich, »alles wird gut, mach dir doch nicht solch schreckliche Sorgen. Hauke wird wieder gesund, da bin ich mir ganz sicher!«

»Woher willst du das denn wissen?«, schluchzte ich auf. »Seit wann interessierst du dich dafür, wie gut es Hauke geht?«

»Hauke ist das Pferd meiner Liebsten, schon vergessen?« Finn schüttelte verständnislos den Kopf. Er hielt mich immer noch fest in seinen Armen und streichelte mir über den Rücken, immer wieder. »Manchmal denke ich, außer ihn liebst du keinen«, fügte er traurig hinzu und da musste ich noch mehr weinen.

»Wenn wir zurückkehren, war alles umsonst«, wiederholte ich tonlos. An Finns Schulter geschmiegt, schaute ich mit verheulten Augen zu Hauke hinüber, der jetzt einen Schnaufer von sich gab, als hätte er uns die ganze Zeit über zugehört. Als hätte er nichts gegen eine Rückkehr auf den Friesenhof, der vielleicht bald ein schickes Golfhotel werden sollte.

»Du hast recht«, sagte ich leise. »Das ist unsere einzige Chance. Schlimmer als jetzt kann es kaum werden!«

Finn drückte mich fest, als wolle er mich nie wieder loslassen. »Ich bin immer für dich da, vergiss das nicht«, flüsterte er leise in mein Ohr. »Morango bedeutet viel für mich, meine Kocherei ebenfalls und Hauke ist mir auch nicht egal ... aber du, du bist das Allerallerwichtigste für mich.«

Ich nickte stumm. Aber seine Worte drangen nicht in mein Herz. Das Einzige, was in diesem Moment für mich zählte, war Hauke, der gerade den Kopf gehoben hatte.

»Wenn er endgültig wieder fit ist, feiert er Hochzeit mit Malina! Die beiden sind ja fast unzertrennlich!« Mit diesen Worten verabschiedete Zygmunt Hauke mit einem zärtlichen Klaps auf die Flanke, bevor er die Klappe hinter ihm und Morango am Hänger verriegelte. Tatsächlich hatte der Schimmelhengst am nächsten Morgen mit wachen Augen in der Box gestanden und Heu gefressen, als wäre nichts gewesen, und Malina hatte es aus unerfindlichen Gründen neben ihn in die Box geschafft. Aber da hatte Finn längst zu Hause angerufen und seinen Eltern alles erklärt.

Sie waren sofort losgefahren, um uns abzuholen.

»Was macht ihr nur für Geschichten«, rief Frauke und schloss ihren Sohn überschwänglich in die Arme. »Abhauen ist doch keine Lösung! Wir können doch immer über alles reden ...«

»Morango steht nicht zur Diskussion!«, sagte Finn mit fester Stimme und entzog sich murrend ihrer Umarmung. Die Begrüßung mit seinem Vater fiel distanzierter aus, sie gaben sich einfach nur die Hand.

»Ich soll dich von deiner Mutter grüßen und dir sagen, dass Hauke bleiben darf«, sagte Henry zu mir.

Was? Wie bitte? Alle weiteren Worte rauschten an meinen Ohren vorbei ... Ich musste mich an der offen stehenden Autotür festhalten. Konnte das wahr sein? Sollte sich diese Sorge in Luft aufgelöst haben? Als ich wieder zuhörte, schloss Henry mit den Worten »... und Isodora und Piet vermissen dich sehr!«.

»Kindchen, Kindchen, jetzt wird alles gut!« Oma Brinkum drückte mich feste zum Abschied und flüsterte mir ins Ohr: »Vergiss nicht, was ich dir gesagt habe!«

»Wie könnte ich!«, murmelte ich unter Tränen. Ich fühlte eine riesengroße Erleichterung und freute mich auf einmal wie Bolle auf zu Hause. Gleichzeitig vermisste ich schon jetzt Zygmunts zugewandte Art und Oma Brinkums Fürsorglichkeit.

»Sobald Malina so weit ist, telefonieren wir«, meinte Zygmunt und hielt mir die Hand hin. »Abgemacht? Hauke ist mir noch was schuldig ...«

Unter Tränen grinsend, schlug ich ein. Wenn Hauke Malina zur Frau nehmen wollte, wäre ich damit einverstanden. Wenn nicht, waren wir Zygmunt überhaupt nichts mehr schuldig.

Wir verabschiedeten uns noch von den Patienten im Stall, wünschten Plitsch und Plum und Domingo alles Gute und dann saßen wir tatsächlich nebeneinander auf der Rückbank von Henrys SUV auf dem Weg zum Friesenhof. Die ganze Fahrt über hielt Finn meine Hand, er war aufgeregt, wie ich, wir beide wussten nicht, wie es weitergehen würde.

»Das Wichtigste ist, dass Hauke wieder gesund wird!«, meinte Finn und streichelte mir über die Haare, misstrauisch von seiner Mutter durch den Rückspiegel beäugt.

»Und dass unsere Pferde nicht verkauft werden«, fügte ich leise hinzu, denn noch mochte ich nicht daran glauben. Womöglich hatten unsere Eltern das nur aus Erleichterung über unsere Rückkehr gesagt.

Ich lehnte mich erschöpft ans Fenster. Draußen rauschte die Landschaft vorbei, Felder, Wiesen, Wäldchen – unfassbar, dass wir diese Strecke in den letzten Wochen auf dem Rücken unserer Pferde zurückgelegt hatten. Wie lange war es her, dass wir mitten in der Nacht abgehauen waren? Vor dem Supermarkt die Einkaufswagen geplündert hatten? Henriette kennengelernt und Mareike mitten in der Walachei auf dem Rave-Festival begegnet waren? Von Rhapsody und Blue eingeladen worden waren?

Meine Augen verfolgten die Tropfen an der Scheibe, es regnete, wieder einmal. Diesmal war ich froh, nicht auf Haukes Rücken sitzen zu müssen, sondern im warmen, komfortablen Auto lümmeln zu dürfen. Und weil ich die letzten Nächte kaum geschlafen hatte, fielen mir vor lauter Müdigkeit und Erschöpfung die Augen zu. Ich merkte nicht, dass mir Finn fürsorglich meine Jacke um die Schultern legte, und auch nicht, dass wir eine Dreiviertelstunde lang im Stau standen. Ich wurde erst wach, als jemand mit Schwung die Tür öffnete, dass ich beinahe rausfiel.

»Hey, wo geit dir dat?« Es war Mareike, die mich aus dem

Wagen zerrte und ein Freudentänzchen der Extraklasse aufführte. »Das wurde aber auch so was von Zeit, dass ihr man zurückkommt! Ich werd glatt verrückt!« Sie strahlte mit ihren leuchtend blauen Haaren um die Wette und drückte abwechselnd Finn und mir begeistert Küsschen auf die Wange.

Benommen schüttelte ich den Kopf. Nur langsam kapierte ich, dass ich wieder zu Hause war. So durchgeknallt um einen herumwirbeln und einen mit seiner Fröhlichkeit anstecken konnte nur meine Freundin Mareike! Da spürte ich auch schon Isodoras Arme, die mich an ihre wogende Brust zogen.

»Liv«, rief sie und drückte mich innig. »Ich bin so froh, dass du wieder hier bist! Bitte verzeih, dass wir Hauke verkaufen wollten! Er bleibt, das verspreche ich hiermit feierlich!« Wie zur Bestätigung drückte sie mir einen dicken Schmatzer auf die Wange und hielt mich fest, als wolle sie mich nie wieder gehen lassen.

Ich nickte benommen und konnte mein Glück immer noch nicht fassen.

Piet trat neben mich und legte mir die Hand auf die Schulter. »Min Deern, willkommen zu Hause!«, sagte er mit belegter Stimme. »Lass uns Hauke in den Stall bringen, Merlin hat ihn sehr vermisst!«

In der Tat strich der weiße Hofkater die ganze Zeit über zwischen unseren Beinen hindurch, als wäre auch er über unsere Rückkehr erleichtert.

»Jetzt wird alles gut, was?« Ich ging zu ihm in die Hocke und kraulte seinen Bart. »Na komm, holen wir Hauke aus dem Hänger ...«

Finn und seine Eltern hatten längst die Klappe geöffnet.

Hintereinander führten wir erst Hauke, dann Morango in ihre Box. Hauke wieherte aufgeregt, als er aus dem Hänger tänzelte, keine Spur mehr von Mattigkeit und Erschöpfung, er wirkte frisch und ausgeruht, als wolle er jeden Augenblick am Strand entlanggaloppieren. Am liebsten wäre ich auf seinen Rücken gesprungen und davongejagt, auch mir schien der Menschenauflauf hier auf dem Hof plötzlich viel zu viel. Finns Eltern, Mareike, Wilm, Isodora und Piet. An der Stalltür tauchte jetzt Anna auf und hinter ihr Thorsten.

Ich tauschte einen raschen Blick mit Finn, der entsetzt den Kopf schüttelte, weil er genau wusste, was in mir vorging. Also setzte ich brav meinen Weg fort, während ich unablässig Mareikes Fragen beantwortete.

Hauke ließ sich dann doch nicht lange bitten und bezog seine gewohnte Box, auch Morango zeigte sich locker und gelöst, wieder den angestammten Platz neben seinem Stallkumpel beziehen zu können. Immer wieder wieherte er in der Hoffnung auf Antwort. Aber von Luigi und Alma war kein Ohr zu sehen.

»Die sind alle draußen auf der Weide!«, meinte Piet, als er meinen erschrockenen Blick bemerkte. »Komm, lassen wir die beide in Ruhe fressen.« Wohlwollend schaute er zu, wie sich Hauke über seine Portion Kraftfutter im Trog hermachte.

»Es gibt viel zu erzählen«, meinte auch Finns Mutter und drückte die Hand ihres Sohnes.

»Nur noch eine Minute«, meinte Finn. »Es tut so gut, wieder das vertraute Malmen zu hören. Wir hatten so schreckliche Angst um Hauke, das glaubt ihr gar nicht.«

»Und wir hatten schreckliche Sorge um euch!«, meinte Piet leise. »Wir wussten ja, dass ihr gemeinsam unterwegs seid … aber als wir dann tagelang keine Nachricht von euch hatten, war das fast nicht auszuhalten.«

»Bis dann Mareike ankam und erzählte, sie hätte euch auf diesem Rave-Festival getroffen, da waren dann alle beruhigt.« Anna war zu uns an die Gitterstäbe getreten. »Echt, Liv, du weißt gar nicht, was hier alles los war!« Sie guckte mich kopfschüttelnd an in einer Mischung aus Neid und Bewunderung.

Ich lächelte sie überrascht an. So viele Worte hatte sie noch nie mit mir gesprochen. Vielleicht war sie doch nicht so seltsam.

»Komm, gehen wir in die Stuv, Isodora und deine Mutter werden Tee gemacht haben. Und wir haben euch große Neuigkeiten zu verkünden!« Finns Mutter schob uns aus dem Stall.

»Camilla ist immer noch da? Wieso sagt ihr das nicht gleich?«, fragte ich verwundert.

»Klar, was denkst du denn! Sie ist deine Mutter!«

Meine Füße rannten wie von selbst los, um ihr in der Küche um den Hals zu fallen, wo sie mich erleichtert an sich drückte.

»Ich wollte dir Zeit lassen anzukommen«, flüsterte Camilla leise in mein Ohr und ihre Stimme klang, als müsse sie jeden Augenblick losheulen. »Ich wusste, dass du es heil und gesund schaffen würdest.« Camilla hielt mich fest und ich fragte nicht weiter nach, warum sie vorhin nicht auf dem Hof wie alle anderen gewesen war. Sie war einfach so. Und sie fühlte sich hier auf dem Friesenhof alles andere als wohl, das spürte ich ganz genau, als jetzt alle um den Tisch in der guten Stube herumsaßen und wild durcheinanderredeten.

Finn erzählte von Henriette, der Akrobatin und Straßenkünstlerin und ihren bunten Klamotten, Mareike schwärmte in einer Tour vom Festival. Isodora fragte nach Oma Brinkum, von deren Schicksal und dem Gnadenhof wohl in der Zeitung zu lesen gewesen war, während Frauke ihrem Sohn ein ums andere Mal besorgt übers Haar strich, ob er auch wirklich gesund sei und ob ihm auch nichts fehlen würde.

Unterm Tisch hatten Camilla und ich uns an den Händen gefasst, eine stille Form des Einverständnisses und auch der Dankbarkeit, dass alles so gut ausgegangen war. Aber aus den Augenwinkeln bemerkte ich, wie sie immer wieder heimlich hinüber zu Thorsten schielte, der neben Anna saß und sich genüsslich die Rosinen vom Teller pickte.

Mich durchzuckte es heiß. Ich kannte ja meine Mutter, kein Kind von Traurigkeit und für kleine Liebschaften immer zu haben. Ob sie mit Thorsten etwas am Laufen hatte? Das hatte mir ja gerade noch gefehlt! Ich würde Isodora später fragen müssen, ob sie etwas bemerkt hatte. Aber wie Camilla jetzt an seinen Lippen hing, während er sich ausführlich räusperte und zu einer längeren Rede anhob, war mir alles klar.

»Liebe Liv, lieber Finn«, begann er etwas umständlich und mit einer viel zu tiefen Stimme, die einem im Ohr brummte. »Ich glaube, ich spreche für uns alle, wenn ich sage: Uns ist ein Stein vom Herzen gefallen, als wir von eurer Rückkehr hörten. Und ich freue mich sehr, dass ihr gesund und wohlbehalten wieder zu Hause auf dem Friesenhof seid!« Er schaute Beifall heischend in die Runde und ich wusste nicht, ob ich ihn leiden konnte oder nicht.

»Der Friesenhof steht vor großen Veränderungen, wie ihr wisst. Wir haben in den letzten Wochen zahlreiche, ach was, endlose Gespräche mit Banken, Versicherungen und Handwerkern geführt.«

Diesmal seufzte Piet tief auf und murmelte etwas von wegen »alles olle Klookschieter«.

»Das waren Diskussionen, ich kann dir sagen!« Isodora hatte sich auf ihrem Stuhl zurückgelehnt. »So viel Papiergetüddel hab ich mein Lebtag nicht erlebt. Aber dieser gute Mann hier hat ja den Durchblick!« Sie nickte Thorsten aufmunternd zu, der seine Rede fortsetzte.

»Also, um es kurz zu machen: Es gibt eine Perspektive für den Friesenhof, wenn alle mitmachen. Und die Betonung liegt hier auf alle.« Wieder legte er eine umständliche Pause ein und so langsam ging mir sein Gesabbel auf den Geist. Meine Mutter nickte ihm aufmunternd zu, Anna hing an seinen Lippen und Mareike guckte amüsiert in die Runde. Finns Eltern wirkten dagegen ganz entspannt und einverstanden mit all dem, was Thorsten sagte. Einzig Piet saß mit vor der Brust verschränkten Armen da und starrte missmutig vor sich hin.

»Wie ihr wisst, hängt meine Tochter Anna sehr am Friesenhof, seit wir das erste Mal hier waren. Ich bin Geschäftsführer einer Immobilienagentur, vielleicht muss ich das vorher noch erklären. Daher kenne ich mich aus und habe die nötigen Investoren im Hintergrund. Genauer gesagt, würde ich gerne selbst ...«

»Mann! Quatsch nicht! Sag doch endlich, dass du den Hof kaufst!«, unterbrach ihn Piet und mir sackte das Herz in die Hose.

»Was?« Ich traute meinen Ohren nicht.

»Er kauft den Hof.« Piet nickte. »So einfach ist das!«

»So einfach ist das eben nicht!« Thorsten schüttelte den

Kopf, ganz klar der Geschäftsmann in der Runde, wie er dasaß, mit seiner dunklen Jeans und dem dunklen Rollkragenpullover. »Ja, ich werde den Hof kaufen und das nötige Geld investieren, damit hier wieder alles auf Vordermann kommt. Es stehen ja genügend Reparaturen an, das Dach ist inzwischen immerhin instand gesetzt. Aber die Wasserleitungen sind marode, die Heizung ... mal abgesehen von dem Zustand der sanitären Einrichtungen ...«

Während er alles aufzählte, was seiner Meinung nach auf dem Friesenhof an Baumängeln zu beheben wäre, ließ ich meinen Blick in die Runde schweifen. Camilla nickte mir zu, während Isodora neben Piet saß und den Kopf gesenkt hielt. Frauke und Henry dagegen wirkten aufgeregt und voller Tatendrang, sie freuten sich sehr, dass sie auf dem Friesenhof eine neue Perspektive gefunden hatten. Geplant war nämlich neben den umfänglichen Renovierungs- und Sanierungsarbeiten, dass sie auf dem Friesenhof ein Ausflugsrestaurant eröffnen würden. Finn saß zwischen ihnen und lauschte aufmerksam und neugierig, immer wieder lächelte er mir zuversichtlich zu.

»Was soll ich sagen, die Bürgermeisterin hat mir ihre volle Unterstützung signalisiert!«, erklärte er wortreich. »Sie begrüßt die Veränderungen und den Fortschritt ...«

»Als ob wir so von gestern wären, nur weil wir ins Watt fahren und den Leuten das Weltnaturerbe näherbringen! Wir zeigen den Stadtlüdd, wie man im Einklang mit Wind und Wetter leben kann, erklären ihnen geduldig, dass dieser Sandhaufen keine Wattwurmkacke ist, und öffnen ihre Herzen für die Schönheit der Natur«, brach es da aus Piet heraus, der die ganze Zeit über düster vor sich hin geschwiegen hatte. »Wir wollen hier keine püükfeinen Pinkel, die ihre Golfbälle über die Weide schießen! Wir wollen unsere Pferde! Und unsere Ausflugsfahrten durch die Felder, frei unter Gottes Himmel und im Herzen froh. Erzähl du mir man nicht, dass dieses Eingeloche und Schickimicki-Getue die Menschen glücklich macht! Die Pferde gehören zum Friesenhof, genau wie wir.«

»Aber sie sollen doch auch bleiben«, warf Thorsten besänftigend ein. Offensichtlich war dies ein Punkt, der in der Vergangenheit schon öfters diskutiert wurde, denn auch Finns Vater mischte sich jetzt ein.

»Das wird ein Sport-Wellness-Hotel, Piet, hast du das immer noch nicht verstanden? Das Angebot für die Gäste besteht aus Reiten, Golfen, Relaxen und Spa«, sagte Henry. »Und für das kulinarische Wohlergehen sorgen wir vom Anker mit einem angegliederten Restaurant und Finns ›Kombüse‹ als kleines, aber feines Bistro für Ausflugsgäste.«

»Was willste denn mit Spa, wo du die Nordsee vor der Haustür hast! Und wozu Golf, wenn du boßeln kannst?«, polterte Piet weiter.

»Aber das haben wir doch oft genug durchgesprochen«, meinte Isodora mit leiser Stimme. »Wir haben keine andere Wahl. Nur so kannst du weiter deine Fahrten anbieten. Und nur so können wir wenigstens Alma und Luigi behalten, Hauke und Morango.«

»Dann ist ja alles klar«, meinte Thorsten zufrieden. »Ich werde die Bürgermeisterin anrufen und ihr sagen, dass sie ab sofort auf unsere Marketingkampagne aufspringen kann: *Exklusive Ferien für sportbegeisterte Gourmets!* Wir machen im Stadtanzeiger eine Schalte und ...«

Weiter kam er nicht. Denn das war der Moment, in dem ich laut rumpelnd vom Stuhl kippte.

17

Mit dröhnendem Schädel lag ich in Camillas Bett und versuchte zu schlafen, aber es gelang mir nicht. Tausend Gedanken kreisten in meinem Kopf, immer wieder gingen mir Thorstens Worte durch den Sinn. *Exklusive Ferien für sportbegeisterte Gourmets!* Und das auf dem Friesenhof, wo es, seit ich denken konnte, immer nur selbst gemachten Rosinenstuten und Wattwagenfahrten gab. So ein Blödsinn, dachte ich ein ums andere Mal, ich konnte Piets schlechte Laune gut verstehen.

»Wie konntest du das nur zulassen?«, fragte ich meine Mutter, die mit versteinerter Miene im Zimmer auf und ab lief. Noch ein Grund, weshalb ich nicht einschlafen konnte, weil permanent ihre Schuhe auf den Holzdielen klackerten. Während Isodora mir Globuli und kalte Essigwickel verpasst hatte, hatte Camilla nichts Besseres zu tun, als mich mit Vorwürfen zu bombardieren.

»Was willst du denn noch?«, hatte sie mich nach dem ersten Schrecken angemacht. »Hauke darf bleiben! Und Morango auch. Das ist doch das, was du erreichen wolltest, oder? Ich verstehe dich nicht!«

Kopfschüttelnd stand sie jetzt vor mir. Und anscheinend tat ich ihr jetzt doch leid. »Das wird schon wieder«, meinte sie sanft und strich mir über die Haare. »Du hast eine harte Birne ...«

Ich grinste schief und tastete nach der Beule, die sich am

Hinterkopf gebildet hatte. »Haste was mit dem?«, fragte ich neugierig.

Camilla grinste verlegen und setzte sich zu mir auf die Bettkannte. »Der ist toll ... und weiß, was er will. Und wir sind hier mit einem Schlag alle Sorgen los. Das hat selbst meine ansonsten so schwerfällige Schwester einsehen müssen ...«

»Isodora ist nicht schwerfällig!«, warf ich ein. »Nur weil sie keinen Marathon läuft, heißt das noch lange nicht, dass sie nicht flink und pfiffig ist.«

»Schon klar, reg dich ab!«, meinte Camilla beschwichtigend. »Ich wundere mich nur immer wieder über ihre Leibesfülle, du hast selbst gesagt, sie sei so dick, dass sie nicht aufs Display passt, weißt du noch? Ich an ihrer Stelle ...«

»Bist du aber nicht! Du lebst in Hamburg und der Friesenhof interessiert dich nicht die Bohne, gib es doch zu!« Ich hatte mich im Bett aufgerichtet, worauf mein Kopf mit einem stechenden Schmerz reagierte. Aber es war mir unmöglich, mich liegend platt wie eine Flunder mit Camilla zu unterhalten.

»Der Friesenhof liegt mir sehr am Herzen, mehr, als du denkst.« Camillas Stimme war leise geworden.

»Ach ja? Und deswegen vertickerst du den Hof an einen Immobilienfuzzi, der daraus ein Schickimicki-Hotel für die Hamburger High Society machen will?«

»Es ist das Beste für alle, glaube mir.«

»Das Beste für wen? Die Ponys sind ja schon alle weg! Und so Schnösel interessieren sich doch nicht für Kutschfahrten, wie Piet sie anbietet!«

Camilla seufzte. »Aber das ist unsere einzige Chance! Sonst müssen die anderen Pferde doch noch verkauft werden.«

»Aber hier wird alles anders!«, rief ich verzweifelt. »Und was macht Isodora, wenn sie sich nicht mehr um ihre Gäste kümmern kann? Wenn sie keinen Gemüsegarten mehr hat oder Wäsche zum Aufhängen? Und Piet?«

»Leben ist Veränderung, Liv, ich dachte, du wüsstest das. Es wird höchste Zeit, dass die beiden in Bewegung kommen und sich hier etwas tut. So konnte es doch nicht weitergehen! Der Friesenhof war längst in die Jahre gekommen, die beiden haben an alten Zeiten festgehalten und so getan, als würde sich die Welt nicht drehen. Rosinenstuten und rote Grütze mögen ja sehr lecker sein! Aber es gibt doch so viel gesündere, modernere Gerichte, die man aus Rosinen oder Beeren zubereiten kann, frag mal Finn. Und dieser lähmende Tagesablauf, immer das Gleiche, Filterkaffee am Morgen und abends Puschen an die Füße, Klönschnack und Pingeln, und immer alles schön nach Plan.«

Camilla machte eine Pause und ich verkniff mir zu sagen, dass die Leute aus ganz Deutschland genau deswegen all die Jahre hierhergekommen waren. Eben weil die Zeit auf dem Friesenhof stillstand, eben weil alles so wie immer war: das reetgedeckte Haus und die roten Klinker an der Fassade. Die Rosenranken an der Eingangstür und die Hecken auf dem Feldweg Richtung Pappelallee. Weil es hier hausgemachten Rosinenstuten gab und keine verkünstelten Cupcakes mit Rosinen-Topping, echte Bohne mit Kaffeesahne in kleinen Silberkännchen statt Latte Macchiato und Teppiche statt schicke Fliesen. Isodoras und Piets Gäste hatten genau diese Ruhe und Beständigkeit auf dem Hof geliebt, auch wenn die Tapeten mit den Jahren etwas angeschrabbelt waren und die Armaturen oll. Und keiner von ihnen hatte je eine Sauna oder einen Pool vermisst, weil sie ja mit ihren Pferden hergekommen waren. Sie wollten endlose Ausritte am Strand oder Pferdewanderungen oder Picknicks im Erdbeerfeld erleben, sie wollten so viel Zeit wie möglich gemeinsam mit ihren geliebten Vierbeinern verbringen und das Glück mit ihnen genießen. Das allein zählte, das war schon alles und doch so viel. Aber das würde meine Mutter nie verstehen.

»Warum eigentlich magst du keine Pferde?«

Meine Mutter schwieg eine Weile, bevor sie sagte: »... das ist eine lange Geschichte.«

»Wir haben Zeit, bis meine Kopfschmerzen nachlassen«, versuchte ich einen Scherz. »Und so wie sich meine Birne gerade anfühlt, würde ich sagen: Das dauert!«

Camilla nickte. »Ich wollte dich nie mit der Vergangenheit belasten, aber es ist wohl an der Zeit, dir endlich alles zu erzählen«, begann sie umständlich. Sie hatte sich neben mich gesetzt und nach meiner Hand gegriffen, die sie unablässig streichelte. Wie Finn, der ging auch immer gerne auf Tuchfühlung und wollte ständig Händchen halten, wenn wir zusammen waren. Mir fiel auf, dass ich bis gerade eben kein einziges Mal an ihn gedacht hatte.

»Isodora und ich waren richtige Pferdemädchen! Echt jetzt, auch wenn du dir das bei mir nicht vorstellen kannst ... ich war wie du, von morgens bis abends im Stall und in Reitstiefeln, natürlich am liebsten auch noch nachts. Mein Lieblingspferd hieß Estrella, wir waren unzertrennlich. Wie Hauke und du.« Camilla machte eine Pause. Sie lächelte versonnen, als sie weitersprach. »Sie war eine schwarze Araberstute mit einer weißen Flocke auf der Stirn und war eines der edelsten Pferde, die wir hier auf dem Friesenhof hatten. Isodoras Pferd hieß Knut und sah so aus, wie er hieß, groß und kräftig, ein muskulöser Friese. Wir waren schon damals sehr unterschiedlich, meine Schwester und ich, aber in Bezug auf die Pferde waren wir ein Herz und eine Seele.«

»Machten die Stadtlüdd damals auch schon Pferdeurlaub auf dem Friesenhof?«, fragte ich neugierig. Meine Mutter und pferdeverrückt, ich glaubte meinen Ohren nicht. Ich lehnte mich an sie und hörte ihrer Erzählung weiter zu.

»Ja, klar. Damals wie heute, die Leute kamen gerne und immer wieder hierher, weil sie das Ambiente liebten, Filterkaffee und Mittagsruhe, daran hat sich in all den Jahren nichts geändert. Und schnell war klar, dass Isodora eines Tages den Hof von unseren Eltern übernehmen und fortführen würde, sie hatte ein gutes Händchen mit den Pferden und den Gästen, locker und humorvoll, wie sie ist, für jeden ein nettes Wort. Aber mir wurde das zunehmend zu ... viel, zu eng. Ständig arbeiten, helfen, freundlich sein, das nervte. Immer öfter, da war ich ein bisschen älter als du jetzt, begann ich, auf eigene Faust die Gegend zu erkunden, die Felder, den Waldsee, den alten Leuchtturm, wie du und Hauke.«

»Woher weißt du?«

»Du bist meine Tochter.« Camilla grinste. »Isodora und deine Großeltern machten mir Vorwürfe, weil ich ständig unterwegs war und mich ihrer Meinung nach nicht mehr ausreichend um alles kümmerte. Das mochte, was Wäsche, Frühstücks- und Küchendienst betraf, stimmen, aber es galt nicht für die Pferde, die standen für mich immer an erster Stelle! Gemeinsam mit Wilm, der damals schon Stallknecht auf dem Hof war, taten wir alles für die Tiere ... Aber sonst passierte hier nichts! Ich wollte raus, etwas erleben, aber jeden Tag das Gleiche, Aufstehen, Füttern, Putzen, das war langweilig, das reichte mir nicht. Ich machte ein grandioses Abitur und wollte unbedingt nach Hamburg zum Studieren. Aber deine Großeltern waren dagegen und mir fehlte das Geld, um einfach abzuhauen. Also begann ich hier in Töwerhaven eine Ausbildung in der Bank, um wenigstens etwas zu verdienen, doch das Landleben machte mich immer unglücklicher. Im Gegensatz zu Isodora, die in der Gegenwart der Gäste aufblühte und zur Höchstform auflief und mit Kräuterwanderungen und Mondscheintänzen ihr Klientel fesselte.« Camilla kicherte. »Du musst dir das mal vorstellen, Liv: Ich im strengen Kostümchen, hinterm Schreibtisch und mit tausend Zahlen, und Isodora in ihrem Walla-Walla-Gewand und Blumenkranz im Haar, die halb nackt auf der Wiese tanzt! Natürlich war der Friesenhof fortan Gesprächsthema Nummer eins, zumal sich unsere Eltern mehr und mehr aus dem Tagesgeschäft zurückzogen. Da geschahen ein paar Dinge gleichzeitig: Unsere Eltern starben kurz hintereinander auf tragische Weise ... und Piet tauchte hier auf und blieb. Und Sean.«

»Mein Vater.« Camilla hatte mir längst erzählt, dass er Gast auf dem Friesenhof gewesen war und sie sich Knall auf Fall in ihn verliebt hatte und die beiden so verrückt nacheinander gewesen waren, dass sie gemeinsam eines Tages durchbrannten. Aber mehr wusste ich nicht.

»In diesen Sommerferien gab es nur Sean und mich, wir verbrachten jede freie Minute miteinander. Und dann passierte, was passieren musste: Ich wurde schwanger, obwohl wir verhütet hatten, du wolltest wohl unbedingt auf die Welt. Zu mir.« Meine Mutter drückte innig meine Hand, als wolle sie mir sagen, dass sie das nie bereut hatte, auch wenn sich das in der Vergangenheit für mich manchmal nicht so angefühlt haben musste.

»Und dann?«, fragte ich atemlos und schmiegte mich noch fester an sie.

»Dann ging das Gerede los! Die Leute in Töwerhaven zerrissen sich den Mund, jeder wusste angeblich etwas über Sean, was wir nicht wussten, dass er Seemann war, Pferdeflüsterer, Mafiasohn, es war schrecklich. Dass wir nicht heirateten und er vier Monate vor der Entbindung nach Hamburg ging, um für uns dort gemeinsam eine Wohnung zu suchen, machte die Sache auch nicht besser, wie du dir denken kannst. Für Isodora nicht und für mich erst recht nicht. Was haben sie mich alle beschimpft! Keiner von ihnen hat daran geglaubt, dass wir gemeinsam glücklich werden, niemand hat uns dabei unterstützt. Sean besaß ein kleines Vermögen, er hatte geerbt und befand sich gerade auf einer Weltreise. Der Friesenhof war seine vorletzte Station, bevor er auf einem Frachter anheuern wollte, er wollte frei sein, ungebunden, ohne Frau und Kind, ohne Familie, reisen, den Wind um die Nase spüren ...« Camilla seufzte. »Den Rest kennst du: Wir lebten einige Jahre zusammen, ich studierte dank seiner Unterstützung, begann zu arbeiten, er kümmerte sich um dich und war ein großartiger Vater, er war ganz vernarrt und verzaubert. Eine Zeit lang waren wir sehr glücklich, Sean liebte mich. Und dich. Aber seine Sehnsucht, sein Freiheitsdrang waren stärker, er wurde innerlich immer unglücklicher. Eines Tages ist er auf und davon, ich habe nie wieder etwas von ihm gehört.«

»Das war das Jahr, in dem wir hier auf dem Friesenhof lebten, stimmt's?«

»Stimmt.« Camilla nickte. »Ich wollte nie wieder hierher zurück, kannst du dir ja denken. Diese Kleingeister, Spießer ... es war schrecklich, Lästereien ohne Ende, Klatsch und Tratsch an jeder Ecke, aber mir blieb keine Wahl. Sean hatte mir kein Geld hinterlassen, weil er inzwischen selbst pleite war, und ich war wie gelähmt und unfähig, arbeiten zu gehen. Und du warst ja auch noch da und wolltest versorgt werden. Also habe ich Isodora um Hilfe gebeten, bin auf den Friesenhof zurück ...«

»... und sie hat dich und mich wieder aufgepäppelt!«

»Mit all ihrer Liebe! Und natürlich gewissen Globuli und Kräutern.« Sie grinste und knuffte mir liebevoll in die Seite. »Ich weiß nicht, wie oft ich mit ihr im Mondschein mein Ritual getanzt habe, um ihn zu vergessen und meine Kraft zu finden ... Sie hat es gut gemeint. Aber es war ein schreckliches Jahr für mich, ein Spießrutenlaufen im Ort. Aber Hauptsache, dir ging es gut!« Camilla seufzte tief.

»Warum hast du mir nie davon erzählt?«, fragte ich.

»Weil du so gerne hier bist, ich wollte dir den Friesenhof nicht verderben! In diesem Jahr, das wir hier verbracht haben, hast du deine Liebe zu den Pferden entdeckt und ich fühlte mich an meine Kindheit erinnert, weil du kaum noch aus deinen Reitstiefeln herauskamst. Als dann im Frühjahr darauf Hauke geboren wurde, war für mich alles klar. Und Isodora und Piet waren damit einverstanden, dass du sie so oft wie möglich besuchen kommst. Nur die Weihnachtsferien, die wollte ich immer mit dir alleine verbringen.« Camilla wischte sich eine Träne aus den Augenwinkeln und ich drückte dankbar ihre Hand. Ich hatte nicht gewusst, dass meine Mutter ein solch kompliziertes Verhältnis zum Friesenhof hatte.

»Aber meinst du, Isodora wird glücklich mit so einem Schickimicki-Hotel?«, fragte ich nach einer Weile.

»Wir haben keine andere Wahl!«, antwortete meine Mutter mit matter Stimme. »Wir haben alles Mögliche überlegt und diskutiert. Wir sind froh, dass Thorsten das Geld investiert. Und dass Finns Eltern mitmachen, ist wie ein Lottogewinn obendrauf.«

»Aber meine Zukunftsträume sind komplett vernichtet.« Ich schüttelte den Kopf, was eine erneute Schmerzwelle auslöste.

»Deine Zukunft?« Camilla schaute mich verständnislos an und straffte ihre Schultern, plötzlich wirkte sie wie ausgewechselt. »Deine Zukunft ist in Hamburg, mein liebes Kind, hier kannst du weder etwas lernen noch studieren. Ich dachte, das hätten wir längst ausführlich genug geklärt.«

Mit diesen Worten strich sie mir noch einmal sanft über die Haare, bevor sie sich erhob und zur Tür ging. Dort blieb sie stehen, als wolle sie mir noch etwas sagen, entschied sich dann aber anders und verschwand nach draußen, wo ich sie kurz darauf mit Thorsten diskutieren hörte.

Völlig erschlagen von ihren Worten, schloss ich die Augen, unfähig, mich ihr zu widersetzen. Wieder einmal.

Nach drei Tagen Bettruhe waren die Kopfschmerzen endlich vorbei und ich durfte wieder aufstehen. Sehr zur Freude von Camilla, Isodora und den anderen, die erleichtert waren, dass es mir wieder besser ging – und dass ich wieder mit anpacken konnte, immerhin gab es genügend zu tun, was ich mit gemischten Gefühlen begrüßte. Finn war begeistert von den Plänen und Fortschritten der Umbauarbeiten, er steckte voller Elan und Zuversicht und studierte ein ums andere Mal die Pläne, die Thorsten für alle als Übersicht in die Küche gehängt hatte.

»Jetzt wird alles gut, kleine Hexenfee«, sagte er und gab mir einen Nasenstüber, als ich am Morgen in die Küche kam. »Schau mal, meine Kombüse ist fast fertig. Wenn alles gut geht, können wir in den Herbstferien sogar schon Eröffnung feiern! Wenigstens ein Anfang.« Er zog mich in die Arme und drückte mich fest an sich, bevor er wieder von seiner künftigen Wirkungsstätte zu schwärmen anfing. »Kleine, feine Gerichte von der Nordsee, vegetarisch, vegan und lecker ... Ich werde meine Lehre als Koch beginnen, eigentlich stecke ich ja schon mittendrin«, meinte er. »Noch ein Jahr Schule, dann habe ich die mittlere Reife. Bis dahin hat sich hier alles sortiert ... «

»Du spinnst ja!«, unterbrach ich ihn mürrisch und tockte mir an die Stirn. »Der Friesenhof und Wellness-Spa-Gedöns. Und du machst auch noch mit, das verstehe ich nicht.«

»Ach, Liv, komm schon, du hörst dich an wie Piet! Das ist die Chance für uns alle, wirst schon sehen. Du willst doch auch, dass der Friesenhof erhalten bleibt, oder?«

»Erhalten und nicht vergewaltigt. Danach ist doch nichts mehr so, wie es einmal war!«, schnaubte ich. »Aber auch egal, was rege ich mich auf ... ich bin eh draußen, meine Mutter wünscht, dass ich nach dem Abi studiere.«

»Was? Spinnt die? Und was ist mit Hauke?«

»Um den kümmerst du dich, ihr habt jetzt ja einen guten Draht.«

»Pah, haben wir nicht! Seit wir wieder hier sind, dreht er mir ständig sein Hinterteil entgegen und hebt sogar drohend den Huf, wenn ich nicht nachgebe«, meinte Finn. »Hauke tut plötzlich so, als kenne er mich nicht. Nur Wilm lässt er an sich heran.«

»Wird höchste Zeit, dass wir gemeinsam ausreiten und Hauke wieder auf andere Gedanken kommt, was?«, grinste ich und drückte ihm einen Kuss auf den Mund, aber irgendwie schmeckte Finn anders als sonst. Geschäftiger. Abwesend. »Wollen wir später los zum Waldsee? Oder lieber in die Dünen?«

»Keine Zeit.« Finn schüttelte den Kopf. »Nachher kommt der Schreiner mit den Holzproben. Wir müssen uns für Buche oder Bambus entscheiden und über die Möbelmodule beraten ... Komm doch dazu, deine Meinung ist mir wichtig! Schließlich geht es ja auch um deine Zukunft!« Er schaute mich durchdringend an und ich erschrak. Sollte das etwa ein Antrag sein? Mir fiel auf, wie erwachsen er plötzlich wirkte. Keine Spur mehr vom kleinen, etwas moppeligen Finn, mit dem ich sommerlang durch die Felder geritten war. Sein Gesicht war markanter geworden, seine Körperhaltung straffer, als sei für ihn die Zukunft klar entschieden.

Nicht so ich. Ich konnte mich nicht damit abfinden, dass mich meine Mutter zum Studium in Hamburg zwingen wollte und aus dem Friesenhof ein Wellness-Center mit allem Pipapo werden sollte.

Mit einem Mal fühlte ich mich unglaublich schwach und musste mich setzen. Die ganze Aktion mit dem Abhauen war völlig umsonst gewesen. Was nützte mir Hauke, wenn es *den* Friesenhof nicht mehr gab und ich nicht auf dem Friesenhof sein konnte?

»Hey, ist was, du bist so blass?« Finn griff besorgt nach

meiner Hand. »Hier, trink mal einen Schluck Wasser. Vielleicht ist es doch noch zu früh gewesen aufzustehen.«

»Geht schon wieder.« Eine Weile schwiegen wir vor uns hin. Ich blickte mich in der Küche um, die blau gemusterten Fliesen an der Spüle, die weißen Hängeschränke und mindestens dreißig Gläser Erdbeermarmelade, die auf ihre Etiketten warteten. Ein vertrautes Bild, es würde meine Aufgabe sein, die Beschriftung vorzunehmen. Wie immer.

»Wirklich alles okay?«, fragte Finn. Als ich nickte, umarmte er mich noch einmal. »Heute Abend gehen wir am Strand spazieren ... ich vermisse dich.« Er drückte mir noch einen dicken Kuss auf die Wange, bevor er laut vor sich hin pfeifend nach draußen verschwand.

In diesem Moment spürte ich, dass aus unserem gemeinsamen Strandspaziergang nichts werden würde. Ich würde mit jemand anderem gehen müssen. Und das lag nicht an Finn.

18

Unter einem Vorwand blieb ich an jenem Abend auf meinem Zimmer, das genauer gesagt, Camillas war, weil in meinem immer noch die Tapeten fehlten. Ich hatte mich daran gewöhnt, dass meine Mutter irgendwann in den Morgenstunden in ihr Bett schlich, ich tat dann, als schliefe ich.

Nicht so an diesem Abend. Als sie zur Tür hereinkam, flüsterte ich ihr zu: »Komm mit, ich muss dir was zeigen«, und nahm sie an der Hand.

Camilla schien nicht weiter verwundert darüber, dass ich sie mitten in der Nacht über den Hof in den Stall führte, wo ich Hauke die Trense überstreifte.

»Was hast du vor?«, fragte sie nur, als ich ihr bedeutete aufzusteigen. Hauke, der genau zu wissen schien, worum es ging, benahm sich vorbildlich, tänzelte entgegen seiner sonstigen Gewohnheiten kein bisschen und ließ Camilla willig aufsteigen. Er wartete, bis sie sich in Ruhe auf seinem Rücken zurechtgesetzt hatte und ich mich hinter ihr hochgeschwungen hatte, dann schritt er beinahe lautlos durch das Tor, den schmalen Dünenweg mit den Heckenrosen entlang. Als wir hinunter an den Strand zum Meer ritten, streifte salzige Luft meine Wangen und Camilla atmete wie befreit ein und aus. Vor uns erstreckte sich einladend der schier endlos wirkende Strand, hell und freundlich vom Vollmond beschienen.

»Wir haben Ebbe ...«, flüsterte meine Mutter leise, ihre Hände ruhten in Haukes Mähne. »Wo willst du hin?«

»Hauke kennt den Weg, vertraue ihm«, flüsterte ich zurück und gab meinem Pferd die Zügel hin. Normalerweise wären wir jetzt im fliegenden Galopp über den Strand gefegt, aber Hauke schien es nicht eilig zu haben, im Gegenteil. Er setzte vorsichtig seine Hufe, als gäbe es tausend Karnickellöcher zu beachten, als trüge er eine wertvolle Last auf seinem Rücken, die es zu beschützen galt.

Der Schimmel nahm nun den Weg ins Watt, direkt auf den Horizont zu. Das Mondlicht glitzerte und zauberte bizarre Muster auf den geriffelten Wattboden mit seinen Wasserpfützen und Prielen, alles glänzte, beinahe weiß.

Camilla entfuhr ein leiser Seufzer, als sie bemerkte, dass Hauke der Spur des Mondlichts folgte wie auf einer Treppe. Irgendwann ging er einen leichten Bogen und bald darauf sahen wir die Umrisse des alten Leuchtturms vor uns liegen.

»Gehe nie bei Vollmond ins Watt«, murmelte Camilla und statt einer Antwort lehnte ich mich einfach nur an ihren Rücken, drückte ihre Hand und ließ mich mit geschlossenen Augen tragen.

»Wie ich es mir schon dachte: Du bist nicht das erste Mal hier«, sagte sie, als Hauke am alten Fundament stehen geblieben war. Wir halfen uns gegenseitig von seinem Rücken und liefen bis zum Boot, das auf den Wattboden ins Trockene gefallen war.

Ich nickte und bedeutete meiner Mutter, sich zu mir ins Boot zu legen, ich hatte die Decke aus ihrem Versteck in der Kiste geholt und sie für uns ausgebreitet. Hauke stand unterdessen still wie ein Reiterdenkmal am alten Leuchtturm, als wolle er uns bewachen, wie wir Arm in Arm und miteinander schweigend dalagen.

»Siehst du die Sterne?«, flüsterte ich nach einer Weile. »Wenn ich in den Himmel schaue, versuche ich sie immer zu Bildern zu verbinden. Das dort ist ein Haus! Und das ist ein Herz ... und das hier zeigt ganz klar einen Pferdekopf.«

Ich spürte, wie meine Mutter neben mir nickte. »Du brauchst mir nichts zu erklären, Liv, ich verstehe dich auch ohne diese ›Entführung‹!«, meinte sie leise. »Ich wollte immer nur, dass es dir gut geht! Und nach wie vor bin ich der Meinung, dass du mit einem Studium für deine Zukunft besser gewappnet bist. Du vergeudest dein Talent, deine Begabung ... was willst du hier zwischen all den Pferdeäppeln und meckernden Touristen, den Klatschtanten aus dem Ort, die alles besser wissen?«

»Du willst einfach nicht akzeptieren, dass ich hierhergehöre!« Ich sagte es eher resigniert als empört. Ich war tief enttäuscht. Warum, warum nur wollte meine Mutter mich nicht verstehen?

Camilla seufzte. Ich griff nach ihrer Hand, bevor ich sagte: »Versteh doch, anders als du fühle ich mich *hier* frei und nicht in Hamburg.«

Meine Mutter nickte. »Stimmt, ich habe mein Glück in der Stadt gefunden, in meinem Job, meine Freundinnen und Freunde, ab und zu ein Mann ...«

»Oder Thorsten«, rutschte es mir heraus.

»Das mit Thorsten ist anders ... aber das müssen wir in Hamburg ausprobieren und leben, nicht hier. Und seine Entscheidung, in den Friesenhof zu investieren, hat nichts mit mir zu tun, sondern einzig mit seiner geliebten Tochter Anna.«

»Weil Anna hier glücklich ist, glücklicher als in der Stadt. Mensch, Camilla, versteh doch, ich bin anders als du! Ich gehöre zu Hauke und an die Nordsee, egal, wie cool, schick oder bodenständig der Friesenhof sein wird. Bitte, bitte lass mich hier zur Schule gehen, meine Ausbildung machen, mich um alles kümmern …«

Ich spürte, wie meine Mutter neben mir nickte. »Weiß ich doch längst«, flüsterte sie leise, »aber ich wollte nur dein Bestes. Das wollen Mütter immer.« Sie drückte mich fest an sich und ich lehnte mich erleichtert an ihre Schulter. Dann hatte sie doch mehr von mir verstanden, als sie in der Vergangenheit gezeigt hatte. Eine Weile schwiegen wir vor uns hin und guckten in die Sterne.

»Eine Sache allerdings möchte ich dir mit auf den Weg geben.« Camilla hatte sich aufgerichtet, wir saßen uns jetzt gegenüber und der Mond schaute ihr über die Schulter, als sie sagte: »Du alleine bestimmst über dein Leben, niemand sonst! Lass dir von niemandem etwas anderes sagen! Du alleine wählst deinen Weg, selbstbestimmt und frei, für dich, unabhängig von der Meinung anderer, frei von Erwartungen eines Mannes oder anderer Menschen. Verstehst du, was ich dir sagen will?« Sie machte abermals eine Pause und ich musste unwillkürlich an Oma Brinkum denken.

»Jede Frau hat ihren eigenen Weg und der ist richtig! Für die eine ist es die Business-Karriere, für die andere das Betüteln von Gästen. Für die eine liegt ihre Erfüllung im Umgang mit Zahlen und Events, die andere braucht Menschen, Kinder und Tiere für ihr Herzensglück um sich. Für die eine sind es ständig andere Männer, für die andere Treue, bis dass der Tod euch scheidet … Du musst herausfinden, was für *dich* richtig ist, Liv. Ob du dich jetzt schon an Finn binden möchtest, für immer, oder lieber noch warten möchtest ... Das mit dir und Hauke ist etwas Besonderes, dieser Hengst ist ein Geschenk. Und wenn dieser Zygmunt tatsächlich mit ihm eine Zucht beginnen kann, umso besser! Während Hauke auf dem Brinkumer Hof die Stuten glücklich macht, kannst du dich in der Zwischenzeit um den Friesenhof und seine Pferde kümmern. Gehst zur Schule, machst deine Ausbildung ... Gestalte dein Leben, genieße deine Freiheit, lebe deinen Traum! Aber so wie *du* es willst und nicht, wie andere das von dir erwarten.«

Ich nickte zaghaft und konnte immer noch nicht glauben, was mir Camilla gerade alles gesagt hatte. Meine Mutter erlaubte mir tatsächlich hierzubleiben! Dankbar umarmte ich sie und zwickte mich insgeheim, weil ich sichergehen wollte, dass ich nicht träumte.

Camilla gähnte. »Also, los, worauf wartest du noch? Lass uns zurückreiten und endlich schlafen gehen, ich bin hundemüde!«

Jubelnd fiel ich meiner Tante am nächsten Morgen um den Hals.

»Löpt sich allens torecht«, meinte Piet gerührt, als sie mich ihm als künftige Mitbewohnerin vorstellte und dabei etwas von »kleine Familie« murmelte. Piet wischte sich die Augen, das mochte aber vielleicht auch daran liegen, dass er in aller Herrgottsfrühe Thorsten während des Sonnenaufgangs durchs Watt kutschiert hatte und jetzt müde war.

Während ich glücklich wie lange nicht mehr der gewohnten Stallarbeit nachging und am liebsten sofort mit Hauke am Strand entlanggaloppiert wäre und die frohe

Botschaft ganz Töwerhaven erzählt hätte, saß er gemeinsam mit Isodora, Thorsten, Finn, Henry und Frauke über den Renovierungsplänen. Irgendetwas hing in der Luft, scheinbar war doch noch nicht endgültig entschieden, ob das Hotel wirklich ein Golf-, Wellness- & Spa-Ressort werden sollte – oder nicht doch besser ein moderner Ferienhof für Reitfreunde und Familie. Thorsten wirkte gereizt und alle hielten den Atem an, ob er es sich in letzter Sekunde vielleicht anders überlegte und sämtliche vielversprechenden Zukunftspläne über den Haufen warf. Denn aus unerfindlichen Gründen zögerte Thorsten plötzlich mit seinem Investitionsprojekt wegen irgendwelcher Unstimmigkeiten in der Finanzierung und ich hoffte, dass er nicht doch noch im letzten Augenblick abspringen würde.

Finn war nach wie vor mit Feuereifer bei der Sache, hörte mir aber kaum zu, als ich ihm die freudige Nachricht überbrachte, dass ich für immer bleiben durfte. Seit unserer Rückkehr saß Finn über die neuen Bau- und Küchenpläne gebeugt, tüftelte und konstruierte, strich durch und entwarf neu und zeigte mir ständig neue Maßnahmen, wie seine »Kombüse« noch gastfreundlicher, noch effizienter sein würde. Dass sich Morango auf der Weide langweilte, schien ihm plötzlich egal. Als ob er völlig vergessen hatte, dass wir bis vor Kurzem ein unbekümmertes und freies Leben geführt hatten, in das uns niemand reinquatschte. Den Finn, der fröhliche Bauchplatscher in die Aue gemacht hatte, gab es nicht mehr. Jetzt wollte er plötzlich alles durchdenken, durchplanen, durchtakten, ich erkannte ihn kaum wieder. Er nahm sich nicht eine Minute Zeit für mich, dabei hätte es so gutgetan, meine Freude mit ihm zu teilen. Enttäuscht verkroch ich mich zu Hauke in die Box. Mein

Leben mit den Pferden hatte auch einen Rhythmus, aber der ging im Einklang mit der Natur, begann mit den ersten Sonnenstrahlen und der Fütterung, richtete sich nach den Bedürfnissen der Pferde und war beendet, wenn die Tiere abends friedlich schnaubend im Stall standen oder auf der Weide, nach einem Ausritt ins Watt oder durch die Erdbeerfelder. Aber ich würde meine Freunde nie wegen der Pferde vernachlässigen.

Plötzlich hörte ich Schritte die Stallgasse entlangkommen. Es war Anna. »Na, jetzt hast du ja erreicht, was du wolltest!«, rutschte es mir heraus, als sie an mir vorbeilief, verschwitzt vom Joggen. Abgemagert, wie sie war, erschien sie mir heute früh noch zerbrechlicher als sonst, wenn das überhaupt möglich war. Aber was ging mich es an, dass sie sich krank hungerte. Mädchen wie sie wussten genau, was sie taten. Wenn sie jetzt am Ziel ihrer Träume war, würde sie vielleicht ihr Essverhalten ändern. Vielleicht.

»Du doch auch, oder?« Sie war stehen geblieben und ihre dunklen Augen blitzten mich an. War das eine Kampfansage oder nicht?

»Stimmt! Jetzt müssen nur noch wieder Gäste kommen und alles ist wieder so wie früher ...« Ich baute mich mit der Mistgabel in der Hand vor ihr auf.

Da huschte ein spöttisches Lächeln über ihr Gesicht, sie schaute mir jetzt direkt in die Augen und mir fiel auf, wie sanft und verletzlich sie wirkte. »Weißt du, dass ich ganz schön neidisch auf dich bin? Du darfst in Zukunft das ganze Jahr über hier leben! Ich muss ab übermorgen wieder zurück in die Stadt und dort ...« Ihre Stimme brach, sie winkte ab nach dem Motto ›Warum erzähle ich dir das alles‹ – und machte sich an Moonlights Riegel zu schaffen.

Die Stute wieherte ihr leise entgegen, schnell schlüpfte Anna zu ihr in die Box und begrüßte sie mit tausend Nasenstübern und noch mehr Streicheleinheiten.

Wie bei Hauke und mir, schoss es mir durch den Sinn, die beiden waren so zärtlich miteinander vertraut wie wir. Mit einem Mal dämmerte mir, dass ich womöglich nicht die einzig Pferdeverrückte hier im Stall war.

»Tut mir leid«, sagte ich leise durch die Gitterstäbe. In der Hoffnung, meine Worte würden an ihr Ohr dringen, sprach ich einfach weiter. »Aber wenn deinem Vater in Zukunft hier alles gehört, darfst du vielleicht öfters kommen.« Drinnen in der Box blieb es eine Zeit lang still.

»Das würde er nie im Leben erlauben«, antwortete Anna ebenso leise, ich verstand kaum ein Wort, weil sie ihren Kopf an Moonlights Hals barg.

»Das habe ich bei meiner Mutter auch immer gedacht«, sagte ich und trat zu den beiden in die Box. »Seit meiner Rückkehr ist sie ... wie verändert. Jahrelang hatten wir Streit wegen Hamburg und dem Friesenhof. Aber inzwischen hat sie endlich kapiert, dass ich hierhergehöre, und hat mir erlaubt zu bleiben. Und dein Vater ermöglicht dir auf seine Weise, dass du weiterhin hierherkommen kannst. Das ist doch großartig!«, versuchte ich, sie zu trösten, wohl wissend, dass es kaum ausreichen mochte. Anna ging es wie mir. Wenn sie in endlos quälend langen Schulstunden von Ausritten am Strand träumte, dann war Hamburg grau und öde und alles doof. Der einzige Unterschied zwischen ihr und mir war, dass Moonlight in einem Hamburger Edelstall untergebracht war und sie so oft wie möglich ihre Stute besuchen durfte, sie wohnte ja ganz in der Nähe. Aber natürlich war es ein Unterschied, ob man in einer

Reithalle unterwegs war oder stundenlang am Strand. Und ob man in einer Großstadt lebte oder an der Nordsee.

»Du hast recht, immerhin etwas.« Anna wischte sich die Augen tränenfrei und drehte sich zu mir um. Sie grinste schief. »Vielleicht habe ich meinen Vater in ein paar Jahren auch so weit, dass ich hier leben darf …«

»Na, ist hier Vollversammlung oder was?« Das war Finn, der in den Stall gepoltert kam. »Ups, da störe ich wohl …« Erstaunt wechselte sein Blick zwischen Anna und mir, als könne er nicht glauben, dass wir uns beide gerade unterhielten und einträchtig neben Moonlight standen, der wir abwechselnd über die Nüstern und ihr wunderschön glänzendes schwarzes Fell strichen.

»Anna möchte später mit uns gemeinsam ausreiten«, behauptete ich und erntete prompt ein Lächeln aus ihrem schmalen Gesicht. »Sie will mal wieder so richtig am Strand entlangfetzen …«

»Kannst du ja machen.« Finns Stimme klang enttäuscht. »Ich … ich wollte dir die finale Planung von der Kombüse präsentieren, das wird jetzt nämlich alles anders! Stell dir vor, Thorsten hat die Idee mit dem schicken Golfhotel komplett über den Haufen geworfen!«

»Was?« Für einen kurzen Moment wackelten meine Knie. Auch Anna war ganz blass geworden.

»Dreißig Kilometer südlich entsteht gerade ein ganz ähnliches Ressort, da hat er kalte Füße bekommen wegen der Konkurrenz. Die Bürgermeisterin übrigens auch.« Finn machte eine dramatische Pause und ich befürchtete das Schlimmste. Aber dann huschte ein typisches Finn-Grinsen über sein Gesicht. »Dein Vater setzt jetzt auf *friesischen*

Charme, wie er es nennt, und möchte die alte Tradition mit modernem Ambiente verbinden und ...«

Seine restlichen Worte gingen im lauten Jubel unter, denn Anna und ich tanzten Arm in Arm vor Freude durch die Stallgasse.

»Der Friesenhof bleibt ein ehrlicher Pferdehof!«, rief ich begeistert. Ich konnte mein Glück kaum fassen. Auch Anna strahlte über ihr ganzes Gesicht.

»Bleibt er eben nicht«, fauchte Finn und ich fragte mich, warum er plötzlich so sauer war. »Da sind trotzdem umfangreiche Modernisierungsmaßnahmen notwendig, für uns gibt es einen Anbau, ein neues Gästehaus ist auch geplant und meine Kombüse ...« Finn hielt inne. »Hörst du mir überhaupt zu?«

»Äh, was?«

In der Tat hatte ich wirklich kaum etwas mitbekommen von dem, was Finn da gerade erzählte. Kein Golf-Spa-Wellness-Gedöns! Der Friesenhof blieb Friesenhof – das war alles, was ich in diesem Moment denken konnte. Alles andere war mir ehrlicherweise egal.

Finn holte tief Luft, als wolle er noch etwas sagen. Dann drehte er sich auf dem Absatz um und stiefelte davon. Völlig perplex schaute ich ihm nach.

»Los, worauf wartest du, geh ihm nach! Er ist doch dein Freund, oder etwa nicht?« Anna stupste mich aufmunternd in die Seite. »Wir können später immer noch gemeinsam ausreiten, es ist nie gut, wenn einer sauer ist ...«

»Es ist nie gut, wenn einfach einer über dich bestimmt ...«, antwortete ich und griff nach dem Besen, um die Stallgasse zu fegen. Finn war ja schlimmer als Hauke! Der bestimmte auch immer einfach über mich. Und jetzt verlangte Finn von mir, dass ich alles stehen und liegen ließ und mich um ihn und seine Kücheneinrichtung kümmerte statt um meine Pferde! Klar freute ich mich für ihn, dass sein lang ersehnter Traum endlich in Erfüllung ging. Aber hallo, meiner auch! Finn hatte kein einziges Wort dazu gesagt, dass ich bleiben durfte, sondern nur an sich gedacht. Und das nahm ich ihm wirklich übel.

Ich schüttelte mich, wie um einen schlechten Traum abzustreifen. Es gelang mir nicht. Das Bild, wie sich Finn empört und mit vorwurfsvoller Miene vor mir aufgebaut hatte, ging mir in den nächsten Stunden nicht mehr aus dem Sinn und machte mir schlechte Laune. Dabei hätte ich allen Grund zur Freude gehabt, jetzt, da sicher war, dass wir kein Pferd mehr verkaufen mussten.

Um mich abzulenken, stürzte ich mich in die Stallarbeit, die Lust auf einen Ausritt war mir gründlich vergangen. Von Zygmunt hatte ich mir einige Handgriffe abgeschaut, und wenn ich mich hier künftig auf dem Friesenhof mehr einbringen und der Laden effektiv sein sollte, brauchte ich eine andere Arbeitsstruktur. Und da gab es einiges, was ich anders machen könnte als Piet und Wilm in den vergangenen Jahren.

Zuerst aber galt es, eine Bestandsaufnahme zu machen, angefangen bei dem Zaumzeug in der Sattelkammer bis hin zu den Wattwagen und dem Pferdegeschirr. Während ich das Leder sorgfältig wusch, trocknete und einfettete, malte ich mir meine Zukunft auf dem Friesenhof gemeinsam mit Kusmi, Zara, Luigi und all den anderen Pferden in den buntesten Farben aus. Ich würde Reitstunden für die Lütten anbieten und Wieder-Einsteigerkurse für ältere Reiter. Ich würde die Reitwege neu auszeichnen, für unsere

Gäste einen Plan erstellen und geführte Reitausflüge zu naturkundlichen Themen anbieten.

Vielleicht könnte ich bei Zygmunt in die Lehre gehen, er war sicherlich der beste Lehrmeister, den man sich wünschen konnte, aber vorher musste ich noch die Schule beenden, das hatte ich Camilla versprochen. Mareike würde aus dem Häuschen sein, wenn ich ihr erzählen würde, dass wir in Zukunft gemeinsam in eine Klasse gingen. Ich freute mich schon jetzt auf ihr freudestrahlendes Gesicht, das wollte ich live sehen, deswegen hatte ich ihr auch noch keine entsprechende Nachricht geschickt.

Den restlichen Tag verbrachte ich mit Aufräumen und Listenanlegen und zwischendurch mit Hauke schmusen, der wie von den Toten auferstanden war und kraftvoll und vital wirkte wie nie zuvor. Zufrieden marschierte ich am späten Nachmittag zurück ins Haus, höchste Zeit für ein Stück Rosinenstuten. In der Küche saß Finn und starrte missmutig vor sich hin, einen leeren Becher Tee vor der Nase.

»Na, was ist los?«, fragte ich unbekümmert und nahm mir Teller und Besteck aus der Anrichte. »Gibt's Ärger?«

Doch statt einer Antwort stand er nur einfach auf und ging. Das war typisch Finn. Immer gleich eingeschnappt und beleidigte Leberwurst, dabei war unser »Streit« ja schon ein paar Stunden her.

»Blödmann, dann eben nicht«, rief ich ihm hinterher und pulte nach den Rosinen. Finn mit seiner doofen Trotznummer ging mir auf den Geist. Nur weil ich mich nicht für seine Küchenpläne interessierte, war das noch lange kein Grund dafür, sich so kindisch zu benehmen. Als er aber den restlichen Abend über immer noch mit mir schmollte und es selbst keinen Gutenachtkuss von ihm gab, stellte ich ihn am nächsten Morgen gleich nach dem Frühstück zur Rede, und da war es mir egal, dass es nur zwei Stunden nach Sonnenaufgang war und er um diese Uhrzeit eigentlich nicht ansprechbar.

»Was ist los, Finn, was habe ich dir getan?«, fragte ich rundheraus und stellte die Schiebkarre ab. Finn hatte es tatsächlich geschafft und mir in eiserner Schweigsamkeit beim Füttern geholfen, weil Wilm heute freihatte.

»Nichts«, antwortete er.

»Und warum redest du dann nicht mit mir?«

»Tue ich doch!«

»Komm schon, was soll das! Irgendetwas stimmt doch nicht!« Ich hatte mich direkt vor ihn gestellt, sodass er mir nicht mehr ausweichen konnte. Unsere Blicke begegneten sich.

»Liebst du mich?«, fragte er rundheraus.

Was? Mit dieser Frage auf nüchternen Magen hatte ich nicht gerechnet.

»Äh ... ich glaube, ja.« Himmel, was sollte die Frage denn jetzt? Finn und ich küssten uns, hielten Händchen, schmusten und kuschelten und hatten bei Oma Brinkum eine atemlose Zeit miteinander verbracht. War das Liebe? Seit wir wieder auf dem Friesenhof waren, war Finn mit seinen Küchenplänen belegt. Und ich mit Hauke und den Pferden, ich hatte nichts vermisst.

»Du glaubst? Liv, ich muss das *wissen,* für die Zukunft. Das ist wichtig!«

»Für die Zukunft?« Ich guckte ihn ungläubig an. »Ist das jetzt ein Antrag oder was?«

»Wenn du es so willst, ja. Ich meine ...« Finn räusperte sich und grinste verlegen. »Du und ich ... das geht ja nicht anders als nur wir zwei beide, oder? Und wie soll das hier auf dem Friesenhof werden, ohne *uns?* Wir können hier gemeinsam etwas aufbauen, uns um die Gäste kümmern, Kinder kriegen ...« Ohne eine Antwort abzuwarten, zog er mich einfach in seine Arme.

Völlig perplex ließ ich es zu und wartete darauf, dass etwas in mir passierte, explodierte, schrie vor Glück, ihn unbedingt küssen wollte, wie es in solchen Momenten doch immer sein sollte. In Filmen. In Büchern. Bei anderen Liebespaaren. Wie in den letzten Wochen während unserer Flucht. Aber nichts in mir regte sich, nichts geschah. Finn stand einfach nur still, wartete ab und sagte kein Wort.

Ich schloss die Augen, spürte in mich hinein, versuchte, mich an unsere Nächte auf dem Brinkumer Hof zu erinnern, unsere gemeinsame Zeit in der Scheune, im Bach, Finns Zärtlichkeiten, Küsse, Berührungen. Versuchte, mir vorzustellen, lauter kleine Finns auf die Wattwagen zu heben, ihm die Teetasse beim Frühstück zu reichen ... Aber immer wieder schob sich Haukes Pferdekopf dazwischen, Plitsch und Plum und Domingo und Jerry und wie sie alle hießen, Morango, Kusmi, Zara, Alma und Luigi ... Sie *alle* brauchten mich, *sie* waren mein Leben. Da gab es keinen Platz für Finn. Ich war wie gelähmt und konnte mich nicht rühren. Mit herabhängenden Armen stand ich da.

»Keine Antwort ist auch eine Antwort«, murmelte Finn leise.

Langsam schälte ich mich aus seiner Umarmung und schüttelte den Kopf.

»Tut mir leid. Ich kann nicht deine Freundin sein, zumindest nicht so, wie du dir das vorstellst«, sagte ich. »Ich kann dir das einfach noch nicht beantworten. So weit bin ich noch nicht. Und werde es vielleicht auch nie sein«, fügte ich entschiedener hinzu. Was hatte Camilla gesagt? Jede Frau hat ihren Weg, die eine als Mutter, die andere als Karrierefrau, die dritte irgendwo dazwischen, die vierte hat nur Pferde im Sinn. Und meiner war ein anderer als ihrer, aber ich wusste noch nicht, welcher genau es sein würde. Was ich allerdings wusste, war, dass ich ihn zunächst alleine finden musste, für mich. Ob mich dabei später Finn oder vielleicht jemand anderes begleiten würde, das würde sich noch herausstellen. Aber jetzt, hier und heute, brauchte ich meine Freiheit. Ich wollte meinen Weg allein finden, egal, ob mich mein Leben auf den Friesenhof oder zu Oma Brinkum und Zygmunt spülen würde. Das spürte ich in diesem Moment genau.

»Okay, verstanden.« Finn atmete tief aus, als hätte er mit meiner Antwort gerechnet. Dann hielt er mir die Hand hin. »Freunde?«

»Freunde! Was sonst?«

An diesem Abend feierten wir ein ausgelassenes Picknick im Watt. Piet hatte uns im Wagen hinaus auf eine kleine Sandbank kutschiert und Henry und Wilm hatten eine lange Tafel und Bänke aufgebaut.

»Neue Geschäftsidee für unsere künftigen Gäste«, rief Frauke fröhlich und zündete die mitgebrachten Windlichter auf den weiß gedeckten Tischen an.

Ich fühlte mich so froh wie seit Langem nicht mehr. Der Friesenhof würde ein Pferdehof bleiben! Und noch viel mehr: Finns Sternen-Küche-Kombüse würde Besucher anlocken, die wiederum Ponys reiten oder Ausflüge mit den Kutschen buchen würden. Frauke und Henry übernahmen das Hotelmanagement mit angegliedertem Restaurant, im neuen Gästehaus waren kleine Appartements geplant. Isodora als Hausdame würde sich wie früher auch um alle Belange ihrer Gäste kümmern und Piet wie eh und je um seine Ausflugsfahrten. Mit dem Unterschied, dass ich fortan bei ihnen wohnte und mich in den täglichen Ablauf, sofern es mir die Schule erlaubte, einbringen konnte.

Immer wieder schielte ich an diesem Abend hinüber zu Camilla, ob sie es sich nicht doch noch im letzten Augenblick anders überlegt hatte. Aber die saß strahlend zwischen Thorsten und Henry und stieß ein ums andere Mal mit ihnen an. Über den Rand ihres Weinglases prostete sie mir lächelnd zu, morgen schon musste sie wieder zurück nach Hamburg. Piet und Isodora neben mir hielten Händchen wie zu alten Zeiten, glücklich, gemeinsam das Unglück gemeistert und für die Zukunft ihres Friesenhofs gesorgt zu haben. Finn erklärte Anna ausführlich die Zubereitung von Erdbeergrütze mit Limette und Minze, und wie er mir jetzt verschmitzt zuzwinkerte, wusste ich, dass sie bald in seiner Küche stehen und von seinen Kreationen probieren würde. Auch Mareike war gekommen und hatte ein Freudentänzchen aufgeführt, als sie erfahren hatte, dass ich für immer bleiben würde, Brian trug ausnahmsweise ein Lächeln auf seinen Lippen. Seit dem Tod seines Vaters wirkte er noch dunkler als sonst, ich wünschte ihm, dass die Zeit ihn trösten würde. So wie mich.

Finn und Henry hatten sich selbst übertroffen und uns das leckerste Ostfriesenpicknick der Welt serviert. Was soll ich sagen, nie hatte mir ein Milchreis mit Vanille-Zimt-Zucker besser geschmeckt als heute. Glücklich lief ich von Isodora zu Piet zu Thorsten und Frauke und Henry und

Camilla und drückte alle, stieß mit ihnen an. Wir waren von Herzen froh, dass dem Friesenhof nun mit vereinten Kräften eine aussichtsreiche Zukunft bevorstand. Und obwohl alles so war, wie es sein sollte, und ich nicht glücklicher hätte sein können, fühlte ich mich plötzlich fremd am Platz, wie ich zwischen ihnen allen saß, ihren fröhlichen Gesprächen lauschte. Klönschnack und Geplapper rauschten in meinen Ohren.

Möglichst unauffällig stand ich auf.

Wo willst du hin?, fragten Camillas Augen. Sie lächelte mich an.

»Zum alten Leuchtturm«, sagte ich. Und lief los.

Ilona Einwohlt

Erdbeersommer

Erdbeerwettessen mit Kumpel Finn, Tagträumen in den Dünen mit ihrer besten Freundin Mareike und lange Ausritte auf dem geliebten Schimmel Hauke – Liv freut sich riesig auf die Ferien an der Nordsee! Auf dem Pferdehof ihrer Tante kann der Sommer nur perfekt werden. Als sie dann auch noch Jan kennenlernt, schlägt nicht nur ihr Pferdeherz höher. Auch wenn den Fußballstar und Mädchenheld sonst keiner so wirklich leiden kann, ist Liv sofort bis über beide Ohren verliebt. Doch Jan scheint ein Geheimnis zu haben, über das niemand im Ort reden will. Erst bei einem Ausflug ins nebelige Watt kommen Dinge ans Licht, mit denen Liv nie gerechnet hätte.

Arena

Auch als E-Book erhältlich

232 Seiten • Arena-Taschenbuch
ISBN 978-3-401-51114-6
www.arena-verlag.de

Ilona Einwohlt

Erdbeersommer

Galopp in die Freiheit

Nach einem schweren Unfall ist Hauke völlig verstört und Liv erkennt ihren geliebten Schimmelhengst kaum wieder. Nur den feinfühligen Torge lässt er noch an sich ran. Liv hat das Gefühl, dass der junge Tiermedizin-Student nicht nur ihr Pferd, sondern auch sie selbst besonders gut versteht. In ihrer Sorge um Hauke kommen sich die beiden näher. Doch Torge trägt ein Geheimnis in sich, das sich wie ein dunkler Schatten über Livs Herz und den Friesenhof legt. Wird sie sich davon befreien können?

Arena

Auch als E-Book erhältlich

240 Seiten • Gebunden
ISBN 978-3-401-60315-5
www.arena-verlag.de